一甲子，两段情，孰予孰夺，爱都不是唯一。

丁伯慧 ○ 著

六十年前，年轻的建筑系学生刘阳跟着导师和师娘来到洋涞古镇，研究当地古建筑。没料突然发现老师竟是日本人，而且在破坏摩崖石刻……六十年后，另一个神秘的外乡人来到小镇，并与小镇的姑娘春子相恋。可他们的爱情却历经曲折。
时间的两道尽头，那棵苍苍提依旧在风中挺立……

# 过涞滩

一甲子，两段情，孰予孰夺，爱都不是唯一

山西出版传媒集团　北岳文艺出版社

·太原·

## 图书在版编目(CIP)数据

过涞滩 / 丁伯慧著. —太原：北岳文艺出版社，2017.3（2023.11 重印）
ISBN 978-7-5378-5141-1

Ⅰ.①过… Ⅱ.①丁… Ⅲ.①长篇小说–中国–当代 Ⅳ.①I247.5

中国版本图书馆 CIP 数据核字（2017）第 026506 号

| | | |
|---|---|---|
| 书名：过涞滩 | 出　品：大　头 | 责任编辑：王朝军 |
| 著者：丁伯慧 | 策　划：王朝军 | 装帧设计：张永文 |

出版发行：山西出版传媒集团·北岳文艺出版社
地址：山西省太原市并州南路 57 号　邮编：030012
电话：0351-5628696（发行部）　0351-5628688（总编办）
传真：0351-5628680
网址：http://www.bywy.com　E-mail: bywycbs@163.com
印刷装订：山西人民印刷有限责任公司

开本：880mm×1230mm　1/32
字数：260 千字　印张：10.75
版次：2017 年 3 月第 1 版
印次：2023 年 11 月山西第 2 次印刷
书号：ISBN 978-7-5378-5141-1
定价：43.80 元

本书版权为本社独家所有，未经本社同意不得转载、摘编或复制骑马过涞滩，石板路弯弯。
滑竿过涞滩，渠江边等过河船。
走路过涞滩，小寨门吃豆花饭。

——涞滩民谣

# 目录
— Contents —

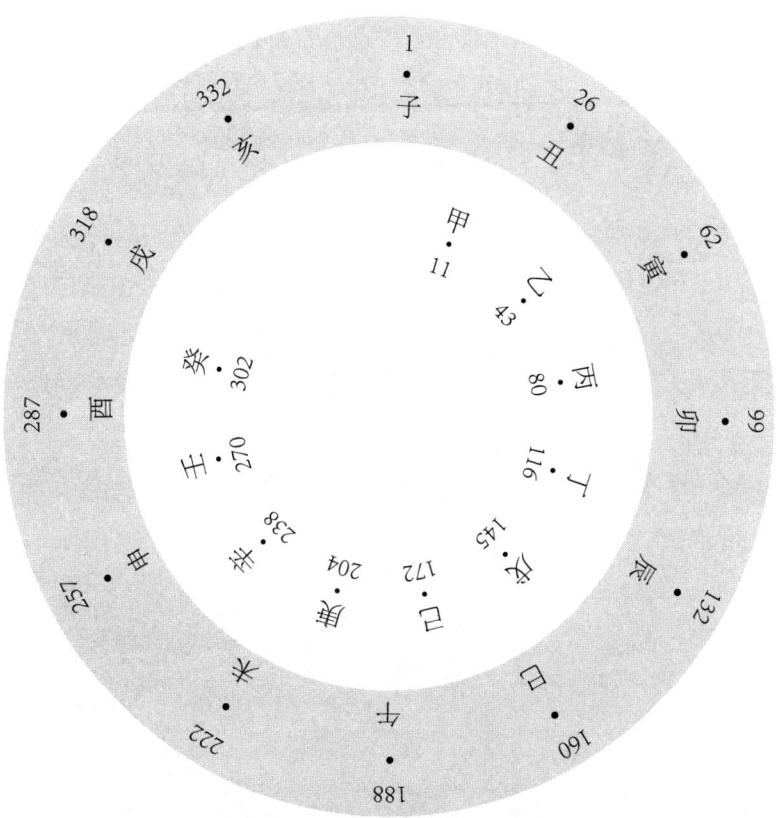

# 子

据说,一个外乡人可以改变一个小镇。刚来的时候,我并不明白这一点。

那天天气很好。当时已是黄昏,晚饭刚过,远处的炊烟已近尾声,太阳只剩余晖还在扫描这片土地,并且将余晖的一部分用在那条黑狗身上,把它脑袋上仅有的一块白毛照得闪闪发亮。小卖部门口的人三三两两,坐着,站着,嗑着瓜子聊着天,风雅一点的则捧着个杯子,一小口一小口地啜吸,或干脆只舔舔杯沿——大家的心思都在聊天上。主讲是小卖部的刘胖子,大名刘其波,他是这里常规性的主讲。刘胖子坐拥小卖部这个有利位置,听来很多故事,再一加工,讲得天花乱坠。他讲故事的时候很投入,脸上的肉变化万千,两只眼角不停地上下扭动着,让人想起动画片里的倒霉猫汤姆,这说明他讲故事的热情比卖东西还高。

你们听好了,这回我说的是真事啊。那个人⋯⋯你们知道我说的是哪个,善人!你们猜我在哪里看到了他?二佛寺?鬼扯,你就知道二佛寺。饭店?他在饭店有什么稀奇的,常事。肯定不是饭店。

刘胖子显然是吊胃口的高手,他不紧不慢地卖着机关,惹得几个性急的女人忍不住骂了起来。

好吧，不撩你们了。我是在江边看到他了。是的。江边看到他也不稀奇。但是，他和哪个在一起你们知道吗？

哪个，快说哟！

桔子！

桔子？

没想到吧。他又和桔子在一起了，两个人坐在江边，我呢，正好坐船回来，远远地看到的。你不信啊？不信你去问桔子，她那天穿着白底紫色小花上衣，善人还像平时一样，随随便便的一件黑色长袖T恤，一点都不讲究。当时两个人就在草地上并排坐着，面朝着江，歪着脑壳说话。说什么我肯定听不见的。他们后来还干了什么，我就不知道了……

一个女人立即打断了刘胖子。

你个死胖子，又在乱嚼舌根了。你嚼哪个不行，嚼善人，你缺不缺德啊……

刘胖子说，善人是你什么人啊，你那么护着他？你是不是也和他在江边坐过啊？

想来江边应该是这里的人约会的常规场所，女人腾地站了起来，我这才发现这是个身躯庞大的女人，她站起来的时候，腰上的肥肉立即颤动了起来，显得非常有气势。

随后场面就乱了。

我对他们的吵架不感兴趣，但这个"善人"让我感兴趣。我因此多看了这个女人两眼。此时，她已经被人拉开了，但显然还在生气，她喘着粗气，两只胳膊不停地挥动，看样子她一胳膊就能把刘胖子的小卖部掀翻。她一边往外走，一边还在大声说着话。

你个死胖子，连善人都嚼，你是要断子绝孙的……

说到最后一个字的时候,她到了我的身边,带着呼呼的热气。我抓住时机问了她一句,你们说的那个善人,他是谁啊?

这你都不晓得……女人还是气呼呼的,但她马上就发现我是个外地人,于是没好气地说道,他是郭晖郭善人啊,涞滩人都知道!

我心里颤了一下。郭晖,善人。这两个名字怎么会连在一起呢?好半天我才醒过神来,我打算追着女人问一下,可是她宽大的背影已经消失了。

女人是迎着夕阳离开的。此时,最后一抹夕阳刚从街上消失。高低不平的石板路几分钟前还金光闪闪充满活力,转眼间就变得深沉起来,似乎所有的阳光都被石板吸了进去。我看了一眼将要前去的方向,暮色之中,两排整齐的菩提树立在那里,微风之中垂下的根须轻轻摆动,如同老者的胡须。这就是当地人所说的黄桷树了,据说释迦牟尼就是在这种树下成佛的。再前方就是一座老城门,这应该就是瓮城了。我大踏步走了过去。我不知道有多少双眼睛盯着我的背影看。也许这座千年小镇见惯了形形色色的旅人,他们不会对我这样一个普普通通的背包客感兴趣。

穿过瓮城,两边青黑色的老房子就在眼前。青瓦,黑门,灰色的墙壁,结着苔藓的石板,构成了小镇的主色调。一两个行人立在路中间,夜灯已经亮起,小饭店老板以及卖自制麻辣腐乳和香脆椒的老人在门口招揽着顾客。看上去,卖东西的人比买东西的人还多。

我在城门停了下来,长长地吸了一口气,空气里已经有了一丝寒意。小镇的秋天果然不同于城里。

没有统计过,多少次独自到一个陌生的地方了。也许有几百次了吧。我已经习惯了这种生活,背上背包,跳上车,到一个新的地方去生活一段时间。我不是专业旅行家。我是在工作。很多年以前,我就开始过这样的生活了。那时我刚刚参加工作，没多久就有一次出差的机会，当时别人都在等着领导安排，我脱口而出：我去！

就这样开始了。

此后的二十多年的时间里，我就一直奔波在全国各地。大城市，小城市。南方，北方。贫穷的地方，富有的地方。金碧辉煌的地方，土里土气的地方。发达现代的地方，古老淳朴的地方。高楼大厦里，野外茅屋里……

不知为什么，我特别喜欢小镇。每次在大城市，住进气派的酒店里，外面热热闹闹，而且晚上比白天更热闹，我却像是个小偷，独自躲在一个角落里，偷窥着外面的世界。商场、KTV、酒店、茶楼、酒吧、广场、娱乐厅、洗浴城、街上，到处都是人，穿着各种各样的衣服，各种各样的帅气和漂亮，唱歌跳舞，勾引美女或者帅哥，但这些都与我无关。我巴不得快点办完事，早点回去。所以同事们说，我一到大城市效率就特别高，是不是因为我在大城市特别有灵感？

他们不理解我这样的一个人。一个曾经的乡下人。有一天我拼命努力进了城，在城里工作了，却还是个外人，这个城市的外人。我为这个城市服务，赚这个城市的钱，买这个城市的东西，娶这个城市的女人，结婚离婚，买房卖房。结果还是个外人。而且我知道，这个城市还有不少我这样的外人，只不过平时他们在不同的角落里，长着区分不了地域的脸，说着不太标准的当地方言而已。只有在填籍贯时，或者孤独时，他们才会想起，他们原本不是这个地方的人。

后来终于买了房。第一次，我站在空荡荡四面灰黑的屋子里，发现自己花掉了全部积蓄交了首付买来的房子，只是一个四处漏风的空盒子。站在十五楼的阳台往下看的时候，我老是担心，如果有一天，住在下面的人宣布要撤走他们的房子，我是不是就要永久地留在半空中了。我那个时候的老婆不明白我为什么脸色不好，她以为我在操心装修的钱。她拉着我的胳膊，一脸幸福的模样：我们有自己的房子了，装修的钱，我跟父母说好了……

我很想打断她，然后问她，在这座房子里，做的饭菜是不是更香？做爱的时候是不是更有激情？

我没说出来。搬进新房子后，我们的话越来越少，爱越做越少，一起吃饭的时间也越来越少，直到离婚。新房子装了我们的身体，漏掉了我们的爱情。离婚了以后我很长时间都没恢复过来。老婆没了，儿子也不理我了。我成了一台没了动力的机器，没了电的手机，一点生机都没有。于是我回了一趟老家，我想那个地方能够给我充充电。可遗憾的是，我发现，那里已经不是我记忆中的地方了。十年时间没回去，老家完全变了样儿。从小一起玩的同龄人都离开了，打工的打工，做生意的做生意，发财的发财，进监狱的进监狱，只是过年的时候他们才开着车，打扮得人模狗样的，装着大款，炫耀着自己在城市里的光辉成就。

几个老人接待了我。他们没有和我谈小时候的事，谈那些小伙伴们。他们关心我的现在，我是不是混得很好，做很大的官，赚很多的钱；我怎么没带老婆孩子回来；我岳父是不是传说中的副市长。孩子们则缠着问我，是不是曾经单枪匹马抓住几个毒贩……我曾经最熟悉的地方，一下子变得如此陌生。我一个人躲到林子里。山风呼啸着，从很远的地方穿过来。一只虫子爬到了我胸前，四周都是它们的叫声。

故乡没了。城市又不是我的城市。

我还是背起包裹，出门吧。

只有在外面，我才能找到一点安宁。我是不是有病？一位心理医生曾经一本正经地跟我说，你这是内心里缺少安全感。去他妈的安全感。干我这一行的哪里有什么安全感。

那孙周呢，他一定更没安全感吧。他应该比我更惨。他生活在一个完全陌生的地方，就像一个刚出生的孩子被一刀割断了脐带，和以前的地方再也没有了关联。这是不是有些恐惧？据说每一个婴儿都没安全感。孙周也一样吧。他在这座古老的小镇，像一个婴儿一样，看到的都是陌生的房屋、树木和河流，接触的全部是陌生人。他们会欢迎他吗？他们的语言他能听得懂吗？这里的麻辣菜会不会让他的胃受不了？最可怜的是，他一面竖着耳朵谛听着来自故乡的消息，从报纸上、电视上寻找着故乡的蛛丝马迹，又担心着会从故乡传来什么消息……

我突然觉得自己有些残忍。他一定不希望见到我。当我这样一个看起来干瘦但却有力量的人，带着偶尔锐利的目光出现在他跟前时，他会是怎样的悲伤……

来看看孙周曾经干过的几件事。

二十世纪八十年代，一个黄昏，初中生孙周背着书包放学回家，在一个小巷子里，他被三个男生拦住了。孙周认得他们几个。这是邻校的几个初三的学生，个个长得高，他们号称"西门三剑客"，喜欢在这一带抢低年级学生的零花钱和东西，没钱没东西的就逼着他们找家长要，第二天补上来，胆敢告诉老师和家长的就是一顿暴揍。不少孩子在这里被欺负过，孙周班上就有一个。孙周远远地看到了他们，知道没地方躲了，逃也逃不掉，就笑嘻嘻地迎上去，跟他们打招呼，就像见到老朋友一样，还主动把包里的零食送给他们吃。没等他们有什么反应，他又主动掏出包里所有的零花钱送给了他们。

"三剑客"大概没见过这么主动的学生，有些反应不过来。孙周就主动说，没别的意思，早就听说过他们的大名，想跟他们交个朋友。"三剑客"很快就接纳了他，并且和他一起抽了几支烟。孙周以前是不抽烟的，但他居然像个老手一样抽着烟。这以后，孙周班上的同学再也没有受到过"三剑客"的骚扰。奇怪的是，孙周的档案里似乎也没有"擂肥"（武汉方言，敲诈勒索——编者注）的记录。

另外一件事发生在家里。有一次家里丢了钱，父亲怀疑是孙周拿的，就去问他。孙周二话没说转身就跑。父亲反应慢了点，没追上。他更加肯定是孙周拿的，就跟孙周的妈妈说，一定要好好收拾这个兔崽子。谁知孙周却不见了。一连三天都没见他回家，学校也没去。父母就急了，到处找。结果，孙周没找到，钱却找到了。原来，是父亲自己出门的时候放在一个袋子里，本来打算买东西的，结果没买，钱也忘了拿出来。父亲冤枉了儿子，心里非常愧疚，但更加担心的是儿子的失踪。但就在这时，孙周却自己回家了。父亲问他去哪里了，他说去同学家待了几天。父亲问为什么，孙周说，自己要是不跑，肯定要挨顿打，划不来。父亲说，那你为什么不辩解。孙周说，我没办法证明自己没偷。父亲傻了眼，他第一次发现自己一点也不了解自己的孩子。

后面一个故事是孙周的父亲跟我讲的。他说，这孩子从小就是这样，鬼点子多，有主见，有什么事不爱跟别人说。

多年以后，当我从一堆档案，以及一堆当事人的口中，试图来塑造一个完整的孙周时，却感到异常困难。他基本上是个好学生，穿着很干净，头发也梳得很整齐，不像别的孩子那样到处疯，一身泥。他不欺负人。朋友似乎很多，但别人不知道他到底跟谁是朋友。老师要他当学生干部，他不当，不像别的孩子抢着当。他学习不算刻苦，但能保持在前十名。他没有表现欲，上课的时候从不主动举手回答问题。

他还喜欢音乐，会吹笛子，父亲不知道他从哪里学的，有人说他是跟一个外地来逃荒的人学的。跟逃荒的人都能混到一块儿，这对于中学生来说有些不可思议。父亲说有可能，那段时间他老是把饭带到学校去吃，而且比平常吃得多。还以为他学习刻苦，人也容易饿呢。后来才听人说，他送给一个要饭的吃。父亲也没怪他，还多给他盛了一些饭。躺在回龙客栈的床上，我就在想，如果此时他能吹一段笛子，那一定是件很美的事。这么安静的夜，他的笛声听起来一定很悠扬。我非常乐意做他的知音。

……

这样的一个孙周，能得出什么结论呢？甚至对着他的照片，我都想象不出他的形象来。照片上的这个人似乎是假的，画出来的，或者是另外一个人，跟我所听来和看来的那个人完全没有关系。这真是一件痛苦的事。算一算，这也是二十年前的照片了。二十年的时间里，他离开了以前那个干燥、多风、遍地枫树和刺槐树的地方，到了一个潮湿、少风、多雨、遍地都是菩提树的地方，一个完全不同的地方，这么多的岁月、这么有生命力的水土，会把他变成一个什么样的人呢？我没有办法想象。我只好把他的照片放下。无论如何，我彻底放弃了速战速决的念头。我要在这个地方耐心地住下来。我要从他的周围入手，了解现在的他。

外面突然传来一声狗叫，叫得非常响亮，似乎空气中没有什么阻挡，就那么野蛮地直接撞进耳朵里来了，而且，耳朵里居然有疼痛的感觉。这里的夜实在太安静了，静得让我担心如果有人亲热，他们的声音整条街都能听得见。我赶紧走到阳台边朝外看，院子里黑黢黢的，两棵高大的菩提树在夜空里俯视着整个院子。树下的鱼池被灯光照得亮晶晶的，把星星点点的光向夜空抛洒，鱼们估计都睡了。怎么会突然有狗叫？是客栈里的那只狗吗？

很快，外面再次传来狗叫声。这次是一连串的叫声。先是紧张的，接着是欢快的，最后声音越来越小，变成了哼哼唧唧的，像是撒娇了。来的应该是它的熟人。这么安静的、漆黑的夜里，还会有什么人来到回龙客栈呢？

我决定下楼去看看。我小心翼翼地踩着漆黑的楼梯，穿过木制的回廊，走到门口。在服务台，我看到的不是我登记时的那个干瘦的老人，而是一个女人。她大约三十多岁，头发绾起，梳成一个髻，看上去干净利落。脸庞饱满，带着浅浅的笑。眼神很安静，即使有一屋子的人，也会让所有人都觉得她是在看自己。那只头上长着一块白毛的黑狗就躺在她脚下，连头都懒得抬一下，眼神和她一样安详。据说什么样性格的人就会带出什么样性格的狗，看来此言不虚。她朝我笑了笑，算是打招呼了。她显然看出我是这里的房客。我问她，你是这里的老板娘吧？

她点了点头。

我说，你好，我姓向，叫向东。不过这一次，我是向西。

她微微一笑，点了点头，似乎并没有打算告诉我她的名字。看上去她不是一个主动的人，对于我，她似乎也没有多大兴趣了解，或者，她想了解的都已经了解了。

我单刀直入，请问老板娘贵姓？

她笑了起来，镇上人都叫我桔子，你也叫我桔子吧。

她就是桔子。而且她似乎已经知道我听说过她了。我想起了电视上看到的一位电影明星，她习惯了被人认识，结果有一次有人不认识她,她一脸惊讶地问,你居然不知道我啊。

桔子觉察出了我的惊讶,怎么,不相信啊?

我笑了起来,你可是镇上的名人啊,我一来镇上就听人说起你。

她脸上仍是淡淡的,没有那位电影明星的那种夸张,仿佛我说的这个人与她无关一样。她说,这小镇就一巴掌大嘛。

我决定和她聊聊,于是在她对面的藤椅上坐了下来。

小镇还有哪些名人啊?我想把话题往孙周身上引。

她说,大智和尚呗,涞滩还有哪个比他更有名啊。他在重庆都有名。

大智我也想了解,但现在我更想了解的是孙周。于是我接着问,还有呢?

她笑了起来,你是不是有目标了啊?想了解谁,直接问嘛。

对于这样的女子,似乎任何拐弯抹角都是没有必要的。她似乎洞察世间的一切,也洞察身边人的一切。

好吧,我想了解善人。我解释道,在这里,只要一跟人说话就说到他,可我又不了解他。既然这样,那干脆就了解了解他呗。

她看了我一眼,那一眼看得很深,似乎要把我吸进她的眼里。随后,她就进了内屋,不一会儿,她手上拿着一个小巧的茶杯,递给了我。

你想了解他的什么?

所有关于他的,我都想了解。

那说来话就长了,你今天才从那么远的地方来,不累吗?

我摇了摇头,直起上身,故意摆出一副兴趣盎然的样子。

那好吧。她也坐了下来,那就从我第一次见他的时候说起吧。

# 甲

它骄傲地挺立在东水门，像个一家之主。它是涞滩之主。它原本就长得高，均匀向外分开的树干粗壮有力，加上伸向四周的枝桠，如同壮汉挥舞着手臂。挂在树干上的根须则是粗粗的汗毛，显得粗犷豪迈。它枝叶茂盛，遮天蔽日，即使是在夏天，坐在树底下也几乎感觉不到太阳的存在，只有几朵阳光躲过层层树叶，飘落下来，在台阶上留下片片光环。这棵骄傲的树，学名黄桷树，因为释迦牟尼在黄桷树下成佛而被称作菩提树。这种树四季常青，尤其是夏天能遮挡毒辣的阳光，是重庆人最喜欢的树之一。其实它还是换树叶的，只是一般人注意不到。春天到来的时候，前一天还是旧叶，一夜之间，就全部换上了新叶，新叶长得很快，不到两天就长成原来的模样，如果不是满地的落叶，你几乎不会发现，它已经换上了新装。

这棵树之所以骄傲并不是因为它的寿命长，在这里，几百年树龄的菩提树比比皆是。也不是因为它占尽地利：背靠二佛寺面向渠江，一山风景，尽收眼底。它的骄傲，是因为它的历史。

两百多年前的一天，张献忠亲率大军来到涞滩东面的东水门外，意图进攻这座古镇。镇山所有人都听说过张献忠好杀人。入川以来，关于他屠城的传说早已在蜀地不胫而走，搞得人心惶惶。然而这次，正当张献忠下令进攻涞滩时，突然发现东水门处猛然伸出一只巨大的"佛手"，更让他始料未及的是，随行士兵们像是被某种巨大的力量驱使，齐刷刷跪了一地。张献忠见军心已乱，硬打下去，恐凶多吉少，于是立即掉转马头，领兵撤离。其实，这只"佛手"正是东水门上的那棵菩提树。无意之中，它就充当了一回英雄，拯救了一镇百姓，这当然会成为它骄傲的资本。

刚刚到涞滩的时候，刘明夷特地站在渠江边向东水门眺望过，却怎么也看不到那只"佛手"，这让他不禁怀疑是当地人在故弄玄虚。当然，那时他并不知道，多年以后，这棵菩提树会像他一样命运多舛：六十多年后的一个夏天，涞滩雷电交加，一道闪电划过长空，像把利剑，一下子就劈掉了树梢；又过了十几年，几个小孩在树下玩火，不小心引燃了杂草，火苗迅速蹿起，很快包了菩提树，从根部一直往上烧。熊熊的火光惊动了二佛寺里的和尚，他们和闻讯赶来的民工费了好大劲儿才将大火扑灭。幸运的是，菩提树并未因此死去，反而从火中涅槃，重新焕发了青春，依然枝繁叶茂地挺立在东水门外。

这些事刘明夷自然不知道，他也没机会知道。没办法，比起树来，人是一种短命的生物。树的事人不一定知道，但人的事树却知道。这棵骄傲的菩提树显然记得多年前的那一天，刘明夷就站在东水门外的树底下，焦急地眺望着远处的渠江。他在等待两个远道而来的人：一个是他的老师方大和，一个是师妹方娅。

下午三点多，一艘小火轮缓缓驶来，停靠在不远处的码头。小火轮的甲板上，一老一少正朝这边望来，好像在寻找着什么人。没错,正是他们!刘明夷使劲挥了挥手,疾步走向码头……

老师,你们终于来了!刘明夷接过老师方大和手中的行李箱,扶着他走下跳板。老师方大和笑道:等急了吧,总算到了。没办法,日本人到处封锁,我们好不容易才过来的。

这正是刘明夷着急的原因,从所在学校到涞滩隔着千山万水,现在正值抗战时期,陆路和水路上都有很多日本人设置的岗哨,万一有什么闪失……他看了看方大和身后的方娅,方娅则显得兴奋异常,抿着嘴笑道:我倒是觉得挺好玩儿。

方大和父女俩的到来让刘明夷的生活焕然一新。自然,方大和是刘明夷的老师,现在他可以直接指导刘明夷的研究了。但在刘明夷的心底,他更在意的是方娅的到来。这话他不敢直说,更不能对方娅讲,偶尔在心里想一想,都觉得自己不够高尚。

当天下午早早安顿完毕,刘明夷就领着方大和父女逛了古街。方娅对一切都感到新鲜,东瞅瞅西看看,问这问那。刘明夷也是鞍前马后,有问必答,恨不得将他所知道的古镇的一切都讲出来。其实对于涞滩,刘明夷了解得也不多,那些见闻只是经过一下他的嘴巴,传递给了方娅而已。而方大和对这些建筑似乎没有多大兴趣,一副意兴阑珊的样子,任两个年轻人在一旁热闹。

刘明夷对老师方大和算是"一见钟情"。和别的老师不太一样,方大和特别平易近人。别的老师喊学生都是"某某同学",方大和第一次喊刘明夷是这样喊的:刘明夷先生。惊得刘明夷把书掉在了地上。方大和呢,笑着上前把书捡起来,递到刘明夷的手上,还拍了拍他的肩膀。刘明夷一下子就把他当朋友了。像刘明夷这样的人,交上一个朋友或者敌人,是一件并不复杂的事,虽然有些时候很快就证明自己是一厢情愿自作多情,但他也不愿意改。幸好，当朋友也好当敌人也罢，都只是在心里，他脸上并没有表现出来，这多少给了他不改的理由。方大和很快就证明自己值得刘明夷亲近，他的很多方面都符合刘明夷的标准。

方大和博学多才。刘明夷从同学那里得知，他早年曾东渡扶桑学建筑，能说一口流利的日语。那位同学信誓旦旦地说，他的日语甚至说得比汉语还好。关键是，一个学建筑的学者，居然政治、宗教、文学，无所不通。他上课的时候基本不带讲义，讲着讲着就开始引经据典，谈中国古代政治，谈圣·奥古斯丁关于性欲的理论，甚至还说到雨果的人道主义与卢梭天生敏感的灵魂。他的课深受学生欢迎，经常下了课还被学生围拢，问这问那。

最吸引刘明夷的是方大和的幽默。在刘明夷的印象里，中国人一贯缺少幽默。他甚至固执地认为，汉民族就是一个缺少幽默细胞的民族。然而方大和的第一堂课却给了他一个惊喜。他在自我介绍的时候说，年轻的时候，我的理想是做个坏人，但是，真讨厌，现在我看起来越来越不像坏人了。全班的学生都笑成一团。

所有学生中，刘明夷是方大和最喜欢的。虽然作为一个老师，不能表现出对哪一个学生的偏爱，但刘明夷还是明显感觉到了。刘明夷也不知道为什么他格外喜欢自己。论成绩，他不是最好的；论性格，他不够开朗大方；论学养，他虽然读过一些书，但与方大和比起来，还只是皮毛。最后，刘明夷只能解释为：投缘。方大和经常要刘明夷到他家里去，名义上是帮他做些事，实际上却是给他开小灶——生活上的小灶和学问上的小灶一起开。方大和的家眷在老家，他一个人在学校，刘明夷也乐得去陪陪他。关于方大和没有带家眷的事，经常引起同事们的非议，有同事曾经当面质疑他：是不是还没成家？方大和只是一笑了之，并不争辩。这种情况在刘明夷升到二年级的时候发生了改变。

那一年，方娅来了。几乎是没有任何思想准备的，刘明夷就发现，她闯进了自己的内心。像刘明夷这种人，虽然没有任何恋爱经验，但应该也不至于如此随意啊。多年以后，刘明夷在爱情上已经颇有经验，他曾回忆道：爱情就是爱情，没有理由，也无须解释。

方娅是那种清秀的女孩子，很耐看。她皮肤白皙，脸庞圆润，笑起来特别可爱。但和当时班上的女同学相比，方娅真的算不上美女。眼睛有些小，腿也有些短，甚至还有些粗——一次她穿着旗袍蹦蹦跳跳地跑到刘明夷跟前时，刘明夷一眼就发现了这一点：穿旗袍的时候怎么能蹦蹦跳跳的呢，不就是想掩饰自己的粗腿吗？另外，她说话的时候方言很重，有时刘明夷得反复琢磨，才能大概猜到是什么意思。方大和解释说，这孩子一直和她妈妈待在上海，一口的上海话，后来又跟自己学日语，口音就乱了。不过，她齐耳的短发倒是让刘明夷耳目一新，一边还别着一个奇怪的发簪，显得非常卡哇伊——方娅解释说，这是可爱的意思。

刘明夷就这样恋爱了，虽然看起来有些一厢情愿，但他毫不怀疑自己是在恋爱。因此，他去方老师家更勤了，以求教的名义，或者以干家务活的名义。方大和似乎也乐得看到刘明夷追求自己的女儿。他常常是坐在藤椅上，脸上挂着淡淡的笑容，一手拿着烟斗，一手扶着椅靠，眯着眼睛看着两个年轻人：有些羞涩的那个是刘明夷，天真活泼的那个是方娅。老师的神情，坦白地说，刘明夷其实没看懂，但他宁愿相信那是一种欣赏，一种享受。

恋爱后的刘明夷在学业上突飞猛进，他不知道这是不是老师特别指导的结果。他似乎比其他同学更早地找到了自己的方向，他的兴趣集中到了中国古代建筑上。有一次，方娅一惊一乍地拿着一张旧报纸去找他。报纸上有一张照片，照片里是一条老街。高低不平的石板路旁错落着许多老式的房子：老式的小瓦、石头的屋基、石头的房梁，除此之外的材料都是木头。

这地方也没什么奇怪的啊！刘明夷说，中国南方的旧式建筑中，这种房子有很多。

可是，这不是南方啊。报纸上说，这地方叫涞滩，在西南，在四川重庆，应该属于西部吧。

方娅的话听起来有些幼稚，但刘明夷的注意力已经不在她的话语上了，而是她说话时的姿态：她一脸的天真无邪，仰着头看着刘明夷，两片嘴唇蠕动着，像是在期待着什么。这是最吸引刘明夷的姿态之一，他忍不住想亲吻她一下，但是他控制住了自己的冲动。自从方娅来了之后，回答她的问题就是刘明夷最快乐的事情。奇怪的是，明明她父亲是学问渊博的建筑专家，她为什么总是要来问自己呢？聪明的刘明夷很快得出了结论：她这是找机会和自己在一起。满足心仪的女孩子的要求，这是所有恋爱中的男孩子最乐于干的事。刘明夷于是顺着报纸往下看，一边看一边为她讲解。结果不看则罢，一看之下反而有了惊奇的发现：报纸上所说的，居然是一个千年古镇。上面的建筑，正是这古镇中保留下来的古建筑。

方大和多次在课堂上讲过，他最佩服的中国学者是梁思成。他是中国营造学社法式组主任，是大学问家、戊戌变法的参与者之一梁启超的儿子,他必将作为中国近代建筑学的奠基人而名垂青史。刘明夷早就知道梁启超,以前读过他的不少文章,但是第一次得知梁思成这个名字,还是从方大和嘴里。方大和说,梁思成在中国古建筑研究方面,可以说是当世第一人。他也一直想见梁思成一面,只因为战事频仍,学术式微,这个愿望始终未能实现。见与师齐,减师半德,见过于师,方堪与授。有一次,他语重心长地对刘明夷说,他之所以喜欢刘明夷,是因为觉得他的天资超过了自己。所以,追赶梁思成的任务,就只能寄希望于刘明夷了。

刘明夷这才明白方大和欣赏自己的原因所在。他是想让自己成为他的衣钵传人。方大和的话立即让刘明夷热血沸腾,尽管他的脸上仍然没什么表现,但心里却已经定下了自己的目标:效法梁思成,走遍中国的千山万水,研究中国古代建筑。当然,树立这个目标的另一个原因是:方娅也喜欢中国古代建筑。虽然她了解得不多,但始终充满好奇。她就像一个拿着鞭子的牧羊人,不断地驱赶着刘明夷朝着目标前进。而且,刘明夷是心甘情愿被驱赶的。

自从拿着那张报纸找过刘明夷之后,方娅又三天两头地问他一些和涞滩古镇有关的问题。那个小镇像一块磁铁,已经深深地吸引了她。有一天,在方大和家里,方娅再次提到了涞滩古镇。

这个小镇,什么时候我可以去看看呢?

刘明夷笑道:这个可有些难了。

方娅撒娇似的说:可我真的想去看看,怎么办啊?

刘明夷摇了摇头,那怎么行,现在外面那么乱,你一个女孩子……

方娅噘着嘴巴说,女孩子怎么啦?你的思想怎么还停留在一百年前啊?

刘明夷立刻脸红了,他求助似的转向老师,方大和正坐在藤椅上,眼睛盯着窗外,一副若有所思的样子。

明夷啊。他亲热地喊他:依我看啊,方娅倒是可以去。不过呢,是大家一起去。

他吸了口烟,看着眼前的两个年轻人,慢悠悠地说道:

既然你有志于中国古代建筑研究,我看,那个涞滩就是个好地方,千年建筑,保存得那么完好,不是件很容易的事,得抓紧时间去研究。现在到处兵荒马乱的,没准哪一天就消失了。

他站了起来,在屋里踱着步,语气不紧不慢。

何况,日本人就要打过来了,学校也要南迁了。不如我们早点去,以免到时候措手不及。

说到这里,他停下脚步,看了看刘明夷,见他仍然没有什么表示,于是又鼓励道:自古做学问,讲究读万卷书,行万里路,男儿志在四方,你两年来学问日进,书也读了不少,到了行万里路的时候了!

刘明夷脸上虽没有表示,脑子里却已经有千百个念头在翻滚了。最后,他终于拿定了一个主意——

老师,我看这样,为了保险起见,我先去一趟涞滩,打个头阵,探明了情况你们再去,如何?

好!好!方大和激动起来,好样儿的,学校马上就要放假了,一放假你就启程,就这么办了!

多年以后,刘明夷回忆说,涞滩这地方之于自己,就像是个未见过面的未婚夫,自己稀里糊涂地被塞进轿子,等见了未婚夫才惊喜地发现,原来这正是自己想要的那个人。这种婚姻显然需要运气。这说明刘明夷内心不愿意承认,自己是因为方娅才来这里的。

不管怎么样,既然来了,研究工作总是要做的。他走遍了涞滩的各个角落,为各种建筑画草图,写下自己的各种思考和见解。当然,最幸福的还是方娅到来后,他们一起坐在那棵菩提树下度过的二人时光。两个人并排坐着,目光穿过层层叠叠的树木,遥望着远处的江面。几天前,刘明夷也是这样坐着,只不过是一个人。一个人坐着,目光是空洞的,脑子里满是期待和幻想,两个人就不一样了,目光是明澈的,至于脑子……此时是不需要脑子的。方娅的眼里都是水,秋水,尤其是目光对准刘明夷的时候,那水就会流动起来,却永远不会落下。刘明夷看到自己就浸在这水里,把骨头都浸化了。

那是刘明夷一生中最美的时光,这样的时光容易让他忽略很多东西。他所有的注意力和灵感都聚集到了方娅身上。有一次画图时,他忍不住把方娅画了进去。方娅坐在方条石上,远方是蓝得透明的天,身后是低矮的青瓦木房,身边是绿的苍耳、灰的狗尾巴草,到处乱长的梳子草和金纳香,画里似乎还隐约飘着苦艾的味道。方娅看到画的是她,就抢了过去,惊喜地叫着、跳着,像孩子一样。接连几天,都是方娅带着刘明夷跑东跑西,刘明夷也乐得随她。

那天方娅突然提出要到江边去。从山上往山下走,两边的泡桐和桔树摇晃着,他们也和树一样摇晃着。万年青则要矜持得多,只是抖动几下树叶,以示客气。刘明夷的心里像揣着件宝贝,拿出来怕飞了,掖着吧,心里又七上八下的。他知道江边是什么地方。江边没有建筑,不需要搞研究。这就意味着,他们要暂时离开那些雕梁画栋,那些线条和色彩。方娅呢,还是一路蹦跳着,追逐着路上的石子。路旁有一株苦杞,结满了果子,红得发亮,嫩得发嗲。方娅看到了,不由自主地停住脚步。她蹲下身来,手试图伸向果子,但伸到一半就收了回来,像是怕碰落了果子似的。然后一脸天真地看着刘明夷。

到了江边,气氛就有些不一样了。鬼使神差地,他们挨着坐下了,而且挨得很近。刘明夷和方娅以前也单独相处过,但都是保持着适当的距离,现在,他们近得足够听得到对方的呼吸声了。片刻,方娅打破了宁静,故作撒娇状:好累啊!身子就不由自主地靠过去,头贴在刘明夷的肩膀上。刘明夷呢,生平第一次让女人靠这么近,一时间不知如何是好,身子显得有些僵硬,直挺挺地立着,一动也不敢动,生怕稍微动弹,肩膀上的脑袋就滑走了。时间很配合地停滞了。对于刘明夷来说,这种姿势其实并不舒服,但他知道,此时,四肢和肩膀已经不属于自己了。刘明夷很想一把抱住她,但是他不知道方娅让不让她抱,万一她生气了怎么办?更重要的是,离他们不远的地方,几个嫂子正在洗衣服,棒槌隔着衣服敲打在石头上,传来"梆梆"的闷响。

好在很快就有人来解围了。

上游远远地漂来一只竹筏,几个男人站在船上,短衣短裤,拉着网,挥着手。一个男人显然发现了洗衣嫂,丢下手上的网,双手叉起腰,扯开嗓子唱了起来:

河边的洗衣嫂,你莫闲我犁头老;
犁不动你的田,我不收你一文钱。

岸边的嫂子一听,抬起头来,立即回应:

放筏子的上河人,你莫怪我手无情;
我的剪刀一张口,筏子架到涞滩口。

歌声惊动了他俩。方娅显然对他们的歌声发生了兴趣。她扭过头来问刘明夷,他们唱的什么啊?

刘明夷自然是听懂了,他的脸早就红得像苦杞果一样,眼睛都不敢看方娅。方娅越发好奇了:我只听到他们说犁什么田,什么意思嘛,快说啊。

刘明夷结结巴巴地说:他们,他们,很坏,唱这种下流的歌,不要听……

方娅似乎也明白了,脸红了。她害羞的方式不是把脸躲开,而是藏起来。眼下,最适合藏的地方就是刘明夷的怀抱,于是她一下就扎进了刘明夷的怀里。刘明夷这次果断地伸出手,一把抱住了她。少女身上散发出的芳香钻入他的鼻孔,钻入每一寸肌肤里,他有了一种眩晕的感觉。他不知道这是不是在做梦,庄生梦蝶,大概就是这种感觉吧。这个时候,刘明夷确切地明白了一个词:爱情。以前只是在书上领略过,在心里幻想过,这一次,爱情真真切切地来到了自己身边,扑向了自己。爱情这东西就像酒,像鸦片,让人迷醉,让人完全忘掉了外部的世界。

方娅说:明夷,你会一直爱我吗?

刘明夷说:会,当然会,天地合,也不与君绝!

方娅吃吃地笑着,天地都合啦,我们待哪里啊?

刘明夷应道:我们一起被压扁了,你中有我,我中有你,就更分不开啦!

方娅赶紧说:呸呸呸,说这种不吉利的话……

害得刘明夷又赶紧打自己的嘴巴。过了一会儿,方娅又不放心地说:明夷,万一以后发生了什么事呢,你也会和我在一起吗?

刘明夷正沉浸在爱情的蜜罐中,蜜罐中的人是不会担心未来的,他说,什么事能让我们分开啊。你是说,你爸爸……

方娅使劲摇着头,我爸爸是不会干涉我的。他早就说过了,我的婚姻我自己做主。

刘明夷这下有些认真了,盯着她的眼睛说,那你是说……

方娅的目光有些躲闪,我是说,我是说,万一我有什么事……

刘明夷吓了一跳,什么事啊?

方娅赶紧声明,没什么,我是说万一。不是说世事难料嘛。再加上兵荒马乱的,什么样的事都有可能发生啊。

这下刘明夷懂了,方娅是担心会失去自己。懂了之后他就开始感动。刘明夷这样的人,感动起来是非常动情的。他把方娅搂在怀里,搂得她有些喘不过气来。方娅又不好推开他,恰好旁边有脚步声传来,她赶紧说:明夷,有人来了……刘明夷猝不及防,迅速松开手,松得有些急,自己反而一下子滚倒在地,头上还粘了几颗苍耳子,粘得牢牢的。刘明夷手忙脚乱地往下扯,结果苍耳子没扯下来,头发倒是扯下几根,疼得哇哇叫。方娅笑成一团,也不顾忌有人来了,蹲下身温柔地捉住他的手,把他的头搂在怀里,将绿莹莹的苍耳子一颗颗摘除。方娅的动作很轻柔,像是在做按摩,这种感觉刘明夷很享受,直后悔头发上没多粘几颗。

二人是手拉着手回来的。

穿过树丛走到院门口时，刘明夷松开方娅的手，相视一笑。陶大爷从院子里走出来，他笑眯眯地打着招呼：刘老师，你们回来啦！然后又凑近刘明夷：刘老师，我听东头的老梁说，他儿子寄信回来了。信上说，日本人黑（很）凶，把南京包围了。老梁还说，打了南京，日本人就会顺江而上，打到四川来。刘老师，你说一说，日本人会不会打到涞滩来啊？刘明夷心里一惊：这个，情况变得这么快，我也不知道呢。我在这里，消息封闭得很啊。

陶大爷是刘明夷的房东，一位乐观开朗的老人，即使他生气的时候，都像在笑。他似乎格外尊重有文化的人，第一次见到刘明夷时就热情得不得了，听说刘明夷是来研究涞滩的老房子的，他还主动提出降低房租。方大和与方娅来了之后，陶大爷又把儿子一家赶到邻居家去住，为父女俩腾出两间屋子。他则独自带着小孙女住在堂屋。人一老话就多，陶大爷也不例外。不过陶大爷很是善解人意，当初只有刘明夷一个房客的时候，他总是瞅着刘明夷没事的时候，才过来跟他唠唠嗑，而且讲的往往都是刘明夷感兴趣的话题。俩人经常坐在门前的石凳上，一谈就是半晌。

比如说在很久很久以前，涞滩原本没有居民，更没有这些建筑和街道，有的只是鹫峰山和二佛寺。当时鹫峰山上杂树丛生，连条道都没有。偶尔经过的人得带把刀，一路披荆斩棘才行。后来二佛显了灵，消息不胫而走，很多人不远千里来这里烧香拜佛。其实，这二佛可不是为了自己显灵的。他明白，路是人走出来的，他一显灵，人们就会慕名而来，就会走出一条道来。不幸的是，人们刚刚走出一条道，一天夜里下起大雨，山下的小河里突然发起了洪水，路又被隔断了。二佛寺的和尚见状，决定修座石桥。桥很快建起来了,可没多久,桥又被水冲垮了。就这样修了再建建了再修,和尚急得没办法,只好求二佛帮助。可这事不归二佛管啊,二佛只好去求女娲娘娘。二佛的面子很大,没过几日,天上突然划过几道流星,转眼之间,河上就出现了一座石拱桥。原来,女娲娘娘搬来天上的五彩石修成了桥,从此桥的名字就叫"仙娘桥"。有了这座仙娘桥,香客越来越多,后来又有人在这里住下来,慢慢建起了涞滩古镇。所以涞滩有句古话说:先有仙娘桥,后有涞滩镇。

刘明夷本是想听听这些古建筑的由来的,结果却引来了这番传说。据说这是陶大爷小的时候,他爷爷讲的。陶大爷讲得很投入,一边讲一边比画着,刘明夷听得也很认真,不住地点头。这一老一少越来越投缘,在刘明夷先期到来的这段时间内,他几乎把自己知道的所有关于涞滩的逸闻趣事都道了出来。陶大爷还给刘明夷讲过镇上的一个掌故。他说:现在,外地路过的人只知道有上涞滩,却不知还有个下涞滩。而且当年其实只有下涞滩,没有上涞滩的。上涞滩是防起义军才建的。

刘明夷听这些故事的时候,总感觉这地方自己曾经来过,这些故事,小时候爷爷好像在自己耳边唠叨过。不知不觉间,陶大爷就成了自己的爷爷,他半花白的胡须、掉了大半的牙齿、好似被揉搓过的脸,简直就是另一个爷爷。

有了这种感觉,刘明夷对陶大爷就多了一份亲近和依赖。今天也是如此,他想与陶大爷分享自己爱情的甜蜜,可他刚准备开口,陶大爷却朝他摆了摆手。

陶大爷今天有些怪异,他和刘明夷说着话,眼睛却不时往方娅身上瞟,那眼神,像是看一个陌生人。这让刘明夷有些不舒服。不过看他心事重重的样子,好像有什么难言之隐。终于,陶大爷逮住了机会。他见方娅往方大和的屋里望,悄悄拽住刘明夷的袖子,指指方娅,又指指屋里。这下刘明夷明白了,于是对方娅说:你先去看看方老师吧,我陪陶大爷说说话。陶大爷的四川话方娅本来就听不太懂,又对他们的话题没什么兴趣,正好借这个机会溜进屋去了。

见方娅闭上屋门,陶大爷才压低声音说:你那个老师,有问题!很有问题!

## 丑.

时间有时真的会让人脱胎换骨。

第一次见到郭晖时，完全不是现在这个样子。那时他满脸胡须拉碴，脏兮兮的，像是很久没洗过一样；鼻子一定是刚刚用手揩过，鼻尖上方露出一块亮晶晶的白来；乱蓬蓬的头发像是被人浇了一头灰。衣服倒是干净，也算整洁，但走近了，就能闻出一股酸臭的味道。关键是那么冷的天，他居然只穿着件长袖衬衣。他傻傻地立在那里，腿有些发抖，一副大病初愈的样子。背上的包并不大，却像是有千斤重，使他的背弓得很厉害。那时我以为他大约有三十岁吧，后来才知道，他刚过二十。总而言之，当时的郭晖没有一点吸引我的地方，唯一有些打动我的，是他的眼睛，非常亮，安在那张灰黑的脸上，如暗夜里的一盏灯，格外引人注目。

昨天下午在江边和他说话的时候，我又想起当时那个场景。虽然现在他已届中年，可就神采来说，要比第一次见他时精神许多。

当时他在街口左右张望着，像是找什么人，又像是不知从哪条路走，犹疑不前。一只猫突然从身旁蹿过，把他吓得够呛，连忙向后踉跄了几步。当时我刚刚从屋里出来，一眼便注意到了他。那个时候，镇上没什么外人来。就那些人：打鱼的，种田的，开小卖部的，开小饭店的，在城门口卖点桔子、芸豆、苦瓜的，做糖人的，早晨上学黄昏放学路过的学生，天天都是这样，一成不变。还有一些挑着担子卖针头线脑的，磨刀的，补锅的，算命的，但他们也都是熟面孔，在我的眼皮底下不知穿梭过多少回了。不管是上涞滩，还是下涞滩，总共也就这么多人，扳着指头数也能数清。逢场的日子是2、5、8，也就是每个月的2号、5号和8号，还有12号、15号和18号，这几天是镇上人集中出动的时候，油盐酱醋茶、亟需的生活用品，都要采买些度日，所以要热闹许多。乡下的农民自然不会放过这样难得的贴补家用的好机会，他们有的是一人肩挑背扛，有的则三五成群，搭伙赶到镇上，卖些自家种的红苕、丝瓜之类的农货。不用看穿戴，单从这些人的举止神态，便一眼能看出来他们打哪里来，他们默默地坐在街边的台沿上，并不吃喝，只是羞赧地瞟着往来的行人，见有人走过来，便怯生生站起来打声招呼。人家要买什么，就报个价，买就买，不买也不强求，再重新坐回台沿上。他们卖东西，基本上是谢绝讲价的，本身就不贵，一口价。

显然，郭晖不像是农民，而且和涞滩所有人都不一样。说来你不信，是不是涞滩人，只需瞄一眼，就能准确地判断出来。涞滩人，走路都是晃悠悠的，一摇一摆，两条腿往外分，走得很慢，像是喝醉了酒，深一脚浅一脚，边走路边说话，认识不认识的，都打招呼，也随时准备回应向自己打招呼的人。闲的嘛。那个时候日子过得简单。我们这地方的人，手上有点钱，干得最多的事就是胡吃海喝，再就是打麻将，房子倒在其次，典型的今朝有酒今朝醉，把日子过得慢吞吞的。郭晖来了以后就不一样了。他不乱花钱，就是赚了钱也不乱花，有钱就盖房子。

我看他迟疑了许久，才向拐角一个摊贩走去，好像要打听什么事。他们离我不远，两个人边说边比画，半天都没听懂对方说什么。我就走了过去。那时候我正读高三，在学校里学过普通话，很快我们就接上了话。他说他是外地来省城打工的，身上的钱快花光了也没找到工作，就想跑到下面来碰碰运气。他在车站随便跳上一辆长途车，结果就被拉到了这里。这也实在太好笑了，我就不由得笑出声来。他被我笑得有些不好意思，就问我叫什么名字。我说我叫桔子。他也笑了起来，说你确实像桔子。那天我穿了件橙色上衣。我故作恼怒地问他叫什么，他犹豫了一下说，叫郭晖。我又哈哈大笑起来：连自己的名字还要想。不过他的脸确实像抹了锅灰。

他洗过脸，我才发现他其实并不黑，而且长得棱角分明，要是鼻梁再高一点，简直可以称得上帅哥了。那天我心情不错，带他到一家便宜点的餐馆吃了饭。当然了，他付的钱。我问他打算怎么办？他说他打算找个事做。我就突然想起了个人：我的老姑父刘明夷。他虽然现在退休了，但一定能帮上忙。我刚跟他说到，没想到他摇摇头说：不了，谢谢你了，我自己想办法吧。我心想这真是个怪人，好心帮你，你还不领情。

和他再见面的时候已经是夏天了。当时我觉得已经忘掉这个人了。我以为他只是个过客，凑巧来到这儿，凑巧碰到了我而已。这样的人，在生命中会遇到很多，没有必要个个都留在脑子里。可这次，我还是一眼就认出了他。他看起来年轻多了。上身穿一件蓝色衬衫，黑裤子，头发剪短了，人也晒黑了，却显得精神了很多。说话的时候，嘴角老朝一边抽动，有些紧张，像淘气的中学生遇到班主任老师似的。他的这个样子倒是更吸引我了。不像第一次，虽然新鲜，却有一种陌生感。

那是我这一生最悲惨的一个夏天。天出奇的热。四十多度的高温,已经持续了两个星期,把整个涞滩都烤熟了。渠江上冒着热气,水都快要被蒸干了。当然,让我最惨的还不是天气。

在那以前,我,桔子,是涞滩乡出名的好学生。我学习好,人也乖巧,关键是,人还长得好,所以我是父母的骄傲、邻里的榜样。有人还预测,有一天我会成为涞滩乡第一任女乡长。姑父经常拿我作榜样批评表哥刘子钟:一天到晚就知道东游西荡的,你看看人家桔子,你要是有人家一半,我睡着了都得笑醒!邻居在激励上小学的孩子时,也不忘加上一句:好好学习,有一天你会像桔子姐那样……

高考前两天,班主任开了一次全班动员大会,照样把我抬出来:你们辛苦了十二年,为的就是这三天,这三天将会决定你们将来是穿皮鞋还是穿草鞋。你们要想穿皮鞋,就要像陶小桔那样……随后,由我配合班主任,给班里成绩不好的同学鼓劲,并传授他们一些考试的小技巧,你别说,还真像那么回事。然而——最后——当别人纷纷接到录取通知书时,我——居然落榜了。

得知消息的那天晚上,我把自己在房里关了一天。我一直在发呆,没有一滴眼泪。我知道,我作为涞滩孩子榜样的十二年已经像渠江水一样,一去不回头了。我就是全镇的一个笑话,一个反面教材。而且我必须面对一个事实:我将来要穿草鞋了。穿草鞋的结果就是,我不能够像梦想中的那样,离开涞滩,到重庆城里去,穿着漂亮的白裙子,踩着高跟鞋,坐在镶着宽大玻璃窗的办公室里;我也不能够开着小车,穿过两排迎接我的菩提树,出现在父老乡亲们的跟前。

那天晚上的另一个成果是,我发现我那么能喝酒。我拿了一瓶父亲收藏了多年的白酒,一口气喝了半瓶,竟什么事都没有。于是我又喝了剩下的半瓶，这时我才感到有些晕晕乎乎的。以前父母都说，好女人是不喝酒的，虽然我经常在涞滩见到能喝酒的豪爽女人。这回我算是明白了，豪爽的女人背后，必定有一个喝酒的理由。这瓶酒让我一觉睡到了天亮。父母也没有叫我，虽然他们知道，是我拿了那瓶酒。我听见父亲在门外小声说：没事儿，让她喝吧，醉一次也好。这时，我的眼泪才不争气地从眼眶里涌出来，流到嘴边，充满着令人呕吐的酒气。

后来，我开了房门，打算到江边去散散心。我走到了二佛寺。四周静悄悄的，只有那些傻乎乎的知了在不要命地叫，好像它们能把太阳叫走似的，结果越叫天似乎越燥热，憋闷得很。我突然就想和二佛说说话。我心里有一肚子话想倒出来。这么多年来，我经常看到有人在这里烧香膜拜，他们虔诚地跪倒在佛像前，口里念念有词。每当这时，我总觉得他们很傻，一块石头有什么好拜的。现在我明白了，佛其实也是孤独的。就像我一样，被人人奉为楷模，却没有人真正懂得自己。二佛还会被人拜，而我不用了。这倒也是件好事：我终于不用天天装着一副好孩子的样子，供人瞻仰学习了。

对我来说，这真算得上是一个重大发现。这个重大发现，让我的脚底下也变得轻盈起来。我大步朝二佛走去，很快就看到了佛像，高大的佛像前还跪着一个人，他低着头，一动不动。是谁会在这大热天儿来拜佛呢？我轻轻地走上前去，尽量不惊动人家。终于，靠得够近了，我才发现，这是一个男人。我还发现，他居然在哭！他哭得很投入，双肩不停地抖动，喉咙里发出咕咚咕咚的声响，仿佛是噎住了气，让人担心他会一口气上不来，就……他一边哭，嘴里还一边嘟囔着什么，像是外国话，但肯定不是英语，反正我一句也听不懂。我能感觉到，他一定是有什么辛酸的事。我的眼泪也被勾出来了，莫名地，一滴滴地往外冒。我赶紧擦掉眼泪，想离开这里。就在这时，哭声停了。回头一看，他仍然跪在那里，但上身立了起来。过了好半天，他才站起来，拍掉腿上的尘土，慢慢转过身来。

是他！郭晖！

郭晖显然也发现了我，愣了片刻，咧开嘴想要笑，结果嘴角却不合时宜地抽动了一下，看起来跟哭一样，很是滑稽。

他说：你怎么也在这里？

我说：怎么？只许你在这儿吗？这又不是你家开的！

他大概没想到我会变得这么泼辣吧，他当然不会知道我是怎样变得泼辣的。

他说：谢谢你，上次帮了我。

我说：你怎么还在涞滩？你还没走啊。

他说：没有。我在这里找了个事。

我说：你到这里干什么啊？怎么哭啦？

他有些恼怒：谁哭啦，乱说！

我说：那你来干什么？求子还是求福啊？

他没有理睬我的嘲弄，摇头说：这里太不成样子了。这么好的佛，住这么差的庙。以后我有钱了，给二佛修个好庙。

我笑道：那你赶紧求他啊，求他让你发财啊。

他看了我一眼，眸子深长黑亮，像是要把我吸进去。然后就垂下头，一副难过的样子。我想一个大男人大白天躲到这里来哭，一定是有非常难过的事，而我居然还对他冷嘲热讽，真是不应该。想到这儿，我就突然有些后悔。

我问他：你找了个什么事做啊？

他说：在建筑工地上，帮人家搬砖。

说着，他摊开手，之前白嫩的双手已经变得又黑又粗，布满了厚茧和伤痕。他一定是吃了不少苦。他在这里哭，难道是为他的苦？

见我不说话了，他说道：不早了，你吃午饭没？

我摇了摇头。

他说：那好，现在我有钱了，我请你吃饭吧。感谢你上次帮了我。

有些话不敢在佛前说，我们走了出去。我们头顶上有两棵树：一棵苦楝树，一棵槐树。苦楝树在我们的上面，槐树在苦楝树的上面。四周的味道是苦楝树的。苦楝树的叶子苦苦的，槐树的叶子涩涩的。苦味比涩味重，所以我们只闻到了苦味。

我们回到镇上，找了家街边小店坐下。郭晖给我倒了杯茶，自己却要了瓶啤酒。瓶盖刚打开，就被我一把抢了过来，咕咚咕咚，一口气喝了大半。我的举动让郭晖目瞪口呆，他结结巴巴地说：你，你，你怎么也喝起酒来了？你这样喝会醉的……

我笑了起来：咱们比比看，看看谁会喝醉。老板，再拿十瓶来！

那个时候我知道，我已经——彻底告别了过去。

再次见到郭晖的时候，不，准确地说，是他再次见到我的时候，已经是第二年冬天了。他是在派出所里见到我的。其实，我们上次分手后的一年多里，在合川市的街头巷尾，我已经成了一个名人。不过，他并不知道我是怎样成为一个名人的。

一年前，还是那个夏天，我拒绝了父母，拒绝了老师，拒绝再回学校复读，也拒绝去修复我的形象。我不愿意再背上沉重的压力去当涞滩人的偶像，我要求去打工。父母无奈之下，答应了。

与很多乡下的妹子一样，我先到合川市里找工作。我找到了一家理发店，想跟人学理发。我想学到手艺，以后自己也开家理发店。

理发店老板看我长得好看,就留下了我。我就从给人洗头做起。刚开始的时候一切都很顺利,直到有一天,一个黄头发的小混混出现在店里,他指名道姓地要我给他洗头,我只好答应了。谁知他不怀好意,洗头的时候,脑袋不停地往我怀里蹭。我向后躲闪,他却得寸进尺,直接伸手往我怀里摸。我又连忙后退,瞥了一眼站在旁边的老板,老板也在看着我们,可什么反应也没有。骤然间,我怒火中烧,端起旁边的一盆水,泼在黄头发的身上。黄头发打了个激灵,跳了起来,没等他反应过来,我顺手拿起旁边的拖把使出全身的力气砸在他脑袋上。可能是砸得重了,他惨叫一声,捂着脑袋跑出了门。

店里的人都被惊呆了。他们没想到平时看起来那么温顺的我,一旦爆发,会比谁都狠。老板也是愣怔了半天才回过神儿来,他对我说:桔子啊,你赶紧走吧。那个人是这里有名的混混,你惹不起啊。我梗着脖子说:我不怕,大不了跟他拼了!老板一听,都快要哭出来了:我的姑奶奶,你惹得起,我也惹不起啊。我求求你,快走吧。

在他的再三催促央求下,我只好收拾东西离开。本打算在这条街上再找家理发店学理发,谁知,街上的所有理发店都像约好了似的,异口同声地拒绝了我,有的态度还好点,找些不是理由的理由,有的则像送瘟神一样把我赶出门。没办法,我只得到别的街上去,但结果是一样的。当时,我似乎只有一条路可走:回家,回到涞滩去。但我不愿意。我绝不能在混不下去的时候回家,那会又一次沦为全镇的笑柄。事实上,出来后的一年多时间里,我一次都没回过。即使回家,我也一定要——风风光光地回。

我开始尝试着找别的工作。可是,那段时间,整个合川市没一个人愿意接纳我。我怀疑他们是不是开过审判大会，一致通过了不要我的决议。越是这样，我越要留下来。我就不信，命运会待我如此不公。不过，我很快就发现，命运不光打击我，还嘲弄我。那天下午，我回到出租屋里，发现门已经开了。进屋一看，显然有人进来过了。屋里一片狼藉，衣服扔得到处都是，被子被翻了个底朝天。我急忙奔向枕头，希望那里没人动过。但是，枕头已经被拉开了。我的全部积蓄，从家里带来的钱和打工攒下的钱，全部被人拿走了。

　　一连饿了两天，我快撑不住了。那天晚上，我来到一家小饭馆，坐在墙角的椅子上。服务员几次问我要点什么，我都是摇头。他以为我在等人，其实我是想跟他讨点吃的，可又张不开口。我就那样傻坐着，坐到很晚的时候，服务员终于忍不住了，过来跟我说：妹子，你到底要不要吃饭？我们要关门了。我挣扎着想站起来，却怎么也动不了。正在这时，旁边桌上的一个男人走了过来，他看了看我，吩咐服务员：去炒两个菜来，算我的！我瞅了瞅这个男人，他胳膊上文着一只老鹰。男人说道：这里的人都叫我鹰哥。妹子，你叫什么？我有气无力地说：我叫桔子。男人愣了一下，你就是桔子？我点了点头。男人笑了，朝旁边的桌子喊了一嗓子，一个黄头发的男人走了过来，盯了我好一会儿，说：对，她，她就是桔子！我也仔细打量了一下他，他就是理发店里被我打的那个小混混。

　　我心里咯噔一下，心想坏了，这下饭吃不成，还得挨打。果然，黄头发男人兴奋地说：老大，就是她，当时打我的就是她。我一直找她呢，这下好了，送上门来了！他甩了甩胳膊就要上前。我已经做好准备让他打几下，出出气。他们这么多人，我要是还手，肯定会更惨。就在这时，那个鹰哥猛然一拍桌子：好了！就你那点出息，被一个妹子打成那样，还好意思说这说那？还不给我找个地洞钻进去!

他倒上一杯白酒,递给我,然后挑衅地看着我。我拿过杯子,一仰头,一口喝了下去。

他看了看我,笑了笑:好,好,桔子,你这样的妹子,我喜欢!兄弟们,都过来,一起喝一杯,欢迎桔子加入我们!

就这样,街上出了一个叫"三姐"的女流氓。我成了他们当中的老三。我们到处惹是生非,喝酒、打架、逼商户交保护费。直到有一次,我们和另一个团伙为争地盘火并,架才打起来,就被公安人员包围了。然后……我就进了派出所。

我交代了所有的事情,唯独不肯说出自己家在哪儿,父母叫什么。我被拘留了十五天。从此,我的名字成了"失足少女"。

这十五天里,我一个人静静地待着,回想着这一年多来的时光。我不知道,还能不能再回到过去。这十五天里,也没有一个人来看我。我昔日的那些伙伴们,早就作鸟兽散了。我不知道我的未来在哪里,也不知道十五天后我会到哪里去,但我知道一点:我不回家,我绝不回家!我想了很多方案:重新找个理发店,或去理发学校学理发,去餐馆端盘子,到沿海城市找以前的同学……但这些方案,我没一个有把握。

终于,十五天到了,我被放出了拘留所。一个女公安说,有人在外面等我。我吓了一跳,谁会在外面等我呢?难道父亲知道了我的事?我一路忐忑不安地跟着她。在一间办公室里,一个背双肩包的男人正背对着我,听到脚步声,他转过身来。我吓了一跳:怎么是他?郭晖!

一年多不见,他看上去成熟了许多。他应该好几天没刮胡子了,一脸倦容,鼻梁上戴个墨镜。他朝我笑了笑。

我扭头就往屋外走,他赶忙跟了出来。我一声不吭地在前面走,他一声不吭地跟在后面。我们一前一后走了很久,终于,我走累了,在江边停了下来。我冷冷地说:你怎么来了?

他说:我来看你。

我说:你怎么知道我在这里?

他说:这个你不用管。不过你放心,你爸爸妈妈不知道。

没话了。我们都安静了下来,默默地凝视着江面。这里是涪江,比起渠江来,水流似乎急了些,却没有渠江干净。合川市号称"三江之城",涪江、渠江、嘉陵江在这里交汇。来合川一年多,我到过这里无数次,每当心里难过的时候,我都会独自在这里待一会儿。只是这次,有他陪着。冬天的涪江,冷冽的风一阵阵吹来,我有些支持不住了,站起身来说:走吧,请我吃饭吧。

小餐馆里人头攒动,我们拣了一张靠边的位子坐下。我直接要了瓶白酒。这次他没有阻拦我,还陪着我喝。可我不想管他,只顾自己喝。后来他就不喝了,在一旁看着我。一瓶酒见底,他又给我要了一瓶。这一瓶,我没能喝完,就倒在桌子上,什么都不知道了。

醒来的时候,我才发现趴在他的背上。我睁开眼睛,朝四周望了望,人流缓慢地向前移动着,大包小包,前方"进站口"三个字让我猛然醒悟过来,这里是车站!刹那间,我急了:你要带我上哪里去啊?

他喘着粗气,说了两个字:回家。

我愣了一下,冲他喊道:快放我下来,我不回家!

他又吐出了一个字:不!

我使劲地挣扎着,踢他的屁股,掐他的脖子,他就是不放我下来。最后我在他的肩膀上狠狠地咬了一口,他疼得叫了起来,却丝毫没有松动的迹象。我只好放弃努力,等待合适的时机。他径直背我上了一辆长途汽车,那是开往涞滩的汽车。我从座椅上挣扎起来,想要下车,他却一把摁住我。他的力气太大了,我怎么也弄不过他。车上的人开始注意到我们,有人问:你们怎么回事啊?我灵机一动,装作很恐惧地叫道:他是坏人,是流氓,你们快帮帮我!但他却很从容,慢条斯理地说:她是我妹妹,不肯回家,我带她回家。

他的样子很真诚,大家都相信他了。我气急败坏,一把抓住他的衣服,朝他拳打脚踢,他没有躲闪,任我胡闹。后来我打累了,躺倒在椅子上,哭了起来。直到我哭都没劲儿了,他才从兜里掏出一块手绢递给我。我也不客气,拿起来就擦,弄得手绢上全是鼻涕眼泪。擦完了,我把手绢扔给他,他仍旧揣回兜里。

车子终于到了涞滩。我赖在车上不下来,可他的手就像坚硬的钳子一样,把我拉了下来。街上熟悉我的人太多了,我一路低着头,生怕有人认出我。一路上我都在琢磨怎么跟父母交代。可走着走着,我发现不对劲呀。我们似乎不是去下涞滩的方向,而是往街东头走。终于,我们走到一家小理发店门前,里面有几个理发师傅正忙得热火朝天。此时,他好像如释重负一般,转头朝我憨憨地笑了一下。

我说:你,你要理发?

他摇了摇头。

我说:那你是什么意思?你是要我在这里打工?

他再次摇了摇头,径直走了进去。事到如今,我只好跟着。店里一个高个子男人见我们进来,连忙跟他打招呼。他伸手拽我过来,对高个子男人说:小廖,她就是桔子。以后,她就是你的老板了。你先教她理发吧。

我愣住了,半天没回过神来。那个叫小廖的男人二话没说,就给我搬了个凳子。我心中疑惑，结结巴巴地问：这，是怎么一回事啊？

郭晖说：这个理发店，是你的啦！

我说：这是你的理发店？

他笑道：是啊，是我专门为你准备的。你不是一直要开理发店吗？

小廖在一旁附和：是啊，桔子。晖哥拿出了自己所有的积蓄，还借了些钱，才盘下这个店。他一直说要等你回来。这下好了，你终于回来了。

我还是有些不明白，对郭晖说：为什么啊，你为什么要这么做啊？

他翻着白眼：你管得着吗？

父母亲越来越喜欢郭晖了。他们好几次都在问我：你觉得那个郭晖怎么样？说心里话，我不想让父母管我的私事。我说，不怎么样，长得又难看，又是个外地人。母亲说：咦，小郭怎么难看啦？我觉得小伙子很精神的啊。我说：是很神经吧。

别看我嘴上硬，内心里却有别的想法。你说这个郭晖吧，对我，确实是好。但是，好归好，他却一点那方面的表示都没有。有几次，我们在一起的时候，我故意靠近他坐，他却慢吞吞地往旁边挪，好像屁股上有刺似的。我想他以前一定没谈过女朋友，害羞呢。后来有一次，我打算直截了当地问他到底喜不喜欢我。他察觉了我的意图，没等我开口，就说：桔子，你又漂亮，又能干。可我呢，是个外乡人……

我很想说：外乡人，这算什么理由啊。可我没有说出口。我想还是顺其自然吧，我们都还小。

他似乎每天都在忙，也不知道在忙什么。有一次我问他：你这么忙，有什么目标吗？他回答得很干脆：没目标，过一天算一天。我说：你少来，这不是你的性格。你肯定有目标，不相信我是吧。他好像被我逼急了，嗫嚅道：我想自己搞个建筑队……

他就说了这么多，剩下的，就什么都不肯说了。我理解他，他是个外乡人，没有背景，没有势力，甚至都没几个朋友，只能靠自己，所以做什么都得小心谨慎。于是我就想，我得给他找个背景。想来想去，我想到了一个人，一个我原本不愿意找的人——表哥刘子钟。

刘子钟是姑父刘明夷的儿子。他出生时姑父都四十多岁了。姑父中年得子，宝贝得跟什么似的。三岁的时候姑父就开始教他读唐诗宋词，还有《诗经》之类；六岁不到就上了小学；长到十几岁的时候，"文革"已经接近尾声。虽然姑父在"文革"中受到了些冲击，但刘子钟没什么事儿。刘子钟从小性子就野，每天都有会生出一堆调皮捣蛋的事。所以姑父成天把他关在家里，不许他出门。刘子钟喜欢画画，家里的墙上全都是他的手笔。不过，姑父并不骂他，还夸他画得好呢，为了支持他画画，姑父给他买了各种颜料。但刘子钟似乎对艺术并不感兴趣，而是对画画产生的后果感兴趣。画到后来，他就不再满足于墙面，将作品搬到了餐桌上、父母的衣服上。有一天晚上，他趁爸爸妈妈睡着了，就在他们的脸上画乌龟、蛇和狗。

刘子钟生来精力充沛，"文革"的时候学校都停课了，外面闹哄哄的，他却被父亲关在家里出不去。这还不把他憋出病来？不过，他自有办法解闷，就是在家里做"实验"。他把煤油和菜油、碱和盐混在一起，吃得一家人连拉了几天肚子。他非但不收手，还乐此不疲。有一次，刘子钟在院子里抓到一只老鼠，他把煤油浇到老鼠身上，然后点着。烧疼了的老鼠在院子里到处乱窜，结果窜到邻居家的房里，把人家的蚊帐给烧着了。幸亏人家家里有人，闻到了焦煳味，赶紧喊人救火，隔壁街坊的人都被惊动了，提桶的，端盆的，忙活了好一阵，才将火扑灭。闹得上面都来人了，就在院子里审查姑父，要他承认是在搞"反革命破坏"。刘子钟呢，竟然坐在院子里的石凳上看热闹，似乎很享受很得意。这一次终于把姑父逼急了，把他绑在椅子上痛打了一顿。当天晚上刘子钟就不见了。一家人把上涞滩和下涞滩都找遍了，就是没有他的影子。直到第三天，刘子钟的二姐在江边看见他时，你猜他在干吗？正坐在那儿有滋有味地吃烤鱼呢。问他鱼从哪里来的？他说自己钓的。油盐酱醋呢？从家里带出来的。他说，前天晚上从家里跑出来的时候，就想好了要带什么东西。他是想试试，没有父母自己能不能活下去。问他这两天晚上在哪儿睡？他说在二佛寺。头一晚，他就睡在二佛脚下，还和二佛说话呢，而且想了很多问题。后来他说，那些问题，对于他以后的人生起着很重要的作用。

刘子钟干这些事情的时候，我还没出生呢，这些事都是妈妈告诉我的。从小到大，刘子钟都没怎么拿正眼瞧过我。我比他小十几岁，这样的年龄差，让我在他跟前就是个小不点儿。我呢，对于比我大这么多的表哥，也没多少亲近感，只是逢年过节，两家人在一起的时候，我才和他说上几句话。多半都是他问我，寒假作业做了没有啊，学习怎么样啊，还装模作样地教导我要好好学习之类的。其实他自己从小学习就不行。他书读了不少，但都是课外书，乱七八糟的各种书，就是对课本没什么兴趣。高考的时候，他的总成绩还不到高考分数线的一半。后来他的一堆文凭，什么本科啊研究生啊，都是后来在电大、夜校之类的地方拿的，不是正规大学得来的。

但是，刘子钟的人生轨迹，似乎是和我对着来的。我读书的时候一直都是好学生，而他是典型的差生。高中毕业后，我成了"失足少女"；他呢，却混进了乡政府，还当了宣传干事，后来又做了秘书、宣传股副股长，成了乡长跟前的红人。他以前那些画画的本领现在都派上用场了，他也不需要在家里画了，整个涞滩就是他表演的舞台。当年镇东头那幅巨大的改革开放宣传画就是他的大作。那时候，一个人能画会写，很自然就成了涞滩的"一支笔"，涞滩的宣传工作都得指望他。所以以前，尽管他已经是二十多岁的人了，还需要我来给他当正面教材，姑母经常拿我在他面前说事，说你这个表妹以后一定会很有出息，有一天会当乡长之类的；可后来呢，母亲经常在我耳朵边上说：你看看你表哥，现在混得多好。你要多和他接触接触，让他帮帮你，说不定也给你在政府里找个事做……

世事真是难料。

以前用我给刘子钟做教材，他肯定不舒服；现在要我去求他，我一样也不舒服。但我心里知道，他一定希望我去求他。涞滩很多人都巴结他，找他帮各种各样的忙。孩子上学、找工作，到粮站卖粮食……大家有各种理由，我也有，但我就是不愿意找他。就像那些日子，我一个人在合川闯荡，吃够了苦头的时候，我半点都没想起他，更不会想到找他帮忙。我能想象去找他会是什么样子。如果是在家里，他会打官腔：到家里来，就不要谈工作了嘛，有事到办公室再谈……真要是到了他的办公室里呢？他就会坐在老板椅上，跷起二郎腿，叼着烟，一边假惺惺地听我讲话，一边装作思考问题的样子。等我说明来意后，他就会呷口茶，再咳嗽一声清清嗓子：桔子啊，你的问题就是我的问题，我肯定会帮你想办法。但是现在嘛，情况有些……

所以，这一次找他之前，我想是不是来个曲线救国，先去找姑父。姑父一向很喜欢我，而刘子钟虽然天不怕地不怕的，对他父亲还是有几分敬畏的。琢磨了半天，我还是打消了这个主意。我可不想让更多的人知道这件事，何况我和郭晖之间还有一层儿女私情在内。我决定，还是直接去见刘子钟，而且就到他的办公室。去之前，我在脑子里打了很多腹稿，准备了各种各样的说辞，找了许多对刘子钟个人也有利的理由。我的目的就是要告诉他：他帮郭晖，也是在帮自己。

亲戚之间还需要这样说话，真让人有些哭笑不得。但是为了郭晖，我不得不这么做。

我问自己：我是不是爱上郭晖了？以前听姑妈说，一个女人咬过一个男人，就会爱上他。他就是我唯一咬过的男人啊。

我被自己的这个念头吓了一跳。

# 乙

多年以后,他才发现,她的眼角居然也有皱纹了,脸上还长出一两块褐色的小斑,看来她也开始衰老了。她怎么能老呢?她应该一直是那个样子的啊:扎着两只羊角辫,脸虽然黑却洗得很干净,手也干干净净的,优雅地搭在膝盖上。她常常很安静地坐着,仿佛一个温雅的、有修养的淑女,只是在和他目光对接时,眼里才闪出光来。独自面对她的时候,她也会蹦蹦跳跳,大老远就能听到她的声音:明夷哥哥!他看看现在的她,再想想那个时候的她,才记起来,那个时候,她才八岁呢。

她是陶大爷的孙女。那个年代,中国已经历了妇女解放运动的洗礼,不少城里的女人张扬、时尚,甚至彪悍。但在涞滩,女孩子仍然不受待见。比如说这丫头吧,都没名字,大家只是妹儿妹儿地叫她。陶大爷经常挂在嘴上的一句话就是:这个妹儿,好是好,要是个男娃子就更好了。说完了就会走程序一般,长长地叹口气。刘明夷明白陶大爷这口气为什么会叹得这么长。丫头是他的长孙女,头胎是个女娃也不要紧,可以再生。可是自打这个丫头出世以后,她妈妈就再也怀不上孩子了。所以父母也不喜欢她,好像是她来到这个世界时,顺便锁上了进来的门。后来,妈妈在她三岁那年得了一场病,就那么去了。爸爸两年后又娶了个后妈。后妈带着个儿子,比她小,一年多后又生了个儿子。有了这个儿子,她似乎就是多余的了,父母也不怎么管她,一天到晚就跟着爷爷,似乎爷爷是她唯一的亲人。她其实是很能干的,喂鸡、打猪草、扫地、煮粥,什么都会。没事的时候,她就一个人静静地待着,让人几乎感觉不到她的存在。

刘明夷刚到涞滩的时候,好几天都不知道还有她的存在。直到有一天,他坐在门前的石凳上修改建筑图时,才发现旁边多了个小女孩儿。他吓了一跳,不知道她是什么时候出现在自己旁边的。或许是自己太专注,或许是小女孩儿的脚步太轻?他好奇地注视眼前这个小不点儿,她的眼睛映着晚霞,亮晶晶的,像是刚刚用水洗过一样。

你是……谁呀?

我是,妹儿。

你是谁家的孩子啊?

这就是我家。

你是……陶大爷的孙女?

她点了点头。刘明夷似有所悟:你叫什么名字啊?就叫妹儿?她再次点点头。刘明夷这才明白,原来她没有名字。哦!刘明夷若有所思,然后拍了拍小女孩儿的肩,我帮你取个名字,好不好?

她疑惑地看了刘明夷一眼,不置可否,仿佛这件事与她无关。

你看,这个地方山清水秀,你就叫大秀,好不?陶大秀!刘明夷很是得意地说。

她愣了一下,点点头,这次点得很用力,眼里泛出光来。

后来见到陶大爷，刘明夷就把取名字的事说了。陶大爷一脸的感激：谢谢你啊，刘老师。你是文化人，你取的名字，就是好听。

其实，他也不知道好在哪里。

陶大秀跟着爷爷一起喊"刘老师"，刘明夷摇摇头，说：你就喊我明夷哥哥吧。

大秀"嗯"了一声，立即很响亮地叫了一声：明夷哥哥！

这一声叫得脆响。

这以后，刘明夷发现她出现的几率变高了。她时常不声不响地走到刘明夷的身边，坐着，或站着，一声不吭，看他忙着自己的事。有一次刘明夷到下涞滩去，走到半路上，被路旁的南竹吸引了，忍不住坐下，画起来。正画的时候，不知何时，她也出现了，坐到他旁边的草地上，看着他画。她看得很认真，连呼吸都是轻轻的，生怕打扰了他。刘明夷画完了，便问她：好看不？

她点点头：好看。

刘明夷笑了笑，从画本上撕下这一页，签上自己的名字，递给了大秀：喜欢就送你。

大秀如获至宝，小心地接过来，用小嘴吹吹旁边的灰尘，举在半空中，然后就不知该怎么办了。刘明夷看她天真可爱的样子，不禁笑出声来：大秀，我先帮你保管吧，回家以后再给你。

大秀急忙把手里的画护在胸前，像是怕他反悔了，再收回去。刘明夷只好再三保证，她才把画递给他。

刘明夷说：这画也不是白送你的哦，你给我唱两首儿歌好不好？

大秀点了点头，用地道的合川话唱起来：

> 大月亮，二月亮，哥哥起来学木匠；
> 嫂嫂起来蒸糯米，娃娃闻到糯米香；
> 哭的哭、吭的吭，打起锣儿接娘娘。

她唱得很投入，两只羊角辫一晃一晃的。唱完了，不等刘明夷开口，又主动唱了第二首：

> 对面山上砍柴哥，听我来唱个扯谎歌。
> 鸡公生了蛋，鲤鱼爬上坡；
> 先生我，后生哥，生了爸爸生婆婆，
> 外婆还在坐箩窝。

刘明夷被这些儿歌迷住了，好一阵子都在发呆。他眺望着远处的山脚下，江水缓缓流淌，万年青和泡桐安详地立着，鸟儿在树上忙着做窝；再瞅瞅身边，大秀甜甜的小脸上，两片嘴唇上下翕动，稚嫩的歌声美丽而动听。这一切，就像在梦里，既陌生，又熟悉，似乎隐约在自己的记忆中出现过。

方娅和方大和到涞滩前的那些日子，大秀给了刘明夷很多欢乐。这丫头平时看起来不声不响的，肚子里的东西还真不少。她不光给刘明夷唱儿歌，还讲故事，都是当地流传的民间故事。刘明夷有空的时候也教她写字，拿着树枝在地上写。先教她写自己的名字，一笔一画地：陶大秀。灵巧的陶大秀这个时候就有些不灵了，拿树枝的手捏得紧紧的，都快攥成拳头了，像要把树枝捏出水来；手不住地抖动，写出来的字也是歪歪扭扭的。大秀扭捏地笑笑，有些不好意思了。刘明夷只好握着她的手教她写。在刘明夷温热的手握住大秀小手的一刹那，刘明夷明显地感觉到大秀的手剧烈地颤动了一下，脸随之也涨红了。一个八岁的小姑娘，居然像大姑娘一样害羞了。想到这儿，刘明夷不禁暗暗失笑。好在大秀只是稍稍挣扎了一下，便顺从地由他把自己的小手握在掌心。终于她学会写自己的名字了。刘明夷就让她在刚才的那幅画上郑重地写下自己的名字。她写得很认真，每一笔似有千钧重，全身的力气都用上了。写完之后，她又要刘明夷教她写他的名字。刘明夷教了。刘明夷的名字，大秀写起来就费劲了，尤其是那个"夷"字，不是多了一折就是少了一折，弯弯曲曲的，画在地上，像渠江水一样。不过，她最终还是学会了，于是把刘明夷的名字也写在了画上。两个人的名字并排而列，就像两个历经岁月的老人并肩坐在江边，悠然自得地欣赏屋前的竹子。

后来方娅来了。

方娅的到来对于刘明夷，是有非同寻常的意义的；对于大秀，同样如此。

自打方娅到来，陶大秀犹如《聊斋》里的狐仙一般，失踪了。其实也不是失踪，只不过不再像刘明夷刚来时那样，整天黏着他。她现在很少出现在他的视线中。她会找个地方，练习刘明夷教给她写的那些字，或者躲在一个角落里，瞪着两只大眼睛，悄悄注视着他们。有一次刘明夷和方娅正坐在芭蕉树下聊天，突然方娅惊叫了起来。刘明夷问她叫什么，她指着左前方说：那里，那是什么东西？

刘明夷走过去一看，一个草垛子下面，大秀正坐在那里呢。刘明夷笑了起来：大惊小怪的，是大秀啊。

方娅也走了过来，试图和大秀说话，大秀却不理她，也不看她。很快刘明夷就发现，大秀不喜欢方娅。这是一个孤独的孩子，好不容易有人陪她说话，教她写字了，结果却被人抢跑了，当然会不高兴。刘明夷是这样理解的。但很快他就发现，方娅也不喜欢大秀。方娅这样一个活泼开朗、温柔善良的女孩子，居然会不喜欢大秀！难道是因为大秀不喜欢她？她们两个人，一大一小，怎么就像是天敌一样？很多年以后，刘明夷才明白，事情并没有那么简单。

有一天早上，方娅起床之后喊刘明夷，把刘明夷从睡梦中惊醒了。刘明夷问发生了什么事。方娅说，她最喜爱的一个簪子不见了。刘明夷说：不见了就不见了呗，怎么跟天塌下来了似的。方娅说：这可不是一般的簪子，这是母亲留给我的，是我的念想。两个人就到处找，都找遍了，也没找着。方娅突然一跺脚说：我知道了，肯定是她，那个丫头，她偷走了！刘明夷赶紧捂住她的嘴：没有证据，不要乱说。方娅却不依不饶，一把推开刘明夷就往屋外跑。屋后，大秀正在喂猪。她把猪菜用水煮过，和着剩菜汤搅在一起，一边将猪食倒进槽里，一边"啰啰啰啰"地唤着。那头黑猪听到呼唤声，就懒洋洋爬起来，嘴伸到猪槽里，把槽里的汁水吸得咕噜咕噜直响。

方娅叫了一声：陶大秀！

大秀抬起头来，瞥了她一眼，算是回答。

方娅恼羞成怒：我问你啊，你拿了我的发簪没有？

大秀没作声，兀自低下头。

方娅走近一步，再次逼问。刘明夷赶紧上前劝阻她。此时，大秀重又抬起头来，两只大眼睛委屈地瞪着刘明夷，眼眶里满是泪水。刘明夷心里一阵难过，转身拖走了方娅。

方娅还在嘟哝:就是她,肯定是她。我能感觉得到!

刘明夷笑了:看来你可以当侦探。

晚间的时候,方娅又大呼小叫起来,刘明夷以为又丢了什么东西,近前一看,方娅拉开的抽屉里,那根发簪赫然在目,纹丝不动。方娅嘴里还在叽里咕噜地抱怨:这是怎么一回事啊?我早上明明翻过的啊。

幸好,这只是个小插曲,并没有影响到他们的生活。但他们世外桃源般的生活,还是很快结束了。

那天,刘明夷和方娅从外面回来,陶大爷叫住刘明夷,告知了他一个惊天的秘密:方大和有问题。

事情是陶大秀发现的。那天上午,陶大爷刚出门,准备去地里,大秀一把拉住他,就往二佛寺方向跑。陶大爷问她干什么,她也不说,只是使劲地拽他。这丫头一向都这样,陶大爷心里明白,她肯定有自己的理由。两个人气喘吁吁地沿小路一直跑到摩崖石刻上方,陶大爷忽然听到里面传来叮叮当当的敲击声。伸过脑袋往下看,只见一个人,右手拿着小锤子,左手拿着凿刀,正朝石墙上的小佛凿去。陶大爷气得双腿直颤。这些大大小小的佛,以及菩萨、罗汉们,在涞滩,在这鹫峰山上,已经住了七八百年。要知道,在涞滩人、合川人,乃至重庆人的心里,二佛寺里那些佛像,就是神,就是一切,他们是至高无上的。每到逢年过节,远近的香客们或翻山越岭,或沿渠江走水路涌向这里。他们个个怀揣虔诚敬畏之心,拜倒在佛的脚下,乞求佛的佑护。而现在,有人竟敢在佛像头上动歪脑筋!

陶大爷感到一阵眼花,他揉了揉眼睛,想看清楚究竟是谁。此时,一旁的大秀开口了,她踮起脚,贴在陶大爷耳边小声说:

那个人,就是明夷哥哥的老师!

陶大爷又仔细瞄了一眼,果然是他,方大和。这个在他眼里德高望重的人,怎么会干出这种事呢?他为什么要这么做?对陶大爷来说,刘明夷的学问已经让他很佩服,何况是他的老师,身为大学教授的方大和!

大秀问:爷爷,怎么办啊?陶大爷拍了拍脑袋:让我想想,让我想想。

想了半天,陶大爷也没想出个好主意来。还是大秀提醒道:爷爷,要不要跟明夷哥哥说说啊?

陶大爷看起来很为难:他是你明夷哥哥的老师啊。

陶大秀摇摇头说:明夷哥哥肯定不知道,要不然,他怎么不帮忙呢?

陶大爷一想,的确有道理,这事得先跟明夷说。

果然,刘明夷不知道这事。他听了后,也很吃惊。他尽量让自己镇静下来,脑子飞快地转着:老师说他到涞滩的目的,是帮助自己研究这里的古建筑。可是,这些天来,并未见他有什么动静,他甚至没有问自己研究的进展情况,反而听任自己和方娅到处溜达。而且这些天也很难见到老师,为此他还问过方娅,但方娅吞吞吐吐,好像有什么事瞒着他,遮遮掩掩的。由于是老师的事情,他也就没再细问。原来是跑到二佛寺去了。老师怎么会突然对二佛寺感兴趣呢?

他思索片刻,决定还是先了解清楚情况再说。陶大爷虽有些疑虑,但也勉强同意了。

心里揣着事,刘明夷也没心思回房间看书。当晚,他一个人出了门,沿着小路漫无目的地走。

初秋的涞滩，湿润的空气里还冒着热气，四周虫子们的鸣叫声响成一片，像是在为夏日唱最后的挽歌。到处都是深褐色的茅草，草丛里，星星点点的萤火虫不住地闪烁着，如同刘明夷心里藏着的万千心事，有些杂，有些乱，有些说不清道不明。甚至带着浓浓苦艾味的风，也不能让那些心事的条理更清晰一点。

走到拐弯处时，有声音传来：

罗汉菩萨几大湾，二佛老爷坐涞滩。
罗汉菩萨几大排，大鬼小鬼不敢来。
罗汉菩萨千千个，烧香拜佛头磕破。

是大秀。声音很甜很清脆，也很稚嫩，夹杂在乱糟糟的虫鸣里，像是茅草丛里突然伸出的一片芭蕉叶，明亮而又提神。刘明夷走近一看，大秀正坐在一块大石头上，手里挥舞着一片树叶。蚊子太多了。她一边用树叶驱赶蚊子，一边不停地在身上抓挠。

刘明夷说：大秀，是你啊，这么晚你在这里干什么啊？不怕蚊子啊。

大秀没有回答，抬起头直勾勾地盯着他：明夷哥哥，你怎么不去陪那个女的啊？

刘明夷愣了一下，感觉这话怎么也不像出自一个八岁的孩子之口。他说：你是说方娅姐姐啊，她忙她的事呢。大秀，你是怎么发现方老师到二佛寺的呢？

陶大秀说：我跟着他过去的。

刘明夷又一次愣住了。

第二天一大早，陶大爷就支走了方娅，说邻居家有一块刺绣的方巾，特别漂亮，想请她去看一看。方娅走后没多久，方大和就从房间里出来，他背着个鼓囊囊的包，与陶大爷打了声招呼，便走出院门。到院门口时，他还特意朝四周望了望，然后消失在石板路上。这一切，都被躲在暗处的刘明夷看到了。他没来得及多想，就迅速跟在方大和身后，远远地盯着他。涞滩多的是树木和比人还高的茅草，这是一个天然跟踪的好地方。起初，刘明夷发现，方大和并没有向二佛寺的方向去，而是在街上晃悠。难道他今天去研究建筑了？去二佛寺只是觉得石刻精美，一时兴起才做出那样的举动？他不敢掉以轻心，仍旧在远处跟着。只见方大和在街上转了一会儿，暮地掉头朝江边走去。这一次，他径直来到东门，上了一条小路……

方大和还是去了二佛寺。这不禁让刘明夷忐忑起来，继之产生了更大的疑惑。

以前在课堂上，方大和曾津津乐道于敦煌的壁画、乐山的大佛，说这些都是世界的奇迹，地球的瑰宝，但唯独没有提过二佛。可现在很明显，他对二佛有着非同寻常的兴趣。他究竟要做什么呢？

刘明夷傻傻地站在一棵树后窥视着。方大和走到二佛跟前，嘴里不停地嘟囔。刘明夷尽力竖起耳朵听，但什么也没有听到。随后，方大和又绕着二佛走了几个来回，像是在欣赏一件绝世的瑰宝。这时，刘明夷从方大和的眼神中发现了一种从未见过的东西，那是什么呢？以前老师的眼神是平和的，温厚的，偶尔在课堂上生气，也只是皱皱眉而已。现在，他的眼里却不复往日的暖意，迸射出道道冷冽的寒光，无论谁见了，都会顿生恐惧。他似乎被一种欲望诱引着，驱促着，眼珠几乎都要暴突出来。对，那是极度贪婪的欲望！为之痴狂，为之疯癫，得不到便要将其彻底毁灭的贪婪。他上上下下左左右右，打量着二佛的每一个角隅，恨不得把这座释迦牟尼的造像吸进自己幽黑无底的眼洞。

过了许久，方大和终于停下脚步，他叹了口气，便朝一旁的石壁走去。沿着石板台阶往上，可以看到石壁上的数尊小石像，方大和快步走到其中一尊石像前，卸下背包。那尊石像的边沿明显有敲凿的痕迹。此时，刘明夷已经从树后闪过，躲靠在离台阶不远处的柱石旁。方大和从包里拣出小锤和凿刀，又自言自语起来。这一次刘明夷听清楚了：他说的是日语。在这里，中国人的地方，老师为什么要说日语呢？他难道怕别人听到什么？没等刘明夷想明白，方大和已经举起锤凿，沿石像边缘叮叮当当地敲击起来。刘明夷骇得差点喊出声，急忙蹲在石柱后，暗示自己一定要镇静。他知道这些千年摩崖石刻的价值，也知道方大和此时正在做什么。

必须阻止他，哪怕是我的老师！刘明夷站起身，正准备叫一声"老师"的时候，猛然看到不远的阴暗处正蹲着一个人。是大秀！大秀不知何时已经蹲在了那里。他悄悄走到大秀身边，大秀压低嗓音说：明夷哥哥，我们怎么办啊？

刘明夷摇了摇头，他也不知道该怎么办。

大秀眨巴了下大眼睛，凑近刘明夷，悄声说：明夷哥哥，爷爷说，方老师不像中国人。

你说什么？刘明夷呆住了。大秀的爷爷虽没什么文化，但却是个有见识的人。他年轻的时候做过补锅匠，走南闯北，出过大山，也曾沿渠江去过很远的湖北。刘明夷想起刚才的情景：老师刚才嘴里蹦出的不是中国话，而是日语！一个人自说自话的时候,说的应该是自己最熟悉的语言。那什么语言才是自己最熟悉的呢?

想到这儿,刘明夷不由得打了一个激灵。陶大爷说得有道理!他决定暂时不惊动方大和,先跟大秀去找陶大爷。

陶大爷正在地里锄草,看到刘明夷和大秀过来,平静地问道:刘老师,你都看到了?

刘明夷点了点头。

这可不是小事,这是大事!陶大爷很严肃地说,以前渠江发过大水,知道为什么吗?

刘明夷摇了摇头。

陶大爷说:那是有人在二佛头上撒尿,二佛生气了。

刘明夷沉思片刻,说:这件事肯定要管。如果方老师真是日本人,那就麻烦了。现在日本人正和中国打仗,方老师冒充中国人,跑到这里来……

他突然一跺脚:坏了,他是间谍!

这句话一出口,他觉得自己的思路顿时就被打开了。记得有人告诉过他,方大和在日本留过学,日语说得比中国话还好,看来这都是刻意的掩饰。方大和在学校里做老师应该是在潜伏,他处心积虑地对自己好,原来都是在利用自己!他陡然间感到一阵羞辱。还有方娅,她接近自己,口口声声说喜欢自己,是不是都是假的?那次在江边她闪烁其词,说万一有什么事对不起我,难道就是指这个?如果他们真是日本间谍,自己岂不是成了他们的帮凶?过去,他曾听父亲讲过中日之间的事,父亲说如今的中国积贫积弱,就像一个极其衰弱的人,正挣扎着想要爬起来,恢复气力,可旁边却有一匹狼紧盯着我们。这匹狼是不会容许我们恢复元气的，它会趁着我们还没爬起来的时候，扑上来狠咬一口，给我们以致命的打击。几年不到，日本人果然打了进来。这匹狼不仅仅咬人，还要把人一口口地吃下去。父亲还说，天下兴亡，匹夫有责……可是现在，自己却成了这匹狼的同伙！

刘明夷越想越羞愤，越想血越往上涌，他转身就要往二佛寺去。

你想干什么？陶大爷拦住了他。

我想找他问个明白！刘明夷怒不可遏。

陶大爷放下手中的锄头：刘老师，你真是个书呆子啊。你想一想，方老师如果真的是坏人，他能承认吗？再说了，他要是坏人，你能制得住他吗？

那……那……那怎么办？

去报官！合川有好多兵，去找他们。

那好吧，我去找他们！

陶大爷再次拦住了他：刘老师，你不熟悉路，还是我去吧。你先回家，暂时不要去找方老师。古话说得好，捉贼捉赃，捉奸拿双。

刘明夷无力地点了点头。

回到陶大爷家时，方娅正坐在门口的石凳上生闷气。远远地望见刘明夷来了，她故意扭过头去，装作不理他。要是往常，刘明夷一定会轻手轻脚地走过去，从身后拿出几朵野花，或者用一片芭蕉叶蒙住她的双眼。然后方娅扭过头来，娇嗔地用小拳头捶向他宽厚的胸膛。可是这一次，刘明夷却无动于衷。他在院门口的石阶上坐了下来，凝望着远处的大山发呆。

多年以后的一天傍晚，当老态龙钟的刘明夷坐在菩提树下，和一个外乡来的年轻人说起这段往事时,他感叹道:人生没有办法重来,也没有办法回头。否则,我会选择另外一种方式来处理这种事。

年轻人知道,刘明夷所说的"这种事",其实不是一件单独的事,而是几件事纠缠在一起,复杂、矛盾、混乱、头绪众多。那时的刘明夷实在太年轻了,经历的事情太少了,等他有了足够的阅历和见识,并能看透事情背后的玄机时,一切都已经晚了,他只能把自己的经验和思考留给后人。只是,他的后人,他的儿子刘子钟,却选择了无视。这似乎是每一代父亲的悲哀,后人复哀后人,周而复始,没有例外。

那时候,年轻的刘明夷看问题容易走向极端。在他的眼里,以前的方娅单纯、活泼,心地善良;现在的方娅,却变得虚伪、矫情,善于伪装,甚而……心如蛇蝎。怪只能怪刘明夷太年轻了,爱恨于他只在一念之间,不是大爱,就是大恨。爱也极致,恨也极致。而且,他太不善于处理感情这种事,总是被情绪所左右。有时他看起来果断、决绝,而事实上,他却是软弱的,怯懦的,狠不下心来、拉不下脸来,以至于在感情问题上始终处于被动。

方娅显然没有见过这种样子的刘明夷,她也没有心理准备。她早已习惯了刘明夷的温柔、大度、含蓄,即便他生起气来也是轻飘飘的,虽然他自己觉得已经很严重了,但在方娅看来,则是隔靴搔痒,完全奈何不得她。她会对着他傻笑,会撒娇,会提一些无理的要求,比如帮他化妆什么的。最后总是以刘明夷的哭笑不得而收场。

然而这次却不同,刘明夷的样子太吓人了。他一个人气鼓鼓地坐在石阶上,脸色绛红,像是刚刚涂了很厚的胭脂,然后红色逐渐褪去,又变为铁青。他呼哧呼哧地喘着粗气,拳头紧攥,像是要随时与人决斗。更可怕的是他的眼神,往日的温柔一扫而空,而且根本就无视她的存在,仿佛她是多余的。

方娅时不时偷眼瞧他,希望他尽快平静下来,可刘明夷一点也没有平静下来的迹象。她第一次见到一个人可以把某种情绪持续这么久。最后,终于,她忍不住了,怯生生地走过去,叫了声:明夷……

刘明夷仍旧不理睬她,眼睛直视着远处的山下,那里树木丛生,一条小河从茂密的树丛中穿过,闪烁着点点晶莹的亮光。那是陶大爷的涞滩,是大秀的涞滩,现在,也是他的涞滩了。在他们的涞滩,在渠江边,他曾聆听过小筏上渔夫醉人的歌声:

渠江水,清又清,鱼儿水里眨眼睛;
渠江河,鱼儿多,一年四季飞渔歌;
娃娃去钓鱼,竿竿吊起好吃鱼;
大哥去打鱼,网网打起瞎眼鱼;
鱼鹰去捕鱼,回回衔起背时鱼。

他内疚、痛苦、愤怒,他恨方大和,恨方娅,但更恨自己。恨自己做了对不起国家和民族的事情,恨自己对不起陶大爷和大秀,对不起涞滩的乡亲。他需要——站出来!于是,他掉过头来,目光锐利地刺向方娅。他一字一句地问道:方娅,你跟我说实话,你是不是有什么事瞒着我?

方娅登时糊涂了,愣了片刻,转而又嫣然一笑,一脸如释重负的样子：明夷，你说什么啊。长这么大，你可是我唯一这么亲近的男人。而且，自从认识你之后，我也没有多少机会接触其他男人啊。

刘明夷冷笑一声：我说的不是这个！

方娅仍是一脸的无辜：那你说什么啊？你说嘛，你从来没有对我生过这么大的气，好吓人哦！

又来了。要是以往，刘明夷会拿她没办法。在他们相处的日子里，刘明夷感觉他们常常不在一个轨道上。其实他们并不默契，往往是你说东我说西。方娅对他所说的话，也屡屡不得要领，顾左右而言他。对于这些，以前他并没有在意，他想当然地认为这恰恰是一种情趣。古书中不是常有一些闺房小情趣之类的记载嘛，恋人们以给彼此制造一些小麻烦为乐事，这样反而增进了双方的感情。但现在，他蓦然醒悟过来：他们的不默契，不是情趣，也不是人为制造的，而是天然形成的。一个中国人，一个日本人，他们之间，本来就有着不可逾越的鸿沟。

他记得在学校的时候，同学们背地里描述方娅的三大特征是：脸白，腿短，屁股大。有个同学曾经开玩笑说：刘明夷和方娅在一起，就好像是一只猴子和一只鹅。那个同学一边说着，还一边弯着腰，两只脚左右摇摆。他是在模仿方娅走路的姿势。刘明夷当时很生气，差点就和他动起手来。不过，那时的刘明夷正沉浸在爱河里，他是胜利者、成功者，所以理所当然地认为，别人是在嫉妒自己。

但是现在，他不得不承认，他们的确不太般配。爱情，这个曾经那么美好、那么令他激动的字眼，此时此刻，却变成了笑料。

他想接着质问方娅,但一时又不知怎么开口,于是站起身来,气急败坏地在原地兜圈子。那模样,倒像是他自己做错了什么事。而方娅,仍是一头雾水,她也不知道自己到底做错了什么。

那真是个难熬的夜晚。等方大和父女俩睡下,刘明夷约陶大爷来到离家十几米远的路口,两个人对着月光小声交谈着。涞滩的夜太静了。虫子们的鸣叫声嘶哑而犀利,似乎有意为这静增添一种紊乱的气氛,岑寂的天宇也为之动荡起来。而月光呢,是"皎如飞镜临丹阙,绿烟灭尽清辉发"的清冷,还是"青女素娥俱耐冷,月中霜里斗婵娟"的素洁,或者是"江流宛转绕芳甸,月照花林皆似霰"的明亮?不,都不是。此时的月光花哨、浓艳,热气蒸腾。

从陶大爷口里得知,他已经去了合川。他说他找到了政府,他们开始并不相信他,之后来了一位文质彬彬的中年人,听了陶大爷的讲述,他很重视,还详细做了记录。他说,现在是战争时期,任何一件看起来不正常的事都要引起注意,尤其是从外地专门来合川的人。合川现在虽是后方,但日本人早就在打四川的主意。他们的终极目标,是要逼迫国民政府投降,进而占领全中国。所以,陶大爷反映的情况很重要。

刘明夷默默地听着,神情越来越紧张,他冷不丁问了一句:他们会怎么做?会不会把方老师抓起来?

陶大爷疑惑地看了看他,不置可否。

刘明夷又问:那方娅呢?他们会不会抓她?

陶大爷摇摇头:我也不知道。

方老师到底是不是间谍还不知道呢,何况方娅。她什么都没做，她什么都没做呀。刘明夷喃喃自语。

陶大爷有些诧异：刘老师，你真喜欢那个日本女孩儿啊，她配不上你的。

陶大爷称方娅为"日本女孩"。看来，他已经认定刘明夷的老师和女友都是日本人了，这让刘明夷有了一些同仇敌忾的感觉。

刘明夷的脑袋都快要低到裤裆里去了。他羞愧、自责，又有些不知所措。经过下午的发泄，他肚子里的气早已消失殆尽，继之而来的，是心疼、后悔。他觉得自己不应该那样对方娅，他不愿意做戏文里唱的那些"负心的汉子"。如果方老师有问题，他更有义务去保护方娅。好半天，他才抬起头，像是赌气一样说道：不，不行，方娅是无辜的，她什么都没干，我不能这样对她！

第二天一大早，刘明夷就去找方娅。方娅的眼里布满血丝，昨晚她一定没睡好。这让刘明夷心里又增添了几分内疚。刘明夷拉着方娅的手，羞赧地说：方娅，昨天是我不对，我情绪不好，我精神不正常。你不要在意。

说完这句话，他的脸已涨得通红。他实在是个不会撒谎的人。

方娅看了他一眼，还没说话，眼泪就掉出来了。她一下子扑倒在刘明夷怀里，放声大哭起来。

刘明夷的心都碎了：好了，不哭了，啊。今天我带你去一个好地方，作为补偿。

方娅很配合地仰起脸，使劲点了点头。

那一刻，刘明夷感觉自己就像个阴谋家。他明白，随后将会发生什么。

就在刘明夷和方娅离开家,到了江对岸的时候,一队军人奔向涞滩。随后,他们出现在二佛寺。

# 寅

郭晖绝对是个人才。他聪明、冷静，能吃苦，做事前喜欢深思熟虑，还总有办法让身边的人服他。他骨子里骄傲、有追求，但脸上却很谦和。这样的人，到哪里都会成功。只是有一点我有些奇怪，他为什么不去读书？他要是去读书，肯定可以上大学，读硕士、博士，甚至当教授。

我一点也没夸张。

一个外地人，一个人跑到涞滩这地方来，身无分文，赤手空拳，又人生地不熟，创下这样一片基业，容易吗？

我知道郭晖这个人时，他已经到涞滩两年多了。当时，我的小表妹桔子来办公室找我。她的到来，让我大吃一惊。这么跟你说吧，就是赫鲁晓夫当选美国总统，我也不会那么吃惊。我这个小表妹，从小成绩好，长得又漂亮，结果被家里人宠坏了。不是一家宠，是几家人合起伙来宠。每次逢年过节亲戚大聚会时，当着其他小孩子的面，大家都要夸她一番。小孩子要夸，但也不能这么夸，一边夸她还一边贬低别人，就连我这个大她十几岁的表哥也跟着被贬。这样一弄，我这个小表妹就有些不知天高地厚了。那些年里，她眼睛是朝上长的，见到表兄妹们常常待理不理，说话都是一副教训人的口气,从来不喊我一声表哥,一口一个刘子钟,我都懒得见她。她好像也不喜欢我。所有同辈的亲戚当中,估计她最讨厌的就是我。

我和她相反,打小就调皮捣蛋。精力最旺盛的时候,同龄人到处串联闹革命,我出身不好,我爸又管得严,只好在家里憋着。青春嘛,那么多的精力总是要发泄的。外面不能发泄,我只好在家里发泄,所以我就成了家里的反面典型。直到大一点了,我才能偷偷跑出去闹革命。

事实证明,过分夸奖孩子是要出问题的,捧得越高,跌得越惨。这种人通常只能成功,不能失败,输不起。桔子后来高考失利,一下子接受不了,就跑到合川去,差点儿出了事。我这个表妹,一辈子都心高气傲,就算是混得很惨的时候,也不愿意来找我。没想到,这次居然来找我了,还是到我办公室。

那个时候,我是乡里的一个小干部,书记和乡长身边的红人,找我的人很多,大都是为些鸡毛蒜皮的小事。在中国,大家都知道的,屁大点官也被当人物看待。结果,东家的鸡被人偷了,西家为孩子打架的事扯皮,都来找我。当然也有想谋点利益沾点光的,这些我都明白。人嘛,就那么回事,在政府工作那么多年,我都看透了。

舅妈也找过我两次,每次都是说表妹的事。舅妈说:你表妹从小就要强,结果现在混成了这个样子。她脸皮薄,不愿意来找你,你就看在舅妈的面上,帮帮她吧,让她到哪个国营商店去当营业员,或者搞个收发什么的,都可以。我说:姑妈,桔子的个性你又不是不知道,她自己不来找我,说明她不想找我,我就算是帮她,她也不会领情的。按她的个性,说不定还要骂我多管闲事。

后来见到舅妈,她不再提桔子工作的事了。不过她说,桔子最近好像谈朋友了。我说,谈朋友了?什么人啊?舅妈却支支吾吾地不肯说。其实我也就随口那么一问,我才懒得管她的事呢。但是没想到,她居然来找我了。

她大大咧咧地进了我办公室的门,也不管旁边有没有人,一屁股就坐在沙发上。我吓了一跳,说:桔子,你怎么来啦?

我就不能来看看你啊?她瞟了我一下,眼睛就转到天花板上去了。有茶喝不?听说你这里有好茶。

我有些哭笑不得,赶紧起来给她倒茶,然后等她自己开口。

她喝了一口茶,这才开了口:

表哥……

这恐怕是这些年来我从她嘴里听到的最陌生的词了,这个称呼让我不大习惯。我估计她一定是有事要求我。如果是工作的话,那还真有些麻烦。我抓紧时间做思想准备。

长这么大,你一直没有机会帮我。这样吧,我现在给你一个机会,好吧?

看看,这就是桔子,我的小表妹。我说什么好呢?我说:好吧,什么事,你直接说吧。

我已经想好了拒绝她的理由,比如说,我没权力安排工作,等我做到镇长的时候再找我吧;再比如,现在没有空岗位。但是她说,我要你帮我的一个朋友。

我愣住了。她自己的事从来不肯找我帮忙,现在倒是为别人的事来找我了。我很快就想起了舅妈说过的事,她谈朋友了。她这样的一个女孩儿,只会为爱情低下高傲的头。

是不是男朋友啊?我盯着她的脸说。

她居然脸红了,声音也低了下来,这个……也不算吧,我们还只是好朋友。

我笑了笑,我知道,我已经掌握主动权了:那好吧,你要我帮他什么?

她这才抬起头来,似乎鼓起了莫大的勇气:他现在在建筑工地打工,他想自己搞一个建筑队……

原来是这样,我追问道:他都什么情况啊?

她说:他是外地的,一个人在涞滩,怪可怜的。

我说:是个毛头小伙子吧?一个独自在外地打工的,就想搞个建筑队,似乎有些异想天开了吧。

你说什么啊!她腾地站了起来,似乎有些激动,他可不是一般打工的,他很有才能的,他读过高中,会很多东西,能力很强……

她涨红着脸,变得有些语无伦次。看着她的样子,我有些心软了,毕竟她是我的小表妹嘛。我说:好吧,那我先见见他。

她终于高兴了起来,脸上很快又恢复了一贯的表情,清高和孤傲又写在了脸上:那好吧,表哥,帮了他,你不会后悔的。

和郭晖的第一次见面,是在家里。桔子和我约好了到家里来见我,结果我临时有事回去晚了,他们就和我家老汉聊了半天。我回来的时候,郭晖正和我家老汉聊得热火朝天,桔子则在一旁静静地听着。她乖得像只小猫。这让我有些吃惊。

我老汉那个人,不是什么人都能和他聊得来的。他在涞滩这块地方,算是有学问的人了,平常大家都很尊敬他,把他当一个德高望重的长者,但却没几个人能真正和他说到一块儿。可是此刻老汉满脸红光,似乎聊得很开心。自从退休以来,他已经很久没这么开心了。老汉是从那个特殊年代过来的,你是知道的,难免有些古板。他吃过很多苦,也经历过很多事。他肚子里有一堆理论和原则,这些都是不能触碰的。但是让人想不通的是，他却一直非常喜欢桔子。桔子很小的时候，他就经常逗她玩。其实我小的时候，老汉也很疼我，但不知道为什么，长大以后，他却看我越来越不顺眼，总是对我横挑鼻子竖挑眼的。但每次一看到桔子，他脸上就乐开了花，感觉桔子像他的亲闺女，我倒像是捡来的。这爷儿俩只要到一块儿，就叽叽咕咕地说个没完，也不管外人在不在。

看来，老汉对郭晖的喜欢是爱屋及乌了。很快我就发现自己错了。打过招呼，趁着郭晖上厕所的时候，老汉一把拉住我，很认真地说：这个小伙子不错，真不错。有思想，有个性，又能吃苦耐劳。一个外地人，挺不容易的，帮帮他，积点德，做回好事。

瞧他那语气，好像我这辈子专干坏事似的。他对郭晖的评价让我有些吃惊，他这人很少这样评价人。这不是一个长辈对下辈的提携，不是一种居高临下式的廉价夸奖。在中国人的语言体系里，长辈表扬下辈，或者上级表扬下级，一般是没有特殊意义的，只是长辈和上级的一种自我表演，是展现他们优越感和大度的机会。然而我家老汉的表扬是发自内心的，他不仅脸上泛着红光，目光也变得亮堂起来，这是一种发现人才时才有的兴奋，也是一种想当伯乐时的激动。而且，他的语气里，居然还有些——央求。真是不可思议，我都感觉要吃这个郭晖的醋了。

郭晖礼貌地朝我点头，脸上带着微笑，不是谄媚的笑，没有找人帮忙的感觉，倒像是来会朋友。不知为什么，我总感觉，他的笑容里藏着一丝忧郁。因为有了老汉的话，我请他坐下。他坐在我对面，目光温和地看着我。凭直觉，我觉得我在这个人面前并没有压倒性的心理优势，这让我有些恼怒。近年来，那些来求我的人，哪个在我面前不是毕恭毕敬的，个子再高的人也要弯下腰低下头。于是我开始摆架子。

我说道：很年轻嘛，不错啊。看来桔子很有眼光嘛。说说你的情况吧，小伙子。

郭晖笑了笑，他笑的时候我注意到，他并没有看桔子，倒是桔子红了脸，有几分忸怩。他说：我高中毕业后就出来了，想自己做点事。家里情况不好，我得帮帮家里。

他的语气轻描淡写，但充满力量。我没接话，只是看着他。他停了一下，又说道：听桔子说，刘股长经常提携别人，我就冒昧地来了。

这句话倒是让我很舒服。虽然我知道，我那点官算个屁，但人被拍了马屁，总是很舒坦的。接下来我们的对话就顺畅多了。很久以后，当我们成了老朋友的时候，回忆起第一次见面的情景，我发现，那次谈话的主动权其实在他的手上。他从容不迫、不卑不亢，显示出他超出年龄的成熟和超越自己境遇的自信。但不管怎样，我还是决定帮帮他。当然，最主要的原因，还是我意识到，在我以后的仕途中，需要这样一个厉害的合作伙伴。

郭晖接到的第一个活，是乡政府的装修。那个时候，改革开放的大幕已经完全拉开，中国的经济开始起步，我们这个较为偏僻的乡也不例外。乡办企业如雨后春笋般涌起，再加上各种名目的收费，乡财政很快好转起来。手里一有了钱，领导们首先想到的，就是把办公楼弄好一点。这大概是所有乡镇都会干的事。我们的书记和乡长以前去过其他几个乡，回来后就受了刺激，说现在要招商引资，我们的办公楼还这么破，人家怎么看得起啊。人靠衣装马靠鞍，政府靠楼装，赶紧把这个破楼弄一下吧。当时重建还不太现实，钱是个问题，主要是还不敢那么做，于是就想到装修。经过几轮讨论，最后书记拍板：招标。

我把消息告诉了郭晖。

其实那时候，我只是想给个顺水人情，我对他还完全没把握。上个世纪80年代中期，各地的建筑队增加得比房子还要快，国营的私营的，大的小的。而郭晖呢，当时还只是建筑工地上的一个小头目，连包工头都算不上。不管怎么样，我把这个消息告诉他，也算是帮了他的忙了。帮了他，就是帮了桔子，也帮了我们家老汉，一举三得。

但我万万没有想到的是，短短的半个月时间里，郭晖，这样一个没有本地人脉的外乡人，居然组建了一个装修队。招标会那天，其他老板都是珠光宝气的，唯有他是一身旧卡蓝色中山装，脚上还穿着布鞋。但是，他拿出了其他人都没有的东西：图纸。那些老板都在夸耀自己的成功案例和经济实力，他却对着图纸娓娓道来，略带江浙口音的普通话，听起来那么与众不同。他的方案不仅仅是对办公楼进行简单的修修补补，而是全面设计。最关键的是，他的总费用还比别人便宜。乡里的几个领导立即被他的方案吸引住了。尤其是书记，还专门把他叫到身边，问了一些具体情况。郭晖拿出另外一张纸，那是他做的预算，里面一条条一列列，非常清晰。预算的结果是：收支基本持平。也就是说，他带着一大帮人装修这个楼，基本白干。书记震惊了，问他为什么。郭晖动情地说：我一个外地人来到涞滩，涞滩没有嫌弃我，给我工作给我饭吃。现在政府要修办公楼，我尽一份力责无旁贷，也算是对涞滩的一种回报吧。

他的预算清楚明白，一看就知道里面没有水分，而且他的语气非常真诚。书记最终被打动了，很快拍板：这个工作就交给郭晖了！

我再次对这个外地小子刮目相看。

郭晖一战成名，就这样起步了。这些年来，在我的印象里他一直走得很稳，一步一个脚印，没遇到什么挫折，不像别人，历经九九八十一难才取得真经。他就像是孙猴子取经，一个筋斗云翻过去，经就到手了。当然了，这是后话，先搁着，我得先说说他和桔子的事。郭晖这样的人，迟早会成为一个地方上的枭雄，所以即便没有桔子，我也有可能和他认识，和他打上交道，但是，我们的交往不会这么早，他也不会全面地卷入我的生活。

说句心里话，自从桔子找过我之后，我这个表哥马上就有了表哥意识，一有表哥意识，表哥的姿态就出来了。在妹妹跟前，哥哥的心都是柔软的，哥哥总想在妹妹的求助声中找到某种成就感，何况这还是个当年在我面前很有优越感的表妹呢。我知道，这个妹妹现在已经远远地落在我后面了，而且以后追上我的可能性也不太大。所以，我乐于关心她，帮助她。我承认，我这么做，有那么一丝给亲戚看的意思，尤其是给我们家老汉看的意思。

帮了郭晖之后，我就开始关注他和桔子的事了。这才是事情的重点。要不我怎么会对他这么一个八竿子也打不着的陌生人施以援手呢？于是我时常抽空去表妹家看看，有时是直接看她，有时则是以看舅舅和舅妈的名义。我发现，桔子最近有些忧伤，她的话也变少了，总是一个人坐在石凳子上，扯地上的草玩，或者干脆盯着远方的黄桷树发呆，还时常神经质地苦笑一声。虽说恋爱中的女人偶尔也会这样，无非是因为一些鸡毛蒜皮的小事，但每次见她都闷闷不乐的样子，我就有些摸不着头脑了。按理说，郭晖的事业发展了，她应该兴高采烈，成天哼着歌才对啊，为什么老是忧伤呢？她不是和郭晖处得很好吗？难道郭晖看不上她？一个是外乡来的一无所有的打工仔，一个是涞滩上的一枝花，家里在这个地方还算有些地位，郭晖还会嫌弃她不成？

我想我应该找表妹好好谈谈了。我这个表妹，打开她的嘴不难，打开她的心就难了。唯一的办法只有酒。我这个家族，似乎天生都能喝酒。从我家老汉到我这些男人，再从舅妈到表妹这些女人，个个都能喝。我们像是背着酒葫芦出生的，个个对酒都有很强的承受力。不一定爱喝，但都能喝。酒对于我们，就和茶一样，需要的时候喝就是了，不用考虑酒量。所以我找表妹喝酒是件很容易的事。

那天下午，天突然下起雨来。涞滩的雨一直是慢吞吞的，像是用慢镜头下的，雾一样飘在空中，好像不愿意下来似的。涞滩人也习惯了这样的雨雾，出门的时候基本不打伞，顶多戴顶帽子。农民多半戴草帽，讲究一点的男人戴鸭舌帽，女人则戴花边的布帽。桔子一般是不戴帽子的，舅妈就不一样。在我的记忆里，舅妈很喜欢戴帽子，她的帽子很多，不同种类的帽子，颜色也各不相同。她的脸盘大，戴上帽子可以遮住一部分脸。桔子的脸型像姑父，修长而又不失圆润，似乎暗含着一种力量。

黄昏的时候，雨总算停了下来，我慢悠悠地往街上走。当时正是吃饭的时间，这个时候桔子应该会在她的理发店里，就是郭晖给她盘下的那间。果然，到店门口时，桔子刚刚从店里出来，人看起来怏怏的。我说：桔子，干吗呢？她稍稍抬了一下头：没干吗。我说：那走吧，陪哥喝一杯去。她说：表哥，你天天腐败，还没喝够啊。我说你这是什么话啊，我一个小喽啰，哪有机会腐败啊。少说废话，喝不喝嘛！桔子抬起头来，习惯性地瞟了我一眼，目光里都是狡黠：好吧，看来你有事要求我。

我们那天说了很多话。借着酒劲，话比较好说。我们回忆起小时候的事，准确地说，是她小时候的事，因为那个时候我已经长大了。我说：桔子啊，那个时候，我可被你压得抬不起头来啊。桔子说：我也不好受啊，天天被人供着盯着，累啊。我说：那时，我觉得你这个表妹就是假正经，有什么了不起的啊。桔子说：我也觉得你这个表哥特讨厌，总是看我不顺眼。我说：现在来看，其实你不是那样的，都是大人的错，表哥错怪你了。桔子笑了：好吧，我接受你的道歉。作为表妹，我也不够好。

这种真诚的自我批评，基本上算是掏心窝子了，说得我们后来都有些动情了。铺垫得差不多了，酒也喝得不少，该说正事了。我说：表妹啊，你现在其实也挺好的。自己开个理发店，自由。需要什么哥帮你的，尽管开口啊。桔子说：没什么要你帮的，我不喜欢求人。我笑了：那郭晖呢？桔子说：那是他的事，不是我的事啊。我说：他的事就是你的事啊。桔子说：桥归桥路归路，他是他我是我。我说：桔子啊，这我就不明白了，长这么大，你从来就没求过哥。哥知道你是个要面子的人，可是为了他，面子都拉下来了，这是为什么啊？桔子眼睛朝上一斜：我可怜他，行不？

看来她还没喝醉，还保持着警惕性呢。我招呼老板，再来一瓶。

我们喝的是白酒，刚刚那一瓶基本上是对半分的。接下来都是我在说话，我讲自己工作中的酸甜苦辣，讲人家只看到我在他们面前人五人六的，却没看到我在领导面前低声下气。做官难难做官，官场这碗饭不好吃啊。桔子不说话了，只是埋头喝酒，偶尔吃口菜。我知道她慢慢进入情绪了。

我赶紧把话题往郭晖身上引。我说：桔子，郭晖最近怎么样了？我好久没看到他了。

桔子一口喝下杯里的酒，瞪了我一眼，摇摇晃晃地就往外面走。看来她喝醉了。我赶紧上前扶住她，我说：桔子，我送你回家吧。

她一把推开了我。我只好在后面跟着她,看她走到家门口,这才转身回单位办公室。看来这个晚上是白忙活了。

从办公室出来,夜已经深了。我沿着石板路往家走。街上没有灯,但天上有月亮。今天晚上的月亮很圆很亮,照在石板路上泛着青光。四周静寂无声,偶尔会有几声狗叫,哼哼唧唧的,不像是防贼,倒像是在欢迎谁。从上涞滩走到尽头,就是我家了。正准备进屋的时候,我突然听到山下传来嘈杂声,接着是狗吠的声音。我站在一块石头上往下看,声音是从下涞滩传来的。浓密的树丛里不时闪着亮光,像是手电筒发出的。涞滩很久没有这么热闹了,难道是有人吵架?我赶紧沿着小路往下走。

快到的时候,我听见有人在唱歌:

月亮走,我也走,月亮叫我慢慢走;
走到桥头有好酒,好酒就是桂花酒;
喝出星星一斗斗,我与星星做朋友……

桔子!是桔子的声音!桔子怎么跑这里来唱歌了?她住在上涞滩啊。我连忙一路小跑下去,在东头的一处房子前,停了下来。那里围着一群人,大家都在仰着头往上看。我顺着他们的目光望过去,那里有棵桔子树,桔子树旁是一座平房。好家伙,桔子正站在房顶上,一脚踏着房顶,一脚踩着树干,双手挥舞着,正对着房子高声唱歌呢。

太阳落坡映荷花,四方姐妹来我家;
大姐进门看陪奁,二姐进门看绣花;

我无陪查你莫说，不会针线莫笑话……

这是涞滩独有的"坐歌堂"时唱的歌，这个桔子，居然跑这里唱起来了，也只有她干得出来。有人鼓起掌来，随后有人冲着房子里喊：出来啊，躲在屋里干什么，出来对一个啊！

人群立即响应：出来啊，男人要有男人的样子，出来啊！

我正准备过去叫桔子下来，只听见"吱呀"一声，小屋的门开了，屋里钻出来一个人，是郭晖。原来郭晖住在这里。桔子到这里唱歌，敢情是冲着郭晖来的。我往后退了几步，先瞅瞅他怎么办。

郭晖走到树下，朝着桔子喊道：桔子，你跑到屋顶去干什么？当心掉下来。你快下来啊。

桔子冲着他喊：不，我不下来。今天你不给个准话，我就不下来！

郭晖一脸的无奈：桔子，快下来，咱们好好商量嘛。你何必这么兴师动众呢？

桔子的头摇得跟拨浪鼓似的：我不！以前你也说好好商量的，可是有结果吗？行就行，不行就拉倒，你给个痛快话！

人们继续起哄：说啊，是爷们儿的就给个明白话！

郭晖低着头，似乎是在思考着对策。这时，桔子又唱了起来：

大红蚊帐挂金钩，我看新姑绣枕头；
先绣鸳鸯十八九，后绣狮子滚绣球；
新姑绣花三五根，惹得喜鹊叫几声；
竹叶青，柳叶青，大姐二姐来接声。

这简直就是在下战书了。我原本想出来劝阻一下的，现在倒不愿意了。我想看看，这出戏到底怎么收场。这时，只见郭晖跑到桔子树旁，飞快地爬了上去，他贴近桔子的耳边好像说了点什么。桔子使劲地摇着头，大声说道：你说什么啊？我听不见！

　　这个桔子，实在太坏了，这就是从小到大都鬼灵精怪的桔子啊。这样的桔子，什么样的男人才能配得上啊！

　　郭晖终于抬起头，看了看人群，然后又把脑袋转向桔子。月光下，他的表情很严肃，只见他面向山下的渠江，双手拢成喇叭状，大声喊道：桔子！我也喜欢你——

　　所有人都鼓起掌来。桔子这才低下头，顺从地从树上爬了下来。她满脸娇羞，靠在郭晖怀里，跟着他往山上走。

　　涞滩的夏天又来了。

　　涞滩的夏天总是来得很突然。前几天还穿着厚厚的毛衣，一夜之间，太阳便炙烈起来，驱走了所有的寒气，照在身上热烘烘的，仿佛空气中没有了阻挡，热气就肆无忌惮地扑到了人身上。二、四、八月乱穿衣。反应慢的还穿着厚衣服，走在路上，顺手捡片树叶不停地朝脸上扇，反应快的早早就换上了单衣。尤其是那些爱俏的女孩子们，已经把连衣裙穿上了。那个年代，涞滩已经有了各种各样的颜色，涞滩的女孩子们本来就美，好身材配上圆脸蛋，更有了争奇斗艳的资本。走在路上，看到别的女孩子，我时常会想，桔子会穿什么样的裙子呢？她喜欢桔色的裙子，桔色的桔子站在蓝西裤白衬衣的郭晖身边，会是怎样的一番景致呢？

　　就在这样的季节，舅妈来了。舅妈送来一篮子草莓，外加一则好消息：桔子要结婚了！我喜欢吃草莓，这个舅妈知道，但是舅妈并不知道，我更愿意听到桔子将结婚的消息。那时，我已经看到了郭晖的发展前景。虽然他的建筑队还不算很大，但是已经显示出兴旺发达的迹象了。我发觉，在涞滩这块地方，还真没有几个人能比得上郭晖的才干。而且郭晖是个很好合作的人。他脑子活，思路清晰。更关键的是，他理解能力强。很多事情，你不需要讲明白，只要一个暗示，甚至都不要暗示，他就知道你的想法是什么。和这样的人联手是件愉快的事，我也需要这样的朋友。如果他成为我的表妹夫，我们的交情无疑会更上一层楼。所以我非常高兴地向舅妈表示祝贺，并当场包了一个大红包，硬塞给了她。

婚礼将在三个月后举行。我家老汉也很开心，那天得知消息后，还专门喝了一小杯酒。他好久没有喝酒了，医生叮嘱过他不要喝酒。其实，他年轻的时候不怎么喝酒，是在那个特殊的年代里，他才养成喝酒的习惯的，他想用酒精麻醉自己。开始的时候是强迫自己喝，把自己喝得神志不清才罢休，后来他就真的喜欢上了喝酒。他总有办法弄到酒——很久以后我才知道，他是自己用医用酒精勾兑。恢复自由后，他还是喝酒，不过量少了，他也没有必要用酒精来麻醉自己了，他声称从此以后要保持清醒的头脑。于是，他改为晚饭前喝上两小杯。可是几年前检查身体，医生发现他的血压有些高，就建议他戒酒。老汉很不情愿地戒了酒。他说他还有很多事要做，他要活得久一点。

老汉喝下这杯酒后郑重地对我说：婚礼要办好，办得隆重些。子钟，你要帮他们筹划一下。

老汉这也算是破天荒了。他一向注重节俭。我知道这不仅仅是因为他对桔子的喜欢，还有对郭晖的欣赏。自从和表妹挑明关系后，郭晖就时常到我家来。他不是冲着我来的，而是来看我家老汉的。我时常看到一老一少，两个人坐在门口，一张小桌子，两把椅子，摆上茶,慢悠悠地说着话。他们边喝茶,边望着远处的山下,有风吹过来,吹得门口的枇杷树叶哗哗作响。这个场景让我有些嫉妒。长这么大,我还很少有机会和老汉这样闲适自在地喝茶聊天。老汉甚至还把自己最好的大红袍和珍藏多年的紫砂壶拿了出来。一把小茶壶,两只小茶杯,淡淡的清香在二人跟前弥漫开来,和门前的夜来香、栀子花香混在一起,氤氲缭绕,好不惬意。那意境简直美极了。他们聊涞滩的各种掌故,聊二佛寺,也聊过去的岁月。郭晖不仅仅是个听众,他应该对涞滩做过专门的了解,读了很多书,所以对老汉讲的那些东西一点也不陌生。

很显然,他们已经成为忘年交了。

有一次,我有幸坐在他们旁边,但我基本插不上话。我知道老汉不太喜欢听我说话,所以就知趣地当着听客,一边帮他们续水斟茶,一边听他们闲聊。那一次他们居然谈起了爱情。

郭晖说:我还太年轻了,我总感觉太年轻的时候是没有资格谈爱情的。爱情是要经过岁月检验的。

老汉说:这话你说对了一半,爱情是要经过岁月的检验,但爱情不是一棵树,日子越久长得越大。爱情这东西,关键是看你的投入。你要把自己的心晾出来给别人看。爱情就是两个人相互晒自己的灵魂。

郭晖说:刘老师,那您觉得,还没有搞懂爱情的时候,是不是不应该结婚?

听了这话我很吃惊。郭晖此时提出这个问题,看来他对即将到来的婚姻表示怀疑。我看了看老汉,老汉正目不转睛地盯着郭晖。显然,他和我一样,也发现了郭晖内心的疑虑。郭晖并不回避老汉的眼神,他的眼睛很清澈,就像一个求知欲很强的学生,正期待着老师的解答。

老汉想了想说：我要修正一下你刚才的话，在还没有搞清爱不爱一个人的时候，不应该结婚。关于什么是爱情，是需要边爱边体会的，不同的时期对爱情的理解也是不一样的。当然了，爱情是两个人的事，婚姻就是社会行为了。但也不要过于在乎周围人的感受，两个人相爱才是最重要的。

我家老汉居然在古稀之年，对爱情还有着如此年轻的理解，这真让我有些刮目相看了。

郭晖看上去有些忧郁，他点了点头，没再说什么。不过，看得出来，他心中仍有疑虑。但是，他疑虑什么呢？

我终于有些忍不住了，插嘴道：郭晖，你是说，你对你和桔子的感情，还不能确定？

他赶紧摇头：不，不，不是这样的。

他居然有些慌乱。

我笑了起来：那就好。对了，你们的婚礼筹办得怎么样了？

郭晖说：我太忙了，没怎么过问。都是桔子在准备。

老汉这时又开口了：郭晖啊，我理解你的心情。结婚这种事，女人总是比男人上心。男人对婚姻多少都是有些恐惧的，怕失去自由，怕承担责任。不过你们应该没这个问题。桔子是个好孩子，我是了解她的。涞滩的女孩子都很大气，不拘小节，不像别的地方，娇气，心眼儿小。她肯定会支持你的事业的。至于责任嘛，你应该是个有责任的男人。这就行了。男人最重要的素质，就是责任心。

郭晖像是受到了鼓励，认真地点了点头。

这段时间，郭晖越来越频繁地来找我家老汉说话。他们其实很少谈婚礼的事，大都在闲聊，也经常下棋。我家老汉喜欢下象棋，我小的时候，老汉就教我下过象棋，可是我对这东西完全没兴趣，我静不下心来。老汉最后终于失去了耐心。郭晖显然比我能坐得住，他们一边下棋一边聊，一副棋盘仿佛成了他们指点江山的工具。只是，有几次下棋的时候，我发现郭晖有些心不在焉，一副精神恍惚的样子。

有天黄昏的时候，桔子突然来到我家。当时我正在帮老汉侍弄屋前的花草。她似乎有些心神不宁，在一旁不住地走来走去，时不时地窥一眼旁边的老汉。我停下了手中的活儿，问道：桔子，你是不是有什么事啊？

桔子点了下头，随即又摇了摇头，两只手反复揉搓着。

我追问道：有什么事就说嘛，这里又没有外人。

桔子犹豫了一下，说道：婚礼，还不是婚礼的事?!

我说：婚礼还有什么没解决的事吗？

桔子说：是他父母，他父母来不了。我们认识这么久，他都没带我见过他父母。上次我又追问他，要他把父母接过来。终身大事啊，连父母都不来，也太不严肃了吧？

我点了点头。

桔子接着说：后来你猜怎么着，他说他父母都去世了！也难怪，我认识他以后，就从来没听他提过老家的事，也没听他讲过他父母的事。每次我问他，他都把话岔开了。

我想了想说：或许吧。父母不来就不来呗，又不是一定要父母在才能结婚。

桔子说：后来我也就算了，不提这个事了。可是，他又弄出新事来了。

我说：什么新事啊？

桔子说：是房子，新房的事！

我说：新房怎么啦？

桔子说：我原本的意思是，把我们家房子重新弄一下，当作新房，可郭晖就是不同意，他硬要自己盖房子。可是，地一下子批不下来啊，他就说要推迟婚礼。他说按他们老家的习惯，一定要在男方的房子里结婚，否则就算是倒插门。

我愣了一下，这似乎不是郭晖的风格啊。他不是一个在乎形式的人，更不是一个优柔寡断的人啊。

桔子说：这下怎么办啊？

老汉在一旁说道：不就是批块地嘛，子钟，你就帮帮他们嘛。

我想了想说：那好吧，为了表妹，我就去求一回乡长！

# 丙

你知道中国历史上名气最大的学者是谁吗?

刘明夷站在渠江东岸,回望着对面的二佛寺,有些魂不守舍,他是在没话找话。方娅的情绪则很好,昨天的小摩擦之后,她似乎很快就恢复了元气。生活也许太乏味了,需要一点刺激,才能凸显出他们之间的爱情。此时,方娅根本不会想到,两个人在一个如此浪漫的地方,却各怀心事。

学者?是孔子吧。方娅又歪着脑袋,摆出当初最吸引刘明夷的姿势,但是现在,这个亲昵的姿势却让刘明夷别扭得很。他摇摇头,眼睛仍直视着对岸,并未如她所期待的那样热情地回应,这让她稍感失望。

那是老子了?

刘明夷再次摇头。

要不是曾国藩?……不对,王阳明吧?……是朱熹!……还不对啊,你该不会说是胡适之吧?

刘明夷依旧摇头。他敷衍着方娅,眼睛不自觉地眯成了一条缝儿。他似乎看见对岸有很多人影在移动,还听到了杂乱的脚步声。一定是那些背着枪的大兵们闯进了二佛寺。老师方大和一定还在凿墙壁上的佛像,他太专注了,叮叮当当的声响淹没了头顶上脚步声,他不知道危险即将来临,直到那些大兵用枪指着他,喝令他停下。

方娅有些急了:那到底是谁啊,你说嘛。

在中国,恐怕没有哪位学者比玄奘的名气更大了。刘明夷平静地说。

为什么啊?方娅似乎有些不服气。

唐僧你知道吧?就是唐三藏。刘明夷说。

我知道啊。写《大唐西域记》的那位高僧啊,爸爸跟我说过他。

对了,就是他。不过,这位被称作唐三藏的学者之所以在中国妇孺皆知,不是因为他所创立的法相唯识宗,不是因为他翻译了那么多的佛教经典,也不是他写了《大唐西域记》,而是因为他出现在一部名为《西游记》的小说里。在这部小说里,他的前世是如来佛的大弟子,后来又成了取经人,经过九九八十一难,最终取得真经至大唐,得以普度众生,自己也成了旃檀功德佛。所以,出大名的是被神化了的唐三藏,而不是佛学大师玄奘。直到现在,在中国,很多地方都流传着他的故事,他所经过的地方也被神化了。你爸爸跟我们讲过晒经石,你还记得吗?

不知不觉地,他就用了"你爸爸",而不是"方老师",他感觉自己在和方大和划清界限。不过方娅并没有注意到这些,她听得入迷了。

记得啊。

在中国,光是晒经石,就有多处。记得你爸爸说过,涞滩就有一处。为此我专门问过陶大爷,他给我讲了一个故事。你想听吗?

刘明夷的声音有气无力,像是没有睡好觉的老师站在讲台上,又不得不讲完当天的内容一样。和往常讲故事时的活灵活现不同,他今天的讲述有些单调乏味,好在方娅正在兴头上,她催促刘明夷继续讲下去。

据说,唐三藏从西天取经回来后,到全国各大寺庙讲经说法,涞滩的二佛寺是他讲经的最后一站。不过,唐三藏来得不是时候,涞滩正值酷暑。当他走到涞滩对面的渠江岸边时,恰是正午时分,太阳之烈可想而知,他不得不在这里等船过江。突然,江面上传来一阵悠扬的歌声,一叶扁舟由远而近出现在江面上,划船的是一个年轻的渔夫。渔夫答应载他过江。为感谢渔夫,唐三藏一上船,便开始为他讲经。谁知这位渔夫是有佛性的,他居然听经入了迷,以至于忘了撑船。结果,小船在即将靠岸时突然触滩,船体破裂,两个人都落入江中。随后的故事就和《西游记》里一样了:唐三藏得救了,但随身携带的经书却被江水打湿。为尽快晒干经书,唐三藏立即跑到二佛寺下殿左下方的一块巨石上,一边念经,一边翻晒。经书在他的念诵声中,一页一页闪着金光。从此,只要下雨,"晒经石"上的雨水总是最先被晒干,而且"晒经石"上总要发出金光。

看来所有晒经石的故事都是一样的。方娅说。

但是,有一点你并不知道,此时此刻,我们所站的地方,就是当年唐三藏登船的地方。刘明夷若有所思地说,其实我们也像是一群取经人,是来这里取真经的,对吗?

方娅笑嘻嘻地说:是啊,那么你是谁呢?你是孙猴子吗?爸爸是唐僧吧,那我呢?我是猪八戒?不好,我不做猪八戒,沙僧也不行，都太丑了。我还是做白龙马吧，我就是传说中的小龙女了。

刘明夷摇了摇头：我要真是孙悟空就好了，就可以降妖除魔，不至于让日本人在我中华大地如此猖獗了。但是，位卑未敢忘忧国。有时，我恨不能效仿班超投笔从戎，上阵杀敌。

他边说边观察方娅脸上的反应，但并没有发现什么异常。只是方娅的表情变得凝重起来，她说：自古报国有多种方式啊，我们在这里搞研究，为国家留下宝贵的文化遗产，也是报国啊。等我们回去的时候，就可以把研究资料整理出来了……

我们回不去了。刘明夷打断了她的话，父亲来信说，日本人已经打过去了，他们也躲到了乡下，还专门嘱咐我，让我别回去。父亲说，现在即便是乡下也不太平了。

哦……

方娅俯瞰着脚下清澈见底的江水，眉间紧锁，仿佛陷入了沉思。方娅的眉是新月形的，整齐而修长，嵌在她圆润洁白的面庞上，别有一番韵致。尤其是她笑起来的时候，嘴角的两颗痣微微抵起，更增添了几分娇媚。刘明夷用眼角的余光仔细打量着这张柔美俊俏的脸，忍不住想：接下来，她还会属于自己吗？她……

正当刘明夷胡思乱想时，方娅问道：那他们会到这里来吗？

刘明夷的声音细若游丝：或许，他们已经来了……

像是对刘明夷话的响应，对岸骤然传来一声枪响。枪声异常尖利，在原本寂静的渠江两岸显得格外刺耳。方娅紧紧地搂住刘明夷的腰，怯怯地问：明夷，真的是他们打进来了吗？

刘明夷也不由得打了个冷战，他担心的不是日本人是否打进来，而是方大和现在的情况。是的，他讨厌日本人，可方大和毕竟当过自己的老师，一日为师，终身为父。如果方大和真的就擒，他又将如何面对这个昔日的"老师"呢？事实上，他从来就不崇尚暴力，他向往自由、宁静、平和的生活。可这些对于他来说，实在是太奢侈了。生在这样一个时代，与民族大义相比，个人的愿望始终是微弱的，渺小的，退居其次的。

傍晚时分，刘明夷和方娅托着疲惫的身体赶回对岸。院子里，陶大爷和大秀正坐在石桌旁，两人一左一右，没有任何表情。夕阳穿过树叶映射在他们的脸上，同样是光斑点点，风景却各有殊异。老的是历史，少的是未来。历史镌刻着各种痕迹，未来则显出几分神秘。

两个年轻人走了过去，与他们相对而坐。陶大爷看了方娅一眼，然后朝刘明夷点点头，像是在打招呼，也像在暗示着什么。紧接着便是长久的沉默。

方娅其实很想说点什么。她出门的时候本来兴致盎然，但刘明夷一整天写在脸上的郁郁寡欢，让他的好心情也逐渐被消磨殆尽了。现在，又见他们一个个跟闷葫芦似的，方娅便也懒得开口了。除了方娅，所有人都在等待，或者还有少许的期待，这样的等待很难熬，这样的期待则变得愈发微妙起来。大秀手里捏着一根狗尾巴草，来回摆弄着；陶大爷取出旱烟袋，刺鼻的烟草味很快弥漫开来；刘明夷注视着石桌的一个角落，手指轻轻敲击桌面，发出不规则的响动。只有方娅，感觉没有什么可以打发时间，于是低头观察起脚下的蚂蚁来。两只黑色的蚂蚁正在为一粒米饭陷入拉锯战，它们看起来势均力敌，一只往前拉，另一只往后拉，但谁也没有成功。方娅很奇怪蚂蚁怎么这么傻，为什么不直接扑上去咬一口米粒。她不明白，蚂蚁抢饭粒不是为了自己吃，而是为了争功。方娅和蚂蚁不在一个世界，她不懂蚂蚁，至少没有大秀懂。大秀懂涞滩的一草一木、一花一虫，甚至每一块石头，都能和大秀对上话。大秀就经常和蚂蚁说话，孤独的时候说，快乐的时候也说。她知道蚂蚁什么时候高兴，什么时候难过，什么时候害怕，她也知道蚂蚁为什么会打架。刘明夷到来之后，大秀和蚂蚁说话的时间就少多了，都有些疏远蚂蚁了。但是后来方娅也来了，大秀就又有更多的时间和蚂蚁说话了。现在，方娅也想和蚂蚁说话，但她被阻隔在了蚂蚁的世界之外。大秀是不会告诉方娅蚂蚁在说些什么想些什么的，所以方娅就无奈地回到了人的世界。

方娅貌似很快意识到了什么，她环视四周，又朝父亲房间的方向望了望，屋里漆黑一片。

爸爸怎么还没回来？他应该回来了啊？方娅惶恐地问道。

尽管刘明夷深知，这一刻迟早会到来，但方娅的问话还是让他有些错愕。他悄悄窥看着陶大爷，此时，陶大爷的神色十分淡定，烟袋锅里的烟丝伴随着他有节奏的抽吸声忽明忽灭。刘明夷又把目光转向大秀，大秀依旧低着头晃动着手里的狗尾草。刘明夷不知道说什么好，重又回到原来的姿势。

明夷，爸爸怎么还没回来啊？我们去找找他吧？

这回方娅直接点刘明夷的名了。刘明夷正准备说话，旁边传来一个声音：

你爸爸不会回来啦！声音是大秀的。

你说什么？方娅蓦地站起来。

你爸爸，他不会回来啦！

大秀抬起头，直视着方娅的眼睛。

方娅顾不上与大秀纠缠,走到刘明夷跟前,质问道:

明夷,到底是怎么回事啊?

刘明夷嗫嚅了半天,终是未作回应。这时,女性的直觉开始发挥作用,方娅一把抓住他的胳膊:明夷,你是不是有事瞒着我?你说啊!

刘明夷再也忍不住了,腾地站了起来,挣脱方娅的手,大踏步走向自己的房间,把背影留给了方娅。闩上屋门的一刹那,刘明夷心如刀绞,他实在不知道怎样面对方娅,只有选择逃避。暂时的逃避或许能减轻他对方娅的愧疚。逃避,这是他进退维谷时最惯常使用的武器,到死都没有改变。父亲曾尖锐地指出,他这是鸵鸟策略,遇到困难就把脑袋往沙里钻,但是屁股却留给了别人。刘明夷心知肚明,但在他有限的生涯中,他还是会不自觉地选择逃避,作为缓解心理压力的一种不失有效的方法。在他看来,鸵鸟策略,至少可以让他获得可怜的片刻安宁。

果然,鸵鸟策略起作用了,方娅并没有跟上来。刘明夷顺势躲在屋内,谛听着屋外的动静。只听到方娅又高声说了些什么,大秀慢声细语地回应了几句,陶大爷也在一旁搭话。但由于距离较远,他听得并不真切。其实刘明夷也急切地想知道今天到底发生了什么,那声枪响究竟意味着什么。回来的路上,他甚至特意察看过地上有没有血迹。但他什么也没有看到,一切照旧,曲折的石板路偶有秋风刮过,留下一地清凉。

似乎过了许久,他终于听到一声撕心裂肺的呼喊:爸爸,天哪——

紧接着是一阵急促的脚步声,越来越近,噔噔噔,每一声都像是捶打在刘明夷的心上,捶得他阵阵疼痛。声音终于来到门外,方娅开始用拳头捣门,用头撞门,用脚踢门,咚咚咚,砰砰砰,啪啪啪……刘明夷实在憋不住了,霍的一下拉开了门闩。方娅没准备,一头摔进门里,他爬起来,像一只发怒的母狮,打他,踢他,拧他,哭声和歇斯底里的咆哮声震耳欲聋:刘明夷,你是个坏蛋,你为什么要害爸爸?你为什么要害死爸爸?你为什么要忘恩仇报?你为什么要害我……

她骂得杂乱无章,除了因激动而语无伦次,也显示出她汉语的真实水平。刘明夷一动不动,由着她发泄。过了很久,她终于打累了,停了下来,眼睛直挺挺地看着他,像是在看一个陌生人。

你是明夷吗?你真是刘明夷吗?

她喃喃自语道。终于体力不支,慢慢地瘫倒在地。

刘明夷弯下腰,想把她扶起来。她虚弱地挣扎了几下,就放弃了,踉踉跄跄地被刘明夷搀到床上。她双眼微闭,不再看他,像是耗尽了所有的力气。只有大颗大颗的泪珠从两颊滑落。

刘明夷坐在凳子上一言不发。过了一会儿,他以为她睡着了,或是晕过去了,但方娅偶尔发出的一两声抽泣,证明她是醒着的。

终于,方娅从床上爬了起来。刘明夷刚刚松弛的神经立马又绷紧了,他准备着随时接受她新一轮的进攻。但他错了。坐起来的方娅已不复刚才的盛怒,她像是泄了气的皮球,软软的,脸上的锐气也无影无踪,一副楚楚可怜的模样。

她说:明夷,我爸爸不是坏人。真的。

刘明夷不吱声。

她又接着说:我爸爸就是个研究古建筑和古文物的,他不是间谍。

这时，刘明夷犹如一个被关在铁屋子里很久的人，终于找到了出口，他正颜厉色道：那你爸爸是不是日本人啊？你是不是日本人啊？

方娅重重地点了点头：可是……

刘明夷立即打断了她：那你们为什么一直瞒着我？为什么要骗我？

方娅抿了抿嘴，很真诚地说：明夷，我真的不是要骗你，爸爸也不是要骗你。我们没办法啊。爸爸刚到学校的时候，中国和日本已经打起来了。他不敢说自己是日本人啊……

刘明夷冷笑一声。

方娅似乎看出了他的心思，接着说道：明夷，你不相信我吗？你不是一直相信我的吗？

我现在，还能相信吗……

方娅也不知道哪里来的力气，猛地站起来，扑进刘明夷的怀里：明夷，你一定要相信我。我是真的爱你，真的……

在方娅的温柔攻势下，刘明夷有些招架不住了，他下意识地伸手抱住她。方娅喃喃道：明夷，我求求你，去救救爸爸，救救爸爸，好吗？

刘明夷无奈地说：不可能了。现在是中日交战时期，上午来的可都是当兵的。

那你说，他们会杀了爸爸吗？

我不知道，现在我也是无能为力了。

方娅松开了刘明夷，默默朝屋外走去。天已经擦黑，山风徐徐吹来，虫子的鸣叫声此起彼伏。远处点点灯火在江面上移动着,像是渔火,又像是过路的人手中的火把。出了院门,方娅沿着石板路蹒跚而行,刘明夷紧随其后。走到岔路口时,他发现方娅拐到了去往江边的土路上,不由得心里一颤,但他又不知道自己能做些什么,阻拦她不是,不管她又不是,只好继续跟着。

她果然是往江边去的。到了江边,天已经完全暗下来,月亮也不见了踪影。到处都是黑魆魆一片。两个人只能摸索着往前走,借着草丛里的点点萤火,辨别哪里是水,哪里是路。陶大爷说有一种鬼喜欢点萤火一样的灯,把路人引诱到不该去的地方。刘明夷越想越感到担忧,生怕方娅会出什么事情。索性,前面没路了,方娅停了下来。

刘明夷也停下脚步。两人相距一两米远的距离。刘明夷已经做好了准备,万一方娅想不开要跳江,自己就跳下去救她。尽管她的身份目前还不清楚,但他总不能见死不救,这不符合他做人的原则。

但方娅似乎还没有跳江的打算。她回头朝着刘明夷的方向观望着,然后尖声喊道:

你为什么要跟过来啊——

怕你想不开。

你还在乎我吗?

……

她突然笑了起来,笑得有些凄凉,有些诡异。

如果不在乎我,你就走吧,你现在就走。

方娅这句话说得很平静,也很果决,这让刘明夷内心顿时如割裂一般,他在想自己是不是真的该走。如果方大和是间谍,那方娅无疑就是小间谍了。如果她也是间谍的话,自己还有必要管她吗？她就是要寻短见，也随她去好了。这就是刘明夷的逻辑，那个时候的他只能有这种逻辑。他的脚向后缩了缩，把草弄得沙沙作响。

好吧，你走吧，不必管我。如果你是个男人，就走吧，不要婆婆妈妈的！

方娅显然是在激他。刘明夷再懦弱，毕竟也是血气方刚的年龄，他马上拔腿往回走。就在这时，方娅冷不丁纵身一跃，扑在了他的身上。刘明夷完全没有准备，脚下一绊，倒在了草丛中。两个人滚作一团。滔滔的江水声伴着方娅抖索的鼻息，一股脑钻进了刘明夷的耳朵：

明夷啊明夷，现在没了爸爸，我该怎么办啊？你真的不管我了吗？我现在只有你了啊。你难道不知道，我是真的爱你吗？……

方娅自顾自地低声呢喃，她偎依在刘明夷的怀里，宛如一只受伤的小兔，亟须找到可以疗治伤痛的庇护之所。

刘明夷的心理防线几乎要崩溃了。他受不得女孩儿哭泣，何况还是他曾经深爱着的方娅。我该怎么办啊？我难道真的撒手不管吗？想到这儿，刘明夷一阵发晕，天地都跟着旋转起来。他痛苦地闭上了双眼……

蓦地，好像有个东西压在他的唇上，软软的，冰冰的。他一激灵睁开眼睛，竟是方娅的嘴唇。这是刘明夷始料未及的，他本能地想闪躲开，但她的唇贴得那么紧，那么牢，以至于他没有任何反抗的能力，或者说，他已经被她的唇俘虏了。接着，她几乎是霸道地用舌头撬开他的嘴唇，随即侵入进去。她吻得很动情，很陶醉，完全不同于往日的半推半就，哼哼唧唧的呻吟声让他的骨头都酥软了。随后她又疯狂地亲他的脸庞，他的耳垂，他的脖子。她趴在他身上，将丰满的胸脯压在他的胸前，这让他有些喘不过气来。涞滩的初秋不比别处，依然残留着夏日的溽热。两人都穿得很薄，刘明夷分明闻到了少女温热的体香，丝丝缕缕，柔柔地沁入鼻端。此时，方娅的嘴唇停留在他的耳际：明夷啊，明夷，你要了我吧，你要了我吧，我要把自己给了你……方娅一边呢喃，一边拉扯刘明夷的上衣。她显然是没有经验的，动作有些笨拙，情急之下，"啪"的一声将他的扣子扯掉了。

　　刚开始刘明夷是被动的，完全没有思想准备，但很快，他的欲望就被调动起来。两双手在彼此身上胡乱地摸索着，先是帮对方脱衣裤，效果不太好，后来干脆自己脱自己的。脱完之后才发觉身体被草扎得生疼。涞滩的秋草又长又硬，草丛里散发着泥土的气味，加上两个人的汗味，以及弥漫在空气里的肉体的味道，让刘明夷有些不适应。但顾不得这些了，两个年轻人拥在了一起。

　　时间仿佛凝滞了，淙淙的江水流过，聆听着岸上每一处细微的响动。呼哧呼哧的喘息声透出一丝慌乱，又夹杂着莫名的兴奋。然而，他们还是败下阵来，辛苦忙活了半天，却不知道该如何解决。这让两人都很狼狈。终于，鬼使神差地，刘明夷翻过身来，把方娅压在了身下。他觉得下身胀得太难受了，急于找到发泄的闸口。但越着急，越是找不到地方，他气急败坏地四处乱撞。方娅"哎哟哎哟"地叫了起来，她被他撞疼了，嗔怨道：你就不能慢一点啊。这句话让刘明夷羞愧难当，这个时候自己居然还没有一个女孩子镇静。于是他停了下来。方娅也意识到自己刚才的话说重了，主动抓住了他的下身，这让他更加难受，但很快就变成了亢奋。他重新振作起来，在方娅的配合下，这次终于抵达了目的地。

哎呀，你进来了，你进来了……

方娅嘴里不停地哆嗦着，像是喃喃自语。两行热泪喷涌而出。不过，刘明夷并没有看到这些。天，实在是太黑了。

就这样，刘明夷变成了一个真正的男人，虽然刚进去没多久他就爆炸了。爆炸后他就想离开她的身体，但方娅把他的腰搂得更紧了，她柔声细语道：明夷，我是你的女人了。我是你的女人了。你要保护我啊，明夷……刘明夷兀自喘着粗气，此时的他还来不及山盟海誓，待两个人的身体一分开，他就催促方娅穿衣服，似乎周围藏着无数双眼睛。

往回走时，两个人又是手拉着手了。甜蜜再次充盈着刘明夷那颗年轻的心。方娅挽住刘明夷的胳膊，深情地说道：明夷，明天去把爸爸救出来吧。

刘明夷没有吭声。

方娅又追问了一句：好不好嘛！

这一句明显是撒娇了。一个刚刚与自己在肉体上建立起最亲密关系的人，还有什么理由拒绝呢？刘明夷犹豫片刻，便点点头说：好吧。我试试。

合川比涞滩大多了，到处都是房子。各种几层高的房子，密密麻麻，灰不溜秋，又老又暗。并不宽阔的街道上，是三三两两的行人。国民政府搬到重庆之后，日本的飞机就像苍蝇一样跟来了，三天两头地轰炸，偶尔也有一两颗炸弹落到合川，巨大的声响之后，遭遇不幸的房屋如同蛋糕一样被切掉几块。但合川人似乎没有过多在意，他们依旧平静地生活着。这些偶然降临的爆炸，就当是过年的时候放了几挂鞭炮，给生活助助兴。

房子都太相似了，相似得不好分辨，刘明夷只好像一只无头的苍蝇，到处乱窜。他逢人就问：部队在哪里？涪江在哪里？依他的经验，确定某地的方位，最好的办法就是先确定河流湖泊。寻到了河流湖泊就寻到了方向。最后他成功地找到了涪江。涪江跟渠江差不多宽，水还没有渠江急。据说这里当年曾以一座山一座城抵抗了蒙古大军三十六年，而渠江、涪江和嘉陵江就在那座山下碰面。刘明夷来不及欣赏两岸的景色，他沿江边一路寻找着穿军装的人。走了十几里路后，他终于碰到一个穿制服的警察。他问警察，政府在哪里，军队驻扎在哪里。警察狐疑地问道：找政府和军队做什么？刘明夷撒谎说，他有个哥哥在军队里，他要去找他。警察又上下打量了他一番，看他不像是坏人，才把自己所知道的一个地址告诉了他，说那里有部队。

刘明夷按照警察提供的地址找到了部队，结果人家不让进门。卫兵倒是耐心地听完了他的来意，最后只回答了三个字：不知道。

整整一天，刘明夷都在马不停蹄地奔走着。与其说他想找到老师方大和，不如说他是在兑现一个承诺：对方娅的承诺。也是对爱情的承诺。以爱情的名义，总能激起年轻人足够的力量。方大和到底是什么样的人，他并不清楚。政府抓走了他，总是有理由的。他不会听方娅这么一说，就改变自己的想法。但是，他坚定地认为，方娅是无辜的，她什么也不知道。既然如此，她对父亲的营救就是孝顺，就是天性，就是可以理解的。所以他既希望找到方大和，完成自己的承诺，又担心真找到方大和，却发现他的确是间谍。何况，他并不知道，自己该如何面对方大和。

最终他一无所获。像他这样一个普通的学生，在烽烟四起的战争年代，实在是太渺小了。人家根本就不屑于理睬他。

第二天，刘明夷灰头土脸地返回涑滩。令他惊讶的是，当他将实情告诉方娅时，方娅并没有责怪他，仿佛一切都在她的预料之中。仅仅两天时间，方娅就由一个浪漫主义的幻想家变成了专注于眼前的现实者。现在，她考虑更多的问题是，接下来她和刘明夷该怎样渡过难关。她说：我们不可能再回去了。那个地方已经被日本人占领了，学校恐怕也关门了——当她口中说出"日本人"三个字的时候，脸上的表情没有丝毫变化，仿佛这是世界上最普通的字眼。她问刘明夷怎么办。刘明夷双手一摊，摇了摇头，他一向不是个有主见的人。于是，方娅提出：现在中国最安全的地方就是重庆，国民政府也在重庆，日本人至少一时半会儿还打不过来。既然这样，我们就要考虑在涑滩长期生活下去了。首先，我们得找个工作。

她的思路很清晰，仿佛原本就是个经历过很多世事的人。她分析这些问题的时候，脸上平静得像个老人。刘明夷像看一个陌生人一样看着她，他不知道，她是如何突然之间变得这么成熟的。或许，她原本就是这样，而自己，其实并不了解她。

我们可以去当老师。方娅接着说，镇上有所中学，还有小学，都需要老师。你可以教国文、教绘画，我可以教算术。我学过的。他们肯定会欢迎我们的。

事不宜迟，午饭后，她就拉着刘明夷去镇上唯一的一所中学找校长。路上，他们一边走一边商量如何毛遂自荐。最后确定让刘明夷主说，她在旁边作补充。

那个时期，前方正打仗，但后方对教育并未放松。果然，如方娅所分析的那样，他们没费多少劲就说服了校长。校长名叫马从周，是个戴眼镜的中年人，看上去文质彬彬，脸上总是带着和善的微笑。他认真地听完了刘明夷和方娅的来意后，热情地说：我们现在缺的就是老师。像你们这样教育背景的人，愿意在我们这个小地方教书，实在太好了。我代表学生谢谢你们。说着他还非常郑重地鞠了个躬。

很快他们就进入了新的角色。方娅看起来比刘明夷更像老师。她把一头长发剪掉，梳成齐耳短发状，这让她看起来干练了许多。她每天抱着书出入学校的时候，脸上总是平静而从容，带着淡淡的微笑，仿佛她曾经在这里工作过很久似的。

那段时间里，刘明夷很茫然，虽然有了一份教书的工作，但他却像丢了魂儿似的。问题出在他和方娅的感情上。自从二人到学校工作后，刘明夷觉得，每天和他朝夕相处的方娅似乎越来越陌生了，陌生得他都怀疑眼前的这个女人还是不是方娅。一个人怎么可以变得如此之快！这种变化他只在小说《西游记》里看到过。她对他还是一如既往的体贴，但不是之前的那种小孩子式的撒娇、依赖，乃至故作娇嗔的胡搅蛮缠了。如果说，之前她还是一个不谙世事的少女的话，现在则变成了一位相敬如宾的妻子。她精心地照料着刘明夷的生活，给他做饭，给他织毛衣，嘘寒问暖，无微不至。但是只有一样让刘明夷难以接受，这也正是他感到方娅变化过快的关键原因：自从那天晚上他们在江边初尝禁果之后，方娅就再也没有给刘明夷第二次机会。而刘明夷呢，最初的亲密体验，仿佛打开了潘多拉魔盒，放出了欲望这个魔鬼，他对男女之事更加向往了。正处于血气方刚年龄的他，很多时候对那种事的渴望是无法遏止的。何况他们的第一次只是草草收场，他还没有找到感觉就结束了。这让他没有心思工作，他渴望有下一次，一次完美而畅快的体验。于是他寻找着一切可能的机会向方娅做出暗示。但方娅总是在他刚刚表现出需求的时候，便把话题引向其他地方，原本暧昧的氛围霎时冷却下来。刘明夷每每意兴阑珊。

我们搬到学校附件住吧。那天方娅突然对刘明夷说。

为什么啊？刘明夷纳闷。

这样，我们就有自己的空间了。方娅显然已经准备好了理由，说话的时候，她脸上带着神秘的微笑。刘明夷感到这是一种暗示。这个暗示让他欣喜若狂，不能自已。

去找陶大爷的时候，大秀也在。这段时间，他几乎忽略了大秀的存在。这孩子仿佛又像过去一样隐形了。她每天独来独往，一副郁郁寡欢的样子。有一次，刘明夷在路上碰到她，她的眼里分明闪过一道欣喜的光芒，但很快，她像意识到什么似的，冷冷地瞟他一眼，也不说话就跑开了。她虽然没再主动找过刘明夷，但不知怎的，很多时候，刘明夷总觉得她就站在身后，观察着自己的一举一动。可等他扭头去找的时候，却什么也没发现。

刘明夷说：陶大爷，谢谢你这段时间照顾我们，我们要搬走了。我们想离学校近一点。

陶大爷没说什么，只是随口问了一句：你们找好地方了？

刘明夷点了点头：就在学校旁边。

陶大爷说：那好吧。

刘明夷又看了看大秀，想和她说几句话，却不知从何说起，该说的话似乎以前都说完了。现在呢，他对她的现在一点也不了解，不知从哪里开始。

正在他踌躇间，大秀开口了：明夷哥哥，我……我也想去读书。

所有人都愣住了。陶大爷正色道：妹儿，你不要乱想哦。一个女娃儿读个什么书嘛。

大秀不为所动：我想读书。我看到学校里有女娃儿。

刘明夷想了想说：我觉得可以，要不我跟校长……

没等他说完，身边的方娅扯了扯他的衣角，似乎是在阻止他说下去。他只好把到嘴边的话咽了回去。

陶大爷显然觉察到了这个举动，他轻抚着大秀的头，语气和缓下来：算了，妹儿，家里还要你帮忙呢。

大秀不再坚持。刚刚还晶亮的眸子很快就黯淡下去。

从学校回到新家，刘明夷发现，房间早就收拾好了。他兴奋地几乎要跳起来。但很快，他就困惑起来：方娅告诉他，她准备了两个房间，一间是他的，一间是方娅自己的。你这是害羞吧？刘明夷朝方娅诡秘地笑笑，然后就拉着她的手走进了方娅的房间。此时，他的脸红得直发烫，心跳明显加速，呼吸也更紧促了。他努力地控制着自己，却怎么也控制不住。这样的夜晚，他们俩同处一室，这不正是他梦寐以求的吗？他怎么能控制得住自己呢？他一把揽住她，深情望着她的双眼：方娅……

他的声音有些颤抖。

方娅脸上依旧挂着习惯性的微笑。

他开始亲她的脸，她的嘴，她的脖颈。她则纹丝不动，任由他发泄火一般的激情。他开始脱她的衣服。这次有了灯光的帮助，目标明确多了。他以为方娅会顺理成章地配合他，可就在他的手即将解开她的上衣纽扣时，却被方娅的手摁住了。他很快就抽出来手来，继续他的行动。此时的方娅不知是羞怯，还是害怕，在她怀里使劲挣扎着。然而刘明夷并没有松手，他反而更有力地抱紧她。他以为，她很快会像一只驯顺的小羊羔一般被他征服。但他错了。方娅突然放声大哭起来。这突如其来的哭声让刘明夷不知所措，他赶紧松开她，满脸困惑：方娅，你怎么啦？

方娅哭得很投入，很伤心，好像受了莫大的委屈。那天，刘明夷从合川空手而归的时候，她都没有哭，可是现在，她哭了。撕心裂肺的哭声让刘明夷顿感内疚，他觉得自己是在乘人之危。他为自己的轻薄而懊悔，他狠狠地掐自己的大腿，扯自己的耳朵，似乎这样才可以消减心头的愧疚和悔恨。就在刘明夷不知道该怎么办时，方娅重新扑进了他的怀抱，把头深深地埋在他的臂弯。她的哭声停止了，但泪珠仍扑簌簌地往下落，双肩抖动着。半天，她才抬起头来，望着刘明夷，说道：明夷，我们结婚吧？！

# 卯

现在的年轻人，真是搞不懂。要说郭晖，算是我的忘年交吧，可凭我五六十年的识人经验，还是不能完全了解他的心思。

那天是他们大喜的日子。结婚这种事，我经历过两次，不说特别的兴奋吧，也不至于害怕成那个样子。似乎一踏进婚姻殿堂，就悲壮了，风萧萧兮易水寒，壮士一去兮不复还。

那天其实是个好日子。晴天。涞滩雨多，这个大家都知道，雨多的地方东西长得好嘛，不光是植物，动物和人也繁衍得快。但有些日子还是晴天的好。结婚的日期早就定下了，是晴是雨就看运气，事实证明他们的运气不错。我也破天荒参加了他们的婚礼。我很久没有参加别人的婚礼了，除了儿子刘子钟，涞滩其他人的婚礼都是大秀代表家里去的，我基本不参加。但这次我参加了。一个是我欣赏的年轻人，一个是我喜欢的侄女，我乐意看见他们走到一起。

按照涞滩的习俗，姑娘出嫁前的头天晚上，亲戚朋友们总要聚在一块儿，为她"坐歌堂"。桔子原本不要老规矩，一切都按新规矩来，但她妈妈不干。她妈妈说，就这么一个女儿，从小都宝贝着，一定要按涞滩的规矩，风风光光地嫁出去。平常都是妈妈拗不过桔子，但这一次桔子妥协了。桔子的妥协是因为，这是她在娘家的最后一天。"坐歌堂"的那一天，我也被大秀拉去了。那天，在桔子家的堂屋中央，搁着一张八仙桌。桌上摆满花铺盖、花枕头、洗脸盆、圆镜子、花梳子之类的东西，这些都是桔子的陪嫁物品，有几样还是大秀送来的。这能显示一个家族在涞滩的地位。陪嫁的东西放好后，我们就围坐在八仙桌四周，等着桔子出场唱歌。很快，桔子出场了。桔子那天穿着一身长长的连衣裙，裙摆拖到地上，像莲花一样。一瞬间，我有些恍惚，我的眼前出现的不是桔子，而是大秀。外甥多像舅，侄女像姑妈，真是一点不假。这几年里，桔子越来越像当年的大秀了，只是她的眼睛比大秀大一些，脸稍圆一些，个子也高一些。

桔子，唱几句啊，唱啊！

按照老规矩，桔子应该先开口唱歌的。桔子向四周扫了一眼，她的脸上没有一点出嫁姑娘的羞羞答答，然后她落落大方地说道：明天是我大喜的日子，桔子在这里谢谢大家，谢谢各位亲朋好友的关心！说完，她深深地鞠了一躬。接着她又说：今天呢，我不想唱歌，我只想跟父母说声"谢谢"。我以前不懂事，让你们操碎了心；从明天开始，桔子就长大了，一定不会再让你们操心了。请父母放心，女儿会比以前更爱你们，而且，还会多一个人爱你们……

桔子的一番话把老两口说得热泪盈眶，连大秀也在一旁抹泪。这个桔子，总有办法让事情朝着自己设想的轨道前进，"坐歌堂"到底还是没有按她妈妈的意思进行下去。但不知怎么回事，在桔子讲话的时候，我发现她的脸上并没有多少新婚前的喜悦，倒是她的眼神里透出一丝忧郁。她是舍不得离开父母吗？

现在的年轻人，真是搞不懂。但是第二天，我就懂了。

婚礼在瓮城里举行。这是桔子的主意。这座古瓮城是涞滩的骄傲之一，城墙虽然不高，也不算宏伟，但一段段长条石砌起来的墙垣仍让人感到庄严肃穆。如今，墙头长出许多古藤，遒劲的藤蔓攀缘匍匐在覆满青苔的墙面上，更增添了它的历史沧桑之感。年轻时我刚到涞滩，就被这里的瓮城打动了，我感觉它一定藏着很多故事。要知道，这座瓮城曾经多次保卫过涞滩人。有人说，婚姻是围城，我猜想，桔子是想让他们的婚姻成为一座坚固的城堡，从此他们在城堡里过上幸福美满的生活。

晴天的涞滩，美得让人窒息。到处都是绿，那种清脆的绿。偶尔出现的红色、紫色、黄色和白色的花，点缀在绿色中间，使这绿显得更加亮丽，更加妖娆。阳光从妖娆的绿中间穿下来，仿佛也被感染了，显得特有精神。而铺满青苔的青瓦、青砖、青石，因了这阳光的照耀，也像是受了恩泽似的，泛着畅意的青光。你不知道吧，这是很多年前最吸引我的颜色了。

桔子的花轿在这层层叠叠的青光中缓慢移动着，连带着青石路都婀娜起来了。此时的郭晖，早已站在文昌宫前的广场上。他今天穿一身灰色的西服，下巴刮得干干净净，精神饱满，玉树临风。我赶到瓮城时，郭晖正在那里不停地踱步。看得出来，他很着急……终于，远远地，传来喇叭声。郭晖似乎有些激动，踮起脚尖，朝城门口张望，但他什么也没看见。就在这时，郭晖好像中了邪似的，突然转身往相反的方向跑去。有人喊了一句：花轿就要到了，你上哪里去啊？

去上个厕所。

郭晖丢下这句话，很快就在众人面前消失了。人一焦虑就要上厕所，看来他还是太紧张。人生头一次嘛，又是大事，可以理解。

有时候，时间就像被什么卡住了一样，过得很慢。那个时候也是。大家都在焦急地朝两头张望。先是急新娘，喇叭声早听得到了，但就是不见花轿的影子。到底怎么回事呢，是被人拦下要喜糖了，还是？……接着又急新郎。有人开始埋怨：这个郭晖，早不上晚不上，这个时候上什么厕所！上就上吧，还去这么老半天，该不会拉肚子了吧？两头急的结果是，整个瓮城里乱糟糟的，大家议论纷纷：有的人盼着花轿早些到，有的人则不以为然，说最好能来晚点，新郎回不来，谁接轿呀？后来大家等得实在无聊了，两个小伙子干脆打起赌来。其中一个小伙子很有把握地说，一定是郭晖先回来。这么重要的日子，他心里肯定有数……

　　事实证明，这个小伙子输了。就在大家焦急等待的嘈杂声中，一乘四抬花轿，晃晃悠悠出现在城门不远处。抬花轿的是四个壮汉，轿两旁是桔子的父母和几个送亲的娘家人。他们到城门口时，停了下来，但轿子并没有放下。没见到新郎之前，放下花轿是不吉利的，一定要见到新郎才可以。就这样，花轿在半空中悬了好长时间，轿夫头上的汗都快变成珠子了，也没见新郎来。大家又开始嘀咕起来。桔子的父母也急了，赶紧让人去找。找的人很快就回来了，说把周围的厕所都寻遍了，还是没找到郭晖。正当众人不知所措时，花轿里传出桔子的声音：你们辛苦了，把轿子放下吧。轿夫们看了看桔子的母亲，她无奈地点点头。轿子放了下来。还没落稳地，轿帘就掀开了，桔子走了出来。只见她一把扯下头上的红盖头，愤愤地扔在地上。再看她的脸，早已是湿乎乎一片，妆容也被毁得不成样子，像是被水冲洗过一般，沟壑纵横。桔子斜眼环视四周，抽噎道：你们不用等了，他不会来了！

　　桔子说完这句话，就头也不回地朝瓮城里奔去。众人安静了片刻，立即就骚动起来。接着，有人也跟着桔子朝瓮城里跑。随后，几乎所有人都跟了过去。我看了看大秀,她一把拽住我,也朝里面走去。我走得慢,到了东门外时,人群已经一窝蜂地拥下山了。我站在高处,看见一身红装的桔子穿行在绿树中间,人群则相距着十几米的距离,紧随其后。这一大群人像一股巨浪,黑压压朝江边涌去。我们也赶紧往山下走。终于,人群停了下来,我和大秀赶到时,大家都屏声静气,偶尔的一两声咳嗽,显得十分突兀。众人见我和大秀走过来,便自动让开了一条道。我一边和大秀从道的中间穿过,一边向前方望去。道的尽头,郭晖正蹲在地上,双手抱头,看起来很激动,桔子则站在他旁边。桔子一直像在说着什么,但我们离得比较远,听不真切。就在这时,我看见郭晖狠命地撕扯自己的头发,接着"哇"的一声,号啕大哭起来。桔子的妈妈见状,想赶过去,被我上前一步,拉住了。此时,我和大秀,还有桔子的父母,就站在不远处默默地看着这一切。大家都是满脸的疑惑和不解。郭晖越哭越伤心,声音也越来越大。他像是一个受了委屈无处诉说的孩子,终于找到了发泄的机会,泣不成声,伤心至极。正当我们面面相觑,搞不清怎么回事时,桔子缓缓弯下腰,抱住了郭晖。她把郭晖的头紧紧搂在怀里,轻柔地抚摸着,泪眼婆娑。郭晖哭了很久,终于哭不动了,只剩下小声的呜咽。又过了一会儿,他拨开桔子的双臂,奋力站了起来,桔子也跟着站了起来。刹那间,郭晖"扑通"一声,跪倒在桔子面前。他的这个动作非常突然,膝盖在土路上碰得很响,所有人都吓了一跳。桔子也吓了一跳,但接着她像是意识到了什么,没有去扶郭晖,就让他一直在那儿跪着。也不知过了多长时间,桔子才抬起手揉了揉双眼,转身朝我们走了过来。

婚不结了!大家请回吧,对不起了!

桔子说完这一句,毅然转身向山上跑去。

桔子的妈妈要追桔子,可是桔子已经跑远了。她又转过身来看了看郭晖,郭晖仍然跪在地上。她正要向郭晖问个究竟,话没出口,就被大秀止住了。

缓些日子再说吧。大秀说,你也不要着急,来日方长呢。

这孩子,唉……一定是心里有块疙瘩,没解开。我也劝道,再等等吧,我抽空找他聊聊。

可是,让我没想到的是,打那以后,我一直没机会找他聊。不是我不想找,而是他再也没有出现在我的视线里。有几次子钟回家,我问他,有没有看到过郭晖,他是不是离开涞滩了?子钟说:没有啊,他在涞滩啊,只是偶尔离开涞滩而已。往往是出去几天,很快就回来了。他现在天天忙死了,工程一个接一个,生意越做越大了。

桔子倒是来过几次。这孩子像是一夜之间突然长大了,稳重了许多。连发型都变了,原来是一头披肩长发,现在也剪短了,不过看起来还算精神。以前她说起话来绘声绘色,表情很丰富的,现在话也少了,而且无论说什么,都是淡淡的,似乎再有意思的话题,也调动不起她的情绪,脸上的肌肉总是僵僵的。即便是谈到郭晖。每一次问到郭晖,她就只那么一句:"他挺好的啊。"然后就把话题扯开了,像是这个人和她完全没有关系一样。

桔子的妈妈也来过几次,主要是打探我有没有和郭晖聊一聊。我反问她:桔子是怎么跟你说的?她摇了摇头,这个死丫头,什么都不肯说,也不知道他们到底怎么了?一个外乡人,在这里孤苦伶仃的,怎么就不想成个家呢?我们家桔子哪一点配不上他,怎么就在婚礼上跑掉了呢,真是丢人啊!

我说:现在的年轻人,真是搞不懂啊。

过了大概个月吧,我才在二佛寺里偶然见到郭晖。那天我闲着没事,一个人去二佛寺溜达。远远地,我看到一个人跪在二佛跟前。走近了一看,是郭晖!他低着头,嘴里不知咕哝着什么。听见有人来,才抬起头。看见是我,他先是有些惊讶,然后从地上拿起一张纸,站了起来,跟我打了声招呼。我朝旁边努了努嘴,他顺从地跟我来到一块大石头前坐了下来。两个月没见,郭晖变得又黑又瘦,两个黑眼圈有斗大,胡子也像是好几天没刮了。我示意他把手上那张纸给我,他递了过来,居然是《三世因果经》。

  佛说因果偈,云:
  富贵皆由命,前世各修因。有人受持者,世世福禄深。
  善男信女听言因,听念三世因果经。
  三世因果非小可,佛言真语实非轻。
  今生做官是何因,前世黄金装佛身。
  前世修来今世受,紫袍金带佛前求。
  黄金装佛装自己,衣盖如来盖自身。
  莫说做官皆容易,前世不修何处来。
  骑马坐轿为何因,前世修桥铺路人。
  穿绸穿缎为何因,前世施衣济贫人。
  无食无穿为何因,前世未舍半分文。
  福禄俱足为何因,前世施米寺庵门。
  高楼大厦为何因,前世造寺建凉亭。
  相貌端庄为何因,前世鲜花供佛前。
  聪明智慧为何因,前世诵经念佛人。
  妻娇妾美为何因,前世佛门结善缘。
  夫妻长守为何因,前世幢幡供佛前。

父母双全为何因，前世敬重孤独人。
无父无母为何因，前世多是打鸟人。
多子多孙为何因，前世开笼放鸟人。
养子不大为何因，前世皆是恨他人。
今生无子为何因，前世厌恨人儿孙。
今生长寿为何因，前世买物多放生。
今生短命为何因，前世宰杀众生身。
今生无妻为何因，前世偷奸人女妻。
今生守寡为何因，前世轻贱丈夫身。
今生奴婢为何因，前世忘恩负义人。
今生眼明为何因，前世施油点佛灯。
今生眼瞎为何因，前世多看淫书人。
今生缺口为何因，前世多说是非人。
今生聋哑为何因，前世恶口骂双亲。
今生驼背为何因，前世讥笑拜佛人。
今生曲手为何因，前世打过父母人。
今生曲脚为何因，前世破坏路桥人。
今生牛马为何因，前世欠债不还人。
今生猪狗为何因，前世存心哄骗人。
今生多病为何因，前世幸灾乐祸人。
今生健康为何因，前世施药救病人。
今生坐牢为何因，前世见危不救人。
今生饿死为何因，前世糟蹋五谷人。
被人毒死为何因，前世拦河毒鱼人。
零丁孤苦为何因，前世恶心侵算人。

今生矮小为何因，前世鄙视各用人。
今生吐血为何因，前世挑拨离间人。
今生耳聋为何因，前世闻法不信真。
今生疮癫为何因，前世虐待畜生身。
身生臭气为何因，前世妒忌他人荣。
今生吊死为何因，前世损人利己人。
鳏寡孤独为何因，前世不爱妻儿人。
雷打火烧为何因，前世毁谤修行人。
虎咬蛇伤为何因，前世多结冤仇人。
万般自作还自受，地狱受苦怨何人。
莫道因果无人见，远在儿孙近在身。
不信三宝多施舍，但看眼前受福人。
前世修来今生受，今生积德后荫人。
若人毁谤因果经，后世堕落失人身。
有人信行因果经，福禄寿星照临门。
有人推介因果经，代代吉庆家道兴。
有人常带因果经，凶灾横祸不临身。
有人讲说因果经，生生世世得聪明。
有人读诵因果经，来生到处人恭敬。
有人印送因果经，来世便得帝王身。
若问前世因果事，迦叶布施获金光。
若问后世因和果，善星谤法地狱因。
若是因果无报应，目连救母是何因。
若人深信因果经，同生西方极乐人。
三世因果说不尽，龙天不亏善心人。

> 三宝门中福好修，一文喜舍万文收。
>
> 为君寄在坚牢库，世世生生福不休。
>
> 若问前生事，今生受者是。若问后世事，今生做者是。

我吓得够呛，二十几岁的小伙子，难道看破红尘了?!

我把纸还给他，试探着问道：你和桔子，到底出了什么问题？

他使劲摇着头，不是桔子的问题，是我的问题。我对不起她，我不能再对不起她了。

据报上说，现在很多年轻人都有婚姻恐惧症，而且还是男人居多。专家分析说，婚姻恐惧症的根源，一是怕失去自由，二是不敢承担责任。但是郭晖不是那种没有责任心的人，这一点，我坚信自己没有看错。在我还没见过郭晖的时候，桔子曾经问过我一个问题：现在的女孩子找男朋友，应该找什么样的？我说，这个不好说，萝卜白菜各有所爱，何况你们年轻人的事，我怎么知道。桔子又说，姑父您那么有学问，给点建议嘛。我想了想说，男人身上有很多品质，但有一点是最重要的，那就是责任心。责任就是担当。男人有别的缺点还可以考虑，但如果没有责任心，就不用考虑了。和这样的男人在一起是不会幸福的。桔子当时认真地点了点头，若有所悟。后来我才明白，她问这个问题时，已经认识郭晖了。她是先有了明确的目标，才再考虑这个目标是不是正确的。后来和郭晖成了忘年交后，我对桔子说，郭晖是个有责任心的人，值得托付终身。桔子当时还笑了，说，姑父，要是哪一天他对我不负责任，我可是要找您的哦。

如今事情搞成这样，我相信郭晖一定是有别的原因。

你能说明白一点吗？我追问他。

郭晖再次摇头，我也说不清。反正我配不上桔子。桔子是个好姑娘，应该找个配得上她的人……

我打断他的话，你在回避，小伙子。你是不是有什么难言之隐？如果信任我的话，跟我说说好吗？

他看着我，嘴唇动了动，似乎想说，又好像咽了回去。半天，他摇了摇头说：刘老师，我知道您是有学问的人，但是，您真的帮不了我。给我点时间吧，再给我点时间吧！

我想了想，就站起来说：好吧。有空再去找我下棋，有些日子没有下棋了。

他也站了起来，恭敬地点点头。这会儿，他似乎还是当初那个和我下棋聊天的郭晖。但是这个郭晖，明显苍老了许多。这是未老先衰的征兆吗？

那天晚上，子钟回家，我问他：郭晖是不是有别的女人了？他现在的事业越做越顺了，会不会看不上桔子了？

他说：没有，肯定没有。他现在还时常去看桔子呢，两个人就像没事人一样。只不过，好像没有以前那样亲热了。

唉，现在的年轻人，真是搞不懂。

也许我老了，老得不懂得现在的世界了。这两年我一直住在涞滩，有些日子没出过远门了。有好多次，我都想回老家看看，但是前年摔过一次，腿脚一直不方便，实在下不了这个决心。大秀也不同意我去，说你的腿不好，又有高血压，万一出了事怎么办。所以，现在涞滩就是我全部的世界。其实对于很多涞滩人来说，涞滩也是他们全部的世界。虽然现在越来越开放了，很多人都想去外面看看、走走，但是涞滩人却没这个想法，不但没想法，他们对外面的世界还有一种天然的阻隔能力。"东北二王"流窜全国，持枪杀害了那么多干警和群众,全国人民都慌了,可涞滩人却一点儿也不慌;费翔唱了一首《故乡的云》,红遍大江南北,涞滩人呢,照样不会唱……这些外面发生的事情再大再多,他们依旧是我行我素一根筋,统统不关注。能够惹起他们兴趣的往往都是身边的事:比如李军民的媳妇生了对双胞胎,东头孤老中风了,桔子和郭晖的婚礼黄了……所有这些,构成了涞滩人生活的全部内容。他们像是生活在另一个世界,超然物外,从容淡定。当然,尽管涞滩人有涞滩人的执拗,但在不知不觉中,涞滩还是在前进。人们的收入越来越高了,吃穿用度也越来越丰富了;交通越来越发达了,街上还出现了摩托车;房子越盖越漂亮了,临近的农村里甚至都盖上几层小楼了。当然,这些房子中,有很多都是郭晖的功劳。听子钟说,郭晖的生意已经做到了合川,将来还要往重庆发展呢。

一天下午,我正在院子里浇花,郭晖来了。大热天里,他不停地搓着手,一副很拘束的样子。生意做大了,成了成功人士,反倒不如当初那样落落大方了。我让他在院里的石凳上坐下,给他倒上茶。他朝四周看看,说:刘老师,桑树又长高了。

我笑了笑,没有回应,我知道他有话要说。

果然,他顿了一顿,压低声音对我说:刘老师,有件事,我想求求您……

什么事,你说吧。

我想求您跟桔子说说,找个好人家嫁了吧,不要等我了。我对不起她。

你为什么不自己跟他说?

我说过了,她听不进去。我知道她最听您的话了。您帮我劝劝她吧,求求您了。

我试探着问：你是不是有其他女人了？比如说，老家的……

他立即摇头说：没有。没有啊。

难道……你对女人没兴趣？

也不是。他激动起来，真不是，刘老师，不是这些原因。我说不好，我不能说，我……总之，是我的问题，求您帮我劝劝她吧。

我叹了口气，你们这些年轻人，这是何苦呢？

郭晖一脸的愧疚，刘老师，总有一天我会告诉您的。不管怎么样，有一点请您相信我，我是为桔子好，真的是为桔子好。请您相信我，无论如何相信我！

我点点头，好吧，我试试看吧。但我不能保证。桔子这孩子，一根筋，认准的事情谁也犟不过她。

郭晖走后，我就开始琢磨怎么跟桔子说。为了不伤到桔子的自尊，又能达到理想效果，我不知在院子里踱了多少圈。该怎么说呢？

桔子，你还是离开郭晖吧，你跟他在一起是不会幸福的。

不行，当初是我夸郭晖有责任心的，我这么说不是打自己的耳光吗？桔子若是反问我一句，我可就没话说了。

桔子，强扭的瓜不甜，你还是放弃吧。

桔子会说：我不。我又没有强扭他，当初是他愿意跟我结婚的，现在又无缘无故地不结了。不行，我一定要等他。

再换一句吧。桔子，婚姻是两个人的事，你们这种状况，就是结了也没什么意义啊。

没有意义那就不结了呗，人又不是一定要结婚的，我这样过也挺好的。

还是不行……

我一连几天都在准备着说辞，但又被我逐一否定了。就在我绞尽脑汁苦思冥想之际，桔子来了。

你说巧不巧，桔子来的时候，郭晖恰好在。当时郭晖和我说了一会儿话，正准备提皮包走人，我们刚到院子门口，远远地就看见桔子朝这边过来。我二话没说，急忙推搡着郭晖踅回院里，示意他先到屋里躲一躲。郭晖有些诧异，但还是照做了。

桔子一进门就说：姑父，姑妈在家吗？我找姑妈。

我说：你姑妈出去了，过来坐一会儿吧。

桔子显然看出我有话对她说，就坐了下来。这就是桔子，乖巧的桔子，善解人意的桔子。

我问：桔子，你最近怎么样啊？

桔子一脸无辜地看着我，挺好的啊，忙理发店里的事呢。我想多赚点钱，以后开个旅馆。这是我这辈子最大的愿望了：做个旅馆的女老板。

我笑了笑，就不能做老板娘？

桔子说：那也得有老板才行，人家不愿意嘛。

这么快就进入正题了，这得归功于桔子的配合。和桔子的谈话一点也不费劲。她实在是太聪明了，你上句还没说完，她就想到了下句该怎样应对。而且，她多半会为你着想。

我笑了笑说：一个不愿意，再找另一个嘛。我听说追你的男孩子还不少呢。桔子啊，姑父是看着你长大的，也最疼你了，今天想跟你说几句心里话。天涯何处无芳草，好男人又不止郭晖一个。你看你一天天也大了，难道要当"剩女"吗？

实话实说，我很不喜欢这种对话的状态：别扭，不爽快，一边说还得一边考虑措辞。

桔子愣了一下，漫不经心地说：剩女就剩女，反正有人一起剩着,不孤独。

我说:桔子啊,青春是不能回头的。何况,在婚姻问题上,男女是天生不平等的。你看看现在这个世界,二十多岁的男人娶的是二十多岁的女人,三十多岁的男人娶的还是二十多岁的女人,四十多岁的男人照样还可以娶二十多岁的女人。女人最抢手的年龄就是二十多岁。男人耗得起,女人可耗不起啊!

桔子低下头,似乎在寻思着什么。我想我的话应该已经打动她了,于是我决定趁热打铁。

再说,婚姻是两个人的事,不能勉强,不能包办,对吧?以前郭晖是同意了,可是现在呢,他改主意了。那你就放弃吧。姑父一把年纪了,最大的人生收获就是面对现实。该放弃时就放弃。你说呢?

桔子摇了摇头,说:不是的,姑父。他有他的苦衷,您不明白的。我不相信郭晖不喜欢我。您说过,他是个有责任心的男人。我想,他心里一定有苦又不愿说,他要独自承担。他是在为我着想。他越是这样,我越是不能不管他,否则,我不是太自私了吗?

这个桔子,总能找到问题的关键之处。她的反戈一击让我一下子没话说了,几乎失去了继续游说下去的动力。但是,郭晖的请求又那么诚恳,他也是为桔子着想啊!这两个相互为对方着想的人,居然没法走到一起,这实在上世界上最无奈也最悲哀的事了。

我说:桔子啊,你说得非常好,姑父也很赞同。这说明你是一个有爱心、负责任的姑娘。但是呢,姑父是过来人,只想以一个过来人的身份给你一点建议。你有没有想过,你这样做,是在给郭晖施加压力呢?他现在事业上蒸蒸日上,如果后方有牵绊,会影响他事业发展的。你也要为他着想啊。

压力？桔子又低头了，她喃喃自语道，压力？唉——

没等我反应过来，桔子蓦地站了起来，朝屋里喊道：郭晖，你出来！你给我出来！我知道你在屋里！

我顿时愣住了，她怎么会知道郭晖在屋里？……

吱呀一声，门开了。郭晖从屋里走出来，尴尬地望望桔子，像是一个犯了错的孩子，嘴里嗫嚅着，桔子，你——来了啊——

郭晖说得有气无力，明显理不直气不壮。看来在桔子面前，郭晖已经完全处于守势了。

桔子目不转睛地盯着郭晖，眼里满是幽怨。郭晖向前挪动了几步，便停下来，愣怔在原地，极力躲闪着桔子的目光。火山终于爆发了。桔子奔到郭晖面前，一把抓住他的衬衣领子，又撕又扯。她此时就像一头受伤的母狮，再也抑制不住自己的情绪，一连串的质问脱口而出：你为什么要这样啊？为什么啊？我就这么让你讨厌吗？我有什么让你讨厌的地方吗？我做过什么对不起你的事吗？你说呀！你为什么要躲着我，还要找姑父来劝我？我缠着你了吗？我让你难受了吗？我干扰你了吗？你当初为什么要把我从合川弄回来？你为什么要帮我弄一个理发店？你为什么要跟我说那么贴心的话？为什么？为什么？……

郭晖一动不动，任她的拳头雨点般打在胸膛，任她的泪水洇透衣衫。

半晌，桔子打累了，人也蔫软下来，院子里只听见她阵阵的抽噎声。郭晖掏出纸巾，试图帮她擦眼泪，但被她毫不犹豫地推开了。她似乎又恢复了活力，噔噔噔后退了几步，手指着郭晖，一字一顿地说：

郭晖，你给我记住了。这辈子，我就认定你了。只要你一天没有结婚，我就等你一天；一年没有结婚，我就等你一年；一辈子没有结婚，我就等你一辈子！

说完，她转过身去，头也不回地走了。

陶家的女人都是这种死心眼，在爱情面前只知道冲锋陷阵勇往直前，哪管前头是万丈深渊还是悬崖峭壁。她们一头扎进去，就不愿意出来。虽然有勇无谋，但对于所爱的人还的确是一种震慑。郭晖那天就被震住了，他不知道说什么好。老半天才回过神来，刘老师，这可怎么办啊？怎么办啊？

我摇了摇头，我也没办法了。陶家人就这样，沾上了，你就别想跑掉。你看看，我不也是吗！不过，话又说回来，能够碰到这样痴情的女子，也是你的幸运啊。你们这个时代，爱情都已经成一种奢侈品了。

可是……郭晖垂下头，声音越来越低，低得我几乎听不见了，我不能和她结婚啊，我不能啊……

他失魂落魄，一边嘟哝一边往外走，居然都忘了跟我打招呼。他的身影是那么落寞，又是那么孤单。被人喜欢也会孤单！这个世界上还有比这更奇怪的事吗？

# 丁

结婚这种事，人类已经演练了几千年。结婚，对于女人来说，意味着找到了归宿；对于男人来说，则意味着从此长大了，要以成人的姿态立于世间。一位心理学家说，结婚就是两个人公开宣布要性交了。社会学家则说，结婚就是两个人合伙生活，实现肉体和精神的全面合作。

当然，结婚在不同人的眼里可谓千人千面。陶大爷说得简单：结婚就是两个人搭伙过日子。方娅则说：结婚是让爱情安全着陆。刘明夷呢，他的理论是：结婚就是让欲望找到适合它居住的建筑。

刘明夷说这句话时并没有多少欣喜，事实上还带着些许无奈。多年以后，当刘明夷和郭晖聊天时，回忆起当时的情形，他不无感慨：我还没准备好，我真的还没准备好。

人在年轻的时候，最怕被欲望所控制。

那个夜晚，年轻的刘明夷只是想着让自己的欲望得到释放。虽然从小就受到儒家的教导，非礼勿视，非礼勿听，非礼勿言，非礼勿动，但是自从和方娅有了第一次之后，他就觉得一切都变了，在对方自愿的前提下就合乎"礼"了。可是他并不明白，方娅心中的"礼"和他的不一样，方娅的"礼"就是婚姻。

方娅说：明夷，如果你真的爱我，就和我结婚。

刘明夷没有回答。

方娅说：明夷，如果你不爱我，干吗要和我做那种事？

听这语气，当时是刘明夷主动的，但这关乎女性的自尊，刘明夷不好反驳。他不明白，女人为什么总爱把一件快乐的事情弄得如此无趣。

就这样，刘明夷被逼到了悬崖边上。他唯一的选择，只有投降。得到了满意答复后的方娅变得柔情似水。她开始温柔地拥抱刘明夷，亲吻刘明夷，像往常一样去捏他的耳垂。但方娅摸到的却是冷却了的刘明夷，他心里的火已经熄灭了。他说，还是等到结婚的时候吧。

婚礼如期举行。

说是婚礼，其实也没几个人，除了陶大爷，就是几个同事。大家围坐在屋子里，说了一番祝福的话，吃了一些花生、红枣之类的东西，婚礼就算结束了。刘明夷没有大动干戈，也没有听陶大爷的意见，照涞滩的婚俗操办。那个年代，也没这个条件。他们只是通知了校长，以及国文教研室和数学教研室的同事。校长临时有事去了合川，同事也只来了几个。只有一个叫马从军的同事，给他的婚礼增添了些色彩。马从军拿来了一匹花布作为贺礼，说这匹布可以做被面的。在那个年代，这已经算是厚礼了。以前在学校，马从军是个不被注意的人。他教数学，和方娅一个教研室，话不多，见了人，都是很和善地点头，既不热情也不冷漠。见到刘明夷时，顶多会主动和他说几句话，谈谈教学经验，说说当下的时事。后来刘明夷才知道，这已经是马从军对自己的格外眷顾了。这次马从军一反常态，在婚礼上谈笑风生，还讲了一些有关婚礼的历史掌故，让刘明夷对这位数学老师刮目相看。

马从军的表现只是一个插曲，并没有对刘明夷和方娅产生太大的影响。婚礼上，刘明夷没看到大秀。他以为这个丫头还像以前那样，不喜欢凑热闹。在大家都热热闹闹的时候，她说不定又躲到某个角落里，默默地看着呢。但今天，刘明夷找遍了所有的角落，也没找到大秀。这一次，大秀是真的没来。

所有人走了之后，婚姻才算是真正拉开了序幕。方娅一副满足的样子，刘明夷却兴味索然，这场婚姻的确让他有些措手不及，但他又能怎么办呢？

方娅说：明夷，我们现在是夫妻了。

方娅说：我现在是你的太太了，你要好好对我。

方娅说：其实爸爸也非常喜欢你的，我想他也愿意我们在一起的。只可惜，他不能参加我们的婚礼，甚至不能祝福我们……

方娅说：明夷，以后这个地方，就剩下我们俩相依为命了。

刘明夷却没有方娅那么好的精神。自从道贺的人走了之后，他就一直默不作声，对方娅的柔情，仿佛也视而不见。好像靠在他怀里的，不是一个活色生香的人，而是一朵花，或者一幅画。直到方娅说出这最末一句话，他才平静地回应道：谁叫我们生在这样的时代呢，能有个地方相依为命，就算是幸运了。我的父母，都不知道他们现在怎么样了呢……

气氛有些压抑，完全不像新婚的样子。刘明夷不知道为什么会这样。古人所说的人生四喜之一的洞房花烛夜，在他身上，简直成了心中的负累。很多年以后他都没有想明白，他们为什么会把新婚之夜弄成这样。似乎婚姻只是一种形式，有了婚姻，他们的感情就告一段落了。

  但，毕竟这是新婚之夜，刘明夷想，新婚之夜总要干点什么。方娅似乎也是这么想的，她说，明夷，不早了，我们休息吧。刘明夷明白她的意思，他低下头，开始吻她。她迟疑了一下，也开始回应。有了上次的经验，这一次刘明夷从容多了。他不慌不忙地从外围发起进攻。他的吻从温柔到热烈，他的手由慵懒无力到充满热度，终于，他们一起倒在了床上。方娅要解自己的衣服，刘明夷拦住了她，我来！他的话里充满着霸气，仿佛这是他的权利，神圣不可侵犯。方娅乖顺地把手松开。两个人顺利地进入了状态。刘明夷打算向对方的主阵地发动进攻了……就在即将进入的节骨眼上，方娅冷不丁地惊叫了一声。刘明夷以为这是欢快的叫声，谁知方娅叫完之后却一把推开了他。在刘明夷满脸的惊讶和不快中，方娅极为惊恐地指着窗户。低矮的窗户上，是灰黑色的纸，显示着岁月的痕迹。刘明夷顺着她手指的方向望去，却什么都没看到。

  方娅声音有些颤抖，那里——有人——我看到那里有人。

  怎么可能，外面那么黑。刘明夷纳罕道。

  方娅不依不饶，结结巴巴地说：有光的——先有光，再有人。

  刘明夷没有办法，只好重新穿好衣服，打开了门。这个夜晚黑得出奇，人在门口，似乎只要跨出一步，就会掉进无底的深渊。刘明夷朝门外看了看，摇了摇头，关上了门。

  没有啊，什么都没有啊。

  两人重拾精神，重新开始，只是比之前少了些积极性。这次终于进入到了实质性阶段，可是就在这时，方娅又叫了一声。刘明夷立即像渠江上触了礁的渔船，碎了。他趴在方娅身上，刚刚还紧张的四肢变得软弱无力，好一阵子都动弹不得。方娅在下面直推他，明夷，眼睛，刚刚我真的看到了一双眼睛。你出去看看吧。

刘明夷拗不过方娅的催促，无精打采地爬起来，走到窗边。他惊讶地发现，窗户纸似乎被人捅破了，而且明显是新弄的痕迹。这一下，他也有些害怕了。但还是鼓起勇气，打开了门，门外依旧黑漆漆一片，什么也看不到。他索性回房拿了油灯，走出门外，四处查看。最后，他在门外的枇杷树底下，隐约看到了一个人。

是大秀！

大秀一个人坐在树下，双手抱在胸前，两只眼睛在微弱的灯光下闪闪发亮。刘明夷朝她走过去，她仍是一动不动，头也不抬。但从大秀的眼里，刘明夷分明看到了泪水。这孩子，大晚上一个人坐在这里，怎么也不怕黑呢？刘明夷心里一软，刚刚满腔的怒火和恐惧，一下子就被这泪水熄灭了。他的声音有些低沉，大秀，这么晚了，你在这里干吗呢？

大秀不作声。

刘明夷蹲了下来，拍拍她的肩膀，再次问道：你究竟在这里干什么呢？

大秀这才抬起头。一个八九岁的孩子，眼里却满是哀怨，你娶了那个女人，你娶了那个女人……

她的声音哽咽，刘明夷一时不知所措。对这个小女孩儿，自己实在是了解得太少了。他想了想，去牵她的手，她顺从地把手放在了他的手心。

走吧，我送你回家。刘明夷温柔地说。

两个人手牵着手，走在高低不平的石板路上。涞滩一片黑暗，远处偶尔会有一两道亮光，那是遥远的合川传来的，也或许是更远的重庆传来的。刘明夷前几天就听说了，重庆被炸得很惨。日本人的飞机三天两头到重庆上空轰炸，重庆人一听到警报声，就像耗子见了头顶上的老鹰，成群成伙地往防空洞里钻。涞滩虽然没有飞机来轰炸，但也并不安宁。这就是人类的世界，总是在制造紧张和不安，要么是大张旗鼓地制造，要么是悄悄地进行。大秀显然还不懂得这些。但是此刻，这个胆子大、不怕黑的孩子，却紧紧地抓着刘明夷的手，像是怕黑夜把自己抢走似的。刘明夷并不知道，这个夜晚对于眼前的大秀来说，有着怎样的意义。

刘明夷的新婚之夜就这样被毁了。等他回到新房时，方娅已经睡着了。刘明夷叹了口气，和衣躺下。

第二天晚上刘明夷抖擞精神，打算把昨天未完成的事情完成。可待刘明夷开始亲吻方娅时，方娅却不由自主地探头往窗外张望。这样一来，很快就弄得刘明夷没情绪了。最后他们商定再等等，等两人的情绪都平定下来，再尽情地亲热一番。

这天天气很好，白天两人的课也不多，方娅特地做了两个好吃的菜，两人以水当酒，还像模像样地互敬了一番，说几句祝福的话。刘明夷说，祝你越来越漂亮。方娅说，祝你学问越做越大。刘明夷说，祝岳父大人平安吉祥。方娅说，祝公公婆婆在外地平安。刘明夷说，祝战争早日结束，百姓早日安居乐业。方娅说，祝我们爱情甜蜜，不再颠沛流离……

情煽得有些过了，说到后来，两人的眼圈都有些红了。于是他们放下酒杯，拥抱在一起。刘明夷一边亲吻方娅，一边把她往床边引。一挨上床沿，方娅就顺势倒在了刘明夷的身下。这一次，方娅做好了准备，她闭上眼睛，索性什么都不看，就更不会往窗外看了。她要彻底陶醉在这场爱的狂风骤雨中。刘明夷气喘吁吁，鼓捣了好长时间，却失败了。这让刘明夷十分懊恼，他从方娅身上翻下来，无奈地倒在一旁，闭上眼睛。方娅疑惑怎么没动静了，睁眼去看时，刘明夷正四仰八叉躺在那儿。亲爱的，你怎么啦？方娅连续问了几次，都没有得到回应。她只好伸手去拍他的脸，亲爱的，亲爱的……这深情的呼唤，并没有激起他再战的勇气，反而像一根导火索，触发了暗藏于他内心深处的某个痛点。刘明夷扭过身去，背对方娅，放声大哭起来。

生活就这样发生了变化。两个人还是以前那样好，甚至在外人面前，更显亲密，俨然新婚燕尔、双宿双栖的模样。然而，这好里却多了几分客气，多了几分相敬如宾。夫妻关系就是这样的奇妙，越是亲密，两人越是什么都无所谓；可一旦相互客气起来，就必然是生了间隙，至少在心里，已经对对方有那么一点点不情愿了。不情愿就不再愿意无所顾忌地亲热，就很难做成夫妻之事，到后来，连拥抱、亲吻也渐渐少了。仿佛一个有钱人，没有了汽车，连路也不屑于走了。可他们的路还得继续，日子还得过。直到有一天，事情终于彻底起了变化，刘明夷才发现，原来，他和方娅之间竟然离得那么远。

那一天，刘明夷半夜醒来，发现身边的方娅不见了。他起来点灯，寻找，在另一个房间见到了裹着被子酣睡的方娅。他心里咯噔一下，没说什么。就这样，他们分居了。

方娅对此好像心安理得，她把全部精力都放在了教学上，对刘明夷则不冷不热，即使在家里偶尔说几句话，也都是学生如何如何的可爱，她如何如何地爱他们，她从学生身上看到了自己的过去，也看到了他们的未来之类。她越来越频繁待在办公室加班，很晚才回家，有时刘明夷等不及了，还得跑到办公室催促她。对婚姻，刘明夷本没有任何经验，也不好意思向别人请教。以前遇到问题，他还可以问父母，但现在，他和父母彻底失去了联系，他没办法从他们那里寻求到任何帮助。于是，他天真地以为，大概所有人的婚姻都是这样吧。激情是留给爱情的，而不是婚姻。婚姻就应该是柴米油盐，就应该是工作，就应该是平淡。如果说爱情是太阳，热情似火，那婚姻则应该是大海，无论是巨浪滔天，还是风平浪静，总归是冷冰冰的，没有温度。他坦然地接受了现实，甚至没有一丝抱怨。

还好，他还有工作。

刘明夷天生就是当老师的料。他读书多且杂，经常在课堂上指点江山、纵横捭阖；他能言善辩、谈吐幽默，极受学生爱戴。像自己的老师方大和一样，他很快成为学校的教学模范。生在战争年代，既然无法投笔从戎、上阵杀敌，那就把这一腔热情放到课堂上，放到学生上吧。他是这样想的，也就生出了更多的热情和动力，待在办公室的时间也越来越长了。在外人眼里，刘明夷和方娅是一对热爱学生、热爱工作的模范教师，也是一对相敬相亲的模范夫妻。模范常常就是这样诞生的，无论内里是真实的，还是虚假的。

这天上午，刘明夷正在办公室备课，马从军突然推门进来。最近，刘明夷很少见到马从军。两个人虽不在一个教研室，平时打交道的机会也不多，但偶尔还是能在上课的路上相遇。可这段时间，连偶然相遇几乎都没有。刘明夷以为他家里有事，也没在意。本来就不怎么熟悉，何必操心那么多呢。可今天马从军的突然造访，还是让他吃惊不小，倒不是因为他的出现，而是因为他的面容。

比起上次见面，马从军瘦了许多，脸也显得更黑了，嘴角的那颗黑痣几乎都被皮褶子包起来了。

刘老师最近瘦了。

马从军一开口，刘明夷就笑了，心想要说瘦也是你更瘦啊。但他没这么说，而是轻叹一声：这种时候，谁不瘦啊。

是啊，我也瘦了。要是瘦一人而肥天下，倒也值。只可惜，天下皆瘦。马从军的话文绉绉的，和他平时说话的风格大不一样。很明显，他话里有话。

刘明夷笑了笑，没有说话。马从军于是接着说道：刘老师最近进城了没有？

刘明夷说：马老师是说合川？

马从军说：重庆。

刘明夷摇了摇头。

我前段时间刚去了趟重庆。马从军说，情况越来越严重了。日本人现在的主攻目标就是重庆。政府在那里嘛。日本人想要灭我华夏，就必须取重庆。天上飞的不算，三天两头来，重庆人都已经习惯了。日本人现在是要顺着水路攻。前段时间刚刚在石牌打了一仗，这一仗打得凶，关键的一仗啊，太关键了。胡琏将军指挥的，报上说，大战前胡将军的绝命家书都写好了……

打得怎么样啊？刘明夷急切地问。

马从军颇有几分得意地笑了起来，这正是他想要的效果。

赢了啊，肯定赢了啊，要不我们还能安坐在这里？这一仗消灭了日本人七千多，国军也死了不少，惨烈啊。幸好挡住了日本军队，否则陪都就险了……

赢了就好。刘明夷松了一口气。对于他这样的书生，也只能如此了。抗战以来，虽然他一直关注着前线的战事，但多半还是持观望的姿态。有时也会像其他读书人一样，热血沸腾、义愤填膺，恨不得立马就投笔从戎，报效祖国，但是冷静下来一想，还是作罢吧。打仗并非自己所长，做好学问，育人子弟，为国家培养栋梁人才，不也是报效国家的一种方式吗？毕竟战争总会结束的。

我还以为刘老师不关心这个呢。马从军看了看刘明夷。

古人说，位卑未敢忘忧国，怎么能不关心呢。刘明夷的话里带着一丝惭愧，只是有心杀敌、无力报国而已。百无一用是书生啊，只好教书糊口、得过且过吧。

马从军笑了笑，刘老师太谦虚了，你怎么会无力报国呢？我知道刘老师是建筑专业的高才生，大有用武之地呢。

刘明夷摇摇头，苦笑几声。

马从军牢牢掌握着这场谈话的方向。他黑瘦的脸上充满活力，眼里也闪着光。马从军接着说：现代战争是一场全方位的较量，建筑尤其重要。刘老师就不想凭你的一技之长，投身报国吗？

刘明夷愣了一下，他突然明白，这才是马从军今天找他的关键所在。他是有目的的。他拐弯抹角了半天，终于要亮出底牌了。但问题是，他劝自己投身报国，是去哪里呢？他为什么又单单看中自己呢？他问道：马老师是指什么？去参军吗？

马从军不置可否地笑了笑，随即压低了声音，也还可以有别的选择，中国并非只有一种抗日的力量……

刘明夷说：我啊，还是算了吧。我一介书生，还是做好自己的本职工作吧。

马从军看似有些失望，但他也只是皱了皱眉，很快笑容就重新回到了脸上，他说：我听人说，尊夫人方老师是日本人？

刘明夷愣住了。他没想到，马从军会提到这件事。在涞滩，只有陶大爷和大秀知道方娅的真实身份。他曾专门叮嘱过陶大爷，请他和大秀保密，陶大爷也答应了。陶大爷是个很守信的人，他绝对不会说出去。那又是谁说出去的呢？大秀？不可能，大秀虽不怎么爱说话，但是待自己和亲人一般，怎么会……可是马从军又从哪里知道的呢？

刘明夷惊愕万分，结结巴巴地说：你，你，你什么意思啊？

刘老师不要紧张，这件事涞滩没人知道。马从军再次压低了声音，我是在重庆得知这件事的。我还听说，你的岳父方大和……

还没等他说完，门外响起了脚步声，马从军立刻转身往出走。到门口的时候，他又瞥了一眼刘明夷。那一瞥，饱含深意而又让人捉摸不透。此后很长时间都留在刘明夷的脑海里。

刘明夷怎么也没有想到，他和马从军的这次谈话几乎彻底改变了他的人生轨迹。第二天，马从军就辞职了，不知所踪。直到多年后，才重新出现在他面前。后来刘明夷想，这或许就是命运吧。命运犹如一条铁索，是由无数的叫"偶然"的铁环连接起来的，其中只要有一处铁环断裂，"必然"也就不存在了。

打断刘明夷命运铁索的人，是校长马从周。那天马从军听到的脚步声，就是校长马从周的。马从军刚走，他就进来了。马从周这个时候来,让刘明夷很是不快,早不来晚不来,真会挑时候。刘明夷想。但他仍旧恭恭敬敬地站起来,打了个招呼:校长好!

哦,刘老师,忙着呢?

正——备课呢。

这段时间你很辛苦啊……

寒暄之后,校长又转身将门关上,在刘明夷身旁找了把椅子坐下。

刚刚马从军好像到你这里来过了?校长的声音很小。

是啊,哦,不,哦,是来过……

刘明夷显得局促不安。在人情世故面前,他还太幼稚。他更想不到,像他这种与世无争的人,竟会无意中卷入到政治这种令他敬而远之的东西。

这一切,马从周显然都看在了眼里。他的嘴角快速抽动了一下,露出标志性的微笑。

你们是在探讨教学吧?这是好事啊。教学不仅需要知识,还需要技术的。再有学问,说不出来也是没用的。对吧,刘老师。

刘明夷慌忙点头。

刘老师是个好老师,学生都很喜欢你呢。马从周的语气像是在演讲,抒情而又不煽情,拿捏得很好。现在这种好老师太少了。我多么希望,我们学校多几个像你这样的好老师啊。

刘明夷脸红了,羞涩地说:校长过奖了……

呵呵!不过……马从周从椅子上站起来,来回踱着方步。显然,他还有话要讲,但没有思虑周全,或不知道该不该对刘明夷说。过了一会儿,马从周像是下定决心,他又重新坐到椅子上,双目凝视着刘明夷，刘老师，有个事，我想跟你说一下……

什么事啊？您说吧。

是方老师，她是不是有什么心事？学生们反映说，她最近有些心不在焉，上课的时候老走神，经常把最简单的内容都讲错了。有一回，她居然在课堂上讲起建筑来了，还是中国的传统建筑。虽然她讲得头头是道，但是和自己教的课程一点关系也没有。据说，学生们听得很入迷。方老师以前学过建筑吗？

哦，学过一些吧。跟我一起学的。刘明夷应付道。

我听说她以前是学数学专业的呀，没想到她对建筑还这么有研究。马从周盯着刘明夷的眼睛，似乎想从他的眼里看出点什么来。她是不是有家学啊？

刘明夷不由得打了个激灵，他隐隐约约觉得马从周的这句话是另有所指。就像一个逃命的人，刚刚翻越一个死胡同，却又被推到了另一个死胡同。他定了定神，正色道：校长，您这是，什么意思啊？

没有什么，随便问问。马从周讪讪地笑了笑，站起来说：刘老师，你抽空跟方老师聊聊吧。她的算术，其实教得还是不错的。

他边说边往门的方向走。快到门跟前时，他像想到了什么似的，回过头来说：对了，刘老师，马从军这个人，背景很复杂。和他打交道，还是要多一个心眼哦。现在是非常时期，时局混乱、人心复杂啊。

马从军，他有背景？刘明夷狐疑道。

马从周压低了声音，听说他和共产党打交道，也有人说他和日本人有来往……

抛下这句话后，马从周推门而出。

这真是一个莫名其妙的上午。刘明夷的心绪完全被搞乱了。两个姓马的先后出现，跟自己说了一通模棱两可而又暗藏玄机的话。这些话，凭他的脑筋，真是够想一阵子的。他的心思，一贯只用在建筑上，用在学问上。那些曲曲折折的线条再复杂也难不倒他，那些雕梁画栋再精妙，他也能解开其中的奥秘。在研究建筑和求索学问的道路上，他从来没有畏惧过，胆怯过。但这两人莫名其妙的话语却让他害怕了，恐惧了。一直以来，他都小心翼翼地回避着有关方大和、方娅的事，想让时光把它们尘封掉湮没掉，却没料到，这块伤疤竟这么快被人揭开了。

他现在急切地想要见到方娅，因为这些都与方娅有关。

刘明夷今天下班很准时，等他回到家时，方娅已经在灶台上忙活开了。这说明，方娅回来得更早，而且，他今天也没有加班。方娅见刘明夷回来，故作轻松地问道：明夷，你晚上有事吗？

方娅这一问，像一股电流，穿过刘明夷的脑际，勾起了他丝丝缕缕的伤感。

想想，二人有几个月没这么说过话了。除了工作和学生，似乎再没有什么话题能挑起他们的兴趣。从夏末到初冬，他们像司马相如和卓文君那样相敬如宾，像梁鸿和孟光那样齐眉举案，却再没有什么体己话可以互诉衷肠。没有了身体的亲密接触，两人的精神似乎也都枯萎了。有天晚上，刘明夷鬼使神差地走到方娅的床前，冒出一句让他都感到有些后怕的话：我们还有爱情吗？方娅似睡非睡，含糊地"嗯"了一声，就不吭气了。那一夜，刘明夷辗转难眠。

时节还是初冬,涞滩的风并不算冷,有一大半的树还披着绿装,除了身上略微加厚的衣服,周围几乎看不到多少冬天的痕迹。这样的季节很适合散步,清风怡人,凉爽舒适。方娅之所以有那么一问,便是想邀刘明夷去散步的。刘明夷正好也有意将上午的事告诉她,二人一拍即合,吃完晚饭,便想跟着出门了。两人总算有机会交流了,而且还是方娅主动的,刘明夷心里很有些激动,也有几分期待。两个人不知不觉走进一片桔树,方娅很自然地拉起刘明夷的手,这让刘明夷有些受宠若惊,连神智都恍惚了。

　　明夷,方娅的声音很温柔,听得他心里软绵绵的,你最近怎么样?

　　我最近怎么样?!刘明夷哭笑不得,两个每天生活在一起的人,居然问对方最近怎么样。他不知该怎么回答,只好把皮球踢了回去,你呢?

　　不好。最近老是觉得不对劲。方娅停下了脚步,总有人问这问那:你怎么懂得那么多建筑呀,为什么你的口音和你先生不一样呀,你家里还有些什么人呀,你怎么来到涞滩的呀……我就奇怪了,以前怎么没人问这些问题呢。而且问我的人都是些同事,还有教务主任。对了,校长,方校长也问过。他们看我的眼神还怪怪的。是不是要出什么事?他们是不是听到了什么?你难道一点也没听说吗?……

　　方娅一边说,还一边挽起了刘明夷的胳膊,这让刘明夷感觉自己又重要起来,心里涌起了浓浓的暖意。被需要的感觉总是很惬意的,这让他无形中忽略了一个事实:方娅只是在需要他的时候,才会对他这么温柔。找回了被需要的感觉后,刘明夷立即义不容辞地和方娅站在了同一个战壕里。他说：今天上午，方校长也来找我了……

没等他说完，方娅就焦急地问：啊？明夷，他们是不是知道我爸爸的事了？他们会不会要来抓我呀？我该怎么办？

此时的刘明夷也是六神无主，他不知道怎样回答方娅。

# 辰

很多人不理解我为什么要这么死心塌地地爱郭晖。当然，没有经历过真正爱情的人，是不会理解的。我是说，真正的爱情。这个世界上，来来往往那么多人，又有多少人经历过真正的爱情呢？尤其在我们这个时代。你们不懂我，更不懂郭晖。这个世界上，我敢说，没有人比我更懂他。你们根本就不知道，他这样一个人，独自在这个地方，怎样度过那么多的日日夜夜；你们不知道，当他一个人在二佛跟前痛哭流涕的时候，我是怎样的心情；你们更不知道，我的心，是怎样一点点被他揉碎的。

他是这个世界上独一无二的男人。

在我十几岁的时候，就有男人跟我讲过不正经的笑话。在合川的那段日子里，不知道有多少男人追求我，有多少男人对我动手动脚。这些年，涞滩不知道有多少男人在背后说着我的荤段子。那些男人，他们眼里只有我的美貌。他们只是想得到我，占有我。只有郭晖，这么多年来一直真心对我。他护着我，守着我，生怕我受一点委屈，有一点不满意。其实，他有很多机会得到我的，但他始终都没有碰我，即使是我主动投怀送抱。

那天我去重庆进货，买些洗发水、洗剪用具什么的。我要他陪我去，他答应了。后来时间晚了，没有车回来，我们就在重庆住了下来。吃晚饭的时候我说我想喝酒，他答应了。我们要了一瓶红酒，就喝起来。那天我们说了很多话，一起回忆他刚刚到涞滩的日子，说得都有些动情，一瓶酒很快就喝完了。后来又要了一瓶。他不知道我酒量有多大，其实我比他能喝。但是我装着喝醉了。他把我扶进房间。我故意缠着他，紧紧抓着他的手，不让他走。他只好在我身旁坐下。其实那个时候，我多么希望他不要那么老实啊。他是我喜欢的男人，我愿意把自己给他。我希望他扑过来，亲我，抱我，把我揉碎。但是他一动都没动，就那么傻傻地守着，直到我假装睡着了才离开。他回隔壁房间后，我一个人哭得稀里哗啦，怕他听到了，我就把脑袋蒙在被子里哭。我一边哭一边骂：我恨你，郭晖。你为什么要这样无视我？你难道不知道，我多么喜欢你吗？我都把一个女人的脸面放下，主动投怀送抱了，你怎么还是不接受？在你眼里，我就那么没有魅力吗？哭完之后我又跑进卫生间，对着镜子仔细端详自己。镜子里的我唇红齿白，眉似弯月，皮肤洁白如玉，双眸闪闪发亮。这明明是一张漂亮的脸蛋啊。有多少男人希望把这张脸抱在怀里呢，他怎么就一点也不动心啊？

有一次和姑妈说体己话，我把这件事也道出来了。姑妈一脸困惑地看着我，他那方面，是不是有什么问题……

我第一次听人这样说他，心里自然不高兴。但姑妈的话还是击中了我，隐隐生出些担忧来。莫非他真像姑妈说的那样，那方面有问题？或者，他对女人不感兴趣？如果真是这样的话，我也不在乎。我愿意陪他去看医生。不行！一定得找个机会，把这事儿搞清楚。

可是，我已等不到那个时候了。那天下午，表哥刘子钟来了，他给我带来一个惊人的消息：郭晖要结婚了！

打死我也不信。从来没听说过他有女人啊。如果他有喜欢的女人，他应该直接告诉我啊。如果他真有喜欢的女人，我肯定不会破坏他的幸福的。我会主动退出，祝福他，把他交到那个女人手里，从此以后把他当哥待。

但我的自信，很快被表哥手里的一张卡片粉碎了。刘子钟说，这是郭晖要他带给我的，是郭晖的婚礼请柬。我顿时傻了眼，杵在那儿跟块碑似的。刘子钟见状，赶紧在一旁安慰我，给我递上纸巾。我冲着他大声喊：我不要！

其实我根本就没有流泪。我这个人，一向是不到黄河心不死，不见棺材不落泪。我咬了咬牙，好，我去参加他的婚礼！我要让他当着我的面结婚！我要看他和什么样的女人结婚！

婚礼在镇上的回龙酒店举行，离二佛寺不远。在涞滩，只能算得上是中等酒店。这让我有点莫名的得意。以郭晖现在的经济实力，就是在重庆办婚礼也办得起，但他只在回龙酒店办，说明他并不重视这场婚礼。也许……不管怎么说，总归是给我添了一丝安慰，还有很多联想。

婚礼这天，我特意打扮得漂漂亮亮。我穿上了平日里很少穿的一条长裙。这是当初郭晖在我面前夸得最多的一条裙子，你不知道，得到他的夸赞，我心里别提多美了，所以就一直舍不得穿。我想，这条裙子我只穿给郭晖，其他男人想看，门儿都没有。那天，我就是穿着这条裙子去的。缎面的长裙轻裹着我柔美的腰身，花边的裙摆一直伸长到脚踝，伴随我轻盈的脚步婀娜摇曳着。这条裙子给我增添了莫大的信心和勇气。我昂着头，优雅从容地走进了婚礼大厅。

不出我所料，整个婚礼大厅并没有多少人，就连郭晖公司里的员工也没来。郭晖在涞滩本来就没有什么亲朋，员工再不来捧场，自然就稀松了。大厅的中间共摆了三桌酒席。除了坐在上首的刘子钟夫妇和他们旁边的理发店里的小廖，大部分人我都不认识。尽管如此，当我进门的时候，还是吸引了很多人的目光。我想应该是因为我的打扮，我才是这里最光彩夺目的人。郭晖正在那里张罗，直到我快到大厅中央时，他才看到我。他赶紧朝我点点头，然后招呼不远处一个穿大红旗袍的女人过来。她应该就是新娘喽。只见那个女人走到他跟前，双手挎住他的胳膊，随后一起向我走来。郭晖脸上挂着淡淡的笑，但不是新郎的笑，绝对不是。我参加过很多婚礼，新郎脸上的笑应该是幸福的笑，称心如意的笑，而不是像郭晖这样，明显掺着不得已的做作。但不得不说，他还是非常镇定的，像是在参加公司举办的一场宴会。他身边的女人很夸张地搂着他的胳膊，笑容都快从脸上跑出去了。而他呢，似乎是出于礼节才允许她这样——他的腰板挺得太直，一副凛然不可侵犯的样子。待他们走到近前，郭晖说：你来啦！然后扭头对那个女人介绍说：周琼，这就是我经常跟你说的桔子。

呀，你就是桔子啊，果然那么漂亮！女人惊讶地叫道。赶忙抽出手，朝我伸了过来。

我没有伸手，也没有理她，径直坐到了刘子钟旁边的椅子上。刘子钟见是我，可劲儿地冲着我笑。他笑得很勉强，这个我明白，他是在讨好我。他轻声跟我说：桔子，你还好吧。我笑了笑，挺好的，没什么不好的啊。他讪笑着，那就好。

婚礼看起来很热闹。司仪也很卖力，几乎把能想到的所有祝词都说了一遍。仪式到了新郎新娘介绍恋爱经历的环节了。新娘倒也大气，主动地向大家介绍了她和郭晖认识的经过。说郭晖有一次去重庆接工程，他们就是在去重庆的长途汽车上认识的。当时两个人坐在一起，路上堵车了，于是他们闲得无聊，就说起话来，最后越说越开心，就留下了各自的电话号码，就这样在一起了。

这是一个多么老套的爱情故事啊。我心里想，跟我和郭晖比起来，实在太没意思了。我们的爱情故事说起来，那才叫惊天地泣鬼神呢。

就在新娘卖力表现的时候，我看出了郭晖脸上的尴尬。他似乎不愿意提及这些事，甚至频频借着摸鼻子的机会皱眉头。他也太不会配合了，这哪里像新郎啊。我在想，如果站在他旁边的是我，他一定会表现得很好吧。

最有意思的是，婚礼仪式还没有结束，台下就已经开吃了。有一桌坐着的都是年轻人，他们大概是等不及了，不仅提前动了筷子，还碰起杯来。他们碰杯的声音很响，把邻桌的目光都吸引过去了。邻桌的人受他们启发，也不管不顾地吃起来。说真话，郭晖的这些宾客可真不怎么样，吃相实在太难看了，像是很久没有吃东西一样。司仪见情况不妙，赶紧说了几句场面上的话，便草草结束了仪式。

这就是郭晖的婚礼吗？郭晖怎么能这样结婚呢？他现在可是涞滩首屈一指的有钱人啊。他应该找家豪华大酒店，站在高端气派的礼台上，这才符合他现在的地位和身份啊。那里高朋满座，场面宏大，怎么着也得有个十几桌吧。人生四喜之一嘛，他应该意气风发、春风得意、英姿飒爽、志得意满才对。可是看他现在的样子，像是被人逼婚似的，由绝对主角沦落成了绝对的配角，甚至配角都没当好，简直就是个跑龙套的。

仪式结束后，郭晖拿着酒杯走过来。他脸上的笑容总算正常了些。他同我们每一个人碰杯。和我碰杯前，我已经独自喝了十几杯。表嫂开始还阻止我，但刘子钟在一旁说，让她喝吧，她能喝。我听了这话不由得笑了,就拿起酒杯和刘子钟碰,干了!表哥!我一饮而尽。就在这时,郭晖转到了我这儿。他的目光闪烁了一下,全聚在了我的眼里。他仿佛下了很大的决心似的,郑重地说:桔子,你还没祝福我呢。我说,我为什么要祝福你啊?他说,今天是我大喜的日子啊。我笑了起来,你的女人呢?怎么不和你一起敬酒?我早就注意到,那个女人正坐在旁边的一桌,狼吞虎咽呢。

我的笑声让他有些不自然。他说,我代表了就行了。桔子,谢谢你能来。也谢谢你这些日子对我的关心和帮助。

他说得很真诚。

我说:郭晖,你知道我现在在想什么吗?

他摇了摇头。

我想把这个回龙酒店盘下来,做一个客栈。我要在客栈当老板娘。

刘子钟在一旁张大了嘴巴,桔子,你说什么啊?你……

我粗暴地打断了他,你不懂的,郭晖懂。对吧?

他慌忙点头,是的,很好啊。需要我帮助时,跟我说啊。

我说:当然,没你的帮助,我可做不成老板娘。

说完,我哈哈大笑起来。我笑得很放肆,很猖狂,惹得所有人一脸惊讶地看着我。

婚礼就这样结束了。回去的路上,刘子钟不停地问我:桔子,你没事吧?

我笑了,我有什么事啊?我像有事的样子吗?

刘子钟摇了摇头,你今天心里不舒服我知道,可我总觉得你跟郭晖的对话有些怪。到底……

我说:这是我们间的秘密,你不知道的。

刘子钟哪里知道我的秘密！他哪里知道，这是一场让我兴奋的婚礼，也是一场让我心酸的婚礼。我想放声大笑，想号啕大哭。但刘子钟不知道，我为什么笑，为什么哭。现在我需要找个地方能让我尽情地笑尽情地哭。如今在涞滩，这样的地方还真不好找，到处都是人。有人的地方不适合这种笑法，也不适合这种哭法。和刘子钟分手后，我没有回家。我已经想好了地方。我要去二佛寺。我先去了东水门，一个人在那里坐了很久。我努力地梳理着这几年来我和郭晖在一起的所有日子。有些日子太长太重了，梳得我心乱如麻；有些日子太短太轻了，我想多梳出来点东西都很难。此刻，我的头顶，是那棵已经活了几百年的菩提树；我的眼前，是蜿蜒而下的山路。山路的两旁长着一排排的桔树、枇杷树、美人蕉，以及刺槐。这些树把山路一直引向山脚下的渠江。那里，江水在静静地流淌。成百上千年了，都是这样流。我想，渠江一定记得很多人，很多事。我们的事，对于它来说，应该算不得什么，能让它记起的应该是更重要的事。谁家的小孩在这里落水了，被水带走了；谁家的女人在江边守着男人，结果却传来男人再也回不来的消息；谁家的渔船翻掉了，从上游飘来了水桶、木桨和破旧的衣服……

我就这么一直乱七八糟地想着，直到太阳终于落在了树梢，火红的，仿佛要把树烧起来。

我起身去看二佛。有个人正孤零零地坐在那里。是郭晖。他还穿着新郎服，铁灰色的西装下，他的身体在不住地抖动，时不时还会传来几声哭泣。我当时就怒了，无明业火噌噌地往上蹿，但转瞬间，又似乎明白了什么，继之同情起他来。我走到他跟前，冷冷地问：你不和那个女人入洞房，在这儿干吗？他蓦地抬起头，见是我，来不及擦掉脸上的泪，就胡乱地抹了几把，你……他欲言又止。我默默地注视着他，他也注视着我，两个人都没有再说话。在佛的脚下，是不能随便说话的。况且，佛什么都知道，也无须我们再说什么。

最后，我勉强笑了笑，说：郭晖，你这是何苦呢！

这句话说完，我的泪水夺眶而出，所有的委屈和怨恨、所有的爱意和悲痛就都在这泪里了。我怕抑制不住内心的汹涌澎湃，做出什么傻事来，亵渎了佛祖。于是连忙转身朝山上跑去。跑出一段，我又回过头来冲他声嘶力竭地喊道：郭晖，有空找我喝酒啊！佛祖一定听到了我的声音，我相信，这一次，佛祖是会原谅我的。

我要跟你说说酒的事。合川这地方有很多种酒：白酒、红酒、啤酒、苞谷酒、高粱酒、米酒，还有枇杷酒。枇杷酒是自家酿的。涞滩到处都是枇杷，到了四五月份，满大街都在卖，便宜得很，你买两斤枇杷，人家恨不得再送你一斤。枇杷酒好酿。把枇杷浸到糖水里泡上两个小时，再放上香草豆、柠檬，搅匀后，搁上一两个月，枇杷酒就做成了。枇杷酒喝起来很甜，但外地人不晓得，度数其实还是蛮高的，尤其是后劲很足，喝了上头。我五岁的时候，有一回发现家人装在罐子里的枇杷酒，就偷偷尝了点，觉得非常好喝，干脆舀了满满一碗。当时灌下去还没觉得怎么样，结果不久便开始晕乎了，足足在床上睡了两天两夜，把家里人吓了个半死。醒来之后，被老妈狠狠地骂了一顿。自那以后，家里人再也不敢把枇杷酒随便往出拿了。但我却喝上了瘾，家里人藏得再严实，我也总要想办法把它找着。有时候实在找不到，就到姑妈家偷喝。不知道是不是从小馋酒的原因，才让我的天赋开发出来，上中学的时候，有一次班上聚餐，我技惊四座，一杯接一杯，把所有同学都吓呆了。他们从此都叫我"酒神"。酒，真是这个世界上最美妙的东西。

不过，那以后很长时间我都没有再碰酒，直到遇上郭晖。也不知为什么，我就喜欢和郭晖一起喝酒。他平时话不多，但喝酒的时候就不一样了。他会跟我说心里话，掏心窝子的那种。他的目光也不像平时那么专注，变得散淡起来，仿佛十月的阳光照在渠江上，散成一波波的光芒四处飞溅。散淡后的郭晖才是最有味道的。他会讲小时候的事，有些还是糗事，比如说他偷拿妈妈的钱给可怜的路人，后来才发现那人是个骗子。他说这些时，我就咯咯地笑，笑得前仰后合。他也笑，笑过了之后，便深情地扫我一眼，继续喝。我就喜欢他这样，不谈工作，不大呼小叫，和我在一起喝酒，永远都让我感到舒畅和无拘无束。那个时候，我就是他全部的世界。对了，他还会边喝边劝我少喝，他说女孩子喝多了酒会影响容貌。对健康也不好。这说明他多么在乎我啊！其实，他并不知道我的酒量有多大，我不费吹灰之力就能把他喝趴下。

可是，自从他草草办了那个婚礼之后，我就只能一个人喝酒了。我经常到街上的小酒馆里去喝。涞滩的女人能喝酒早就不是新闻了，一到晚上，你就会在街上碰到拿酒瓶的女人。我呢，往往是点一两个菜，独自一人喝。直到喝得迷迷糊糊的，才回家。老妈开始的时候还劝我几句，后来也懒得劝了。她的年纪越来越大，也唠叨不动了，而且她再怎么唠叨也抵不过我的坚持。她不再像往常那样把我的婚事挂在嘴上，但她总是唉声叹气，叹得很长，似乎有意让我听到。再后来，我嫌酒馆里的人太吵，就一个人拿着酒到林子里去喝。不需要菜，脚下的山和水，树枝，夕阳，以及星星点点的灯光都是我的下酒菜。我能感觉到，我喝酒的时候，日子哧哧地在我的身边流走。我想，终有一天，我会由一个青春美貌的少女变成容颜衰老的妇人。但我不在乎，谁都会有这一天的。涞滩的每一个人都老过，也都会老去。只是,有些人会有人陪着一起老,有些人只能独自老去。我真不想独自老去啊。关于老的思考又可以让我多喝几口酒了。有一次我想得多了点,酒也就喝得多了些,后来我发现自己是被人扛着回去的。我嘴里一直含糊不清地喊着"郭晖",我一厢情愿地认为扛我回来的人就是郭晖。当年我在合川的时候就是被他扛回来的,虽然那个时候我拼命挣扎,但这一次我不会了。醒来的时候我才知道,扛我回来的是刘子钟。有人在路边发现了我,认出我是他的表妹。

刘子钟说:一个人喝酒有什么劲,下次要喝找我一起喝!

找他喝才没劲呢。我要找郭晖喝。

终于有一天,我再次碰到了郭晖。他正往瓮城里走,恰好跟我打了个照面。一看是我,他的脸噌地红了。第一次见我的时候,他都没有脸红,现在怎么就红了呢?他打了个招呼想走,我叫住了他。我举着手里的酒瓶说:很久没有喝酒了,一起去喝一杯吧。他摇了摇头。我说:你就忍心看着我一个人喝醉?他看了看我,我两只手里,一只手攥着一瓶。他这才停下来,跟在我后头,

我们喝了半个小时的闷酒,谁也没说话。其实我们之间不需要说什么。他的事,他知道我知道。我们就这样他一杯我一杯地喝着。但到后来,他怕我喝醉了,就只给我倒半杯了。我不干。他抢走了瓶子,愤愤地说:我不想再背你一回了。我偷笑,就依着他吧。小餐馆里很热闹。我们这个地方的人,平生最喜欢干的事就是吃喝玩乐,一到中午或晚上,大小餐馆里总是水泄不通。每个人吃喝起来得很投入,脸上放着光,杯子碰得叮当响,各种开心的话热心的话煽情的话,把餐馆里装得满满的。这么热闹的地方装着我们两个安静的人,似乎有些不搭调。不过不要紧,各喝各的。没有人注意别

人。热闹有时也是一种安静。

郭晖喝得很认真,一直低着头,眼睛盯在杯子上。我问他:你的新娘呢?怎么不见她呀?他瞄了我一眼,举起酒杯,眼神有些迷离。他开始主动跟我喝了。主动就好。到第二瓶了,他已经忘记保护我了,他开始要求公平。我们继续推杯换盏……他终于败下阵来,喝趴下啦。

我要的就是这种效果。我也要扛他一次。准确地说,我是边扛边拖,费了很大劲才把他弄到他在下涞滩的房子里的。幸亏一路上他还能说话,尽管说的是胡话,但却是支撑我的动力。

还喝吗?

喝啊,接着喝……

你喜欢我吗?

喜欢,一直都喜欢。

那你为什么要跟别人结婚呢?

结婚,结什么婚啊……

我就知道,你这个骗子!

把他放到床上时,我已经浑身湿透了。我打算去洗把脸,可是被他一把拽住了。

你不许走。

好吧。我不走。我坐在床边哄着他,任他紧紧抓着我的手。为什么男人总是在喝醉的时候才会这么温柔可爱呢?我脱掉鞋子,靠在他身旁。他把头靠过来,蜷在我怀里。第一次离他这么近,第一次离一个男人这么近,我的脸涨得通红。我把他的脑袋抱在怀里。我喜欢这种感觉。他像小猫一样在我怀里拱着,似乎在寻找着什么。我有些期待了……可是他拱了一会儿,脑袋又歪到一边,睡着了。

这让我很失望，心都快凉透了。我端详着怀里的这个男人，抚摸着他的脸，他睡得很熟很香，偶尔像孩子一样皱一下眉头，或是抽动一下嘴角。可是，他的额头分明有些沧桑，眼角也早早地爬上了褶皱。他到底是个男人还是个孩子？我真的了解他吗？这么久了，在我心里，他仍旧是个谜。

但今天晚上我无疑是幸福的。

早上醒来时，我发觉自己一个人躺在床上，外套已经被脱掉，身上还盖着被子。而郭晖已经不见了。我下意识地摸了摸内衣，穿得好好的。我揉揉眼睛，环视四周。屋子里有些暗，一束阳光从窗边偷偷钻进来，照在有些陈旧的圆桌上，形成一个不规则的横截面。圆桌旁是衣架，架钩上挂着我的外套，还有郭晖的几件衣服。屋子里满是醉醺醺的酒味，还有雄性的味道。床上、枕头上也是。我把脑袋埋到枕头里，贪婪地嗅着这味道。这是他的味道。我想，这应该就是幸福的味道吧。

门就在这时被推开了。一节阳光铺了进来，郭晖跟在阳光后面，手里提着早点。他咧开嘴笑了，似乎有些不好意思。我赶紧伸手挡住射过来的阳光，也顺便遮挡一下有些发热发窘的脸。他的笑让我恼羞成怒。我说：笑什么笑啊！

他说：昨天晚上，把你累坏了吧。

我说：你说呢？

他放下了早点，嗫嚅道：对不起。

我说：对不起就够啦？……

话没说完，眼泪就不争气地往下流，一直往下流。他掏出一包餐纸递给我。我一把将纸打掉，夺门而出。

你的外套！

我没有理他，走出很远了，才回头望了望。

远处，他正站在屋旁，站在菩提树下，目不转睛地看着我。我知道，有些事是不能强求的。我不能选择别人，但我可以选择自己。

## 戊

  刘明夷惊讶地发现,近几天,方娅在家里总爱穿一件没有袖子的睡衣,而且里面的内衣也省了。两只饱满的乳房在睡衣里晃来晃去,像树上两只随风摆动的柚子。睡衣很短,仅能遮住她的臀部,两条白生生的大腿亮得耀眼。甚至有几次,她连内裤都没穿,在她弯下腰的时候,丰满圆润的臀部一览无余。结婚这么久了,刘明夷还是头一回见方娅如此直接、如此灿烂地展露在自己面前。和方娅仅有的一次交合是在江边那个漆黑的环境下完成的,婚后,虽有几次有始无终的亲昵,但夜间油灯的光线很暗,刘明夷从没有真正看仔细方娅的身子,更没有机会看到这样的盛况。

  原来她这么美,这么诱人!刘明夷直感到自己身上麻酥酥的,压抑了很久的欲望又被唤了出来。

  一阵燥热很快席卷了他,他漫无目的地在屋里转圈。喉咙里干得很,咕噜了顿水,也无济于事。他时不时把目光移向方娅,窥视着她白净丰腴的身体,窥视着她的每一寸肌肤,每一处凹凸的线条。他觉得自己很好笑。他们是合法的夫妻啊,他们有行夫妻之事的自由啊,为什么他还要如此遮遮掩掩?有几次他都要走到方娅身边了。然而，他又退了回来。想起以前几次失败的经历，他就很懊恼，很沮丧。他不敢保证这次是不是会重蹈覆辙，万一自己……

刘明夷又退缩了。退缩本就是他身上最顽固的本性。他给自己找了很多理由，最后成功地说服了自己。男女之事又不是必须有的。如果是必须有的，那和尚怎么办？人老了之后怎么办？鳏夫寡妇怎么办？可见这种事是可以没有的。既然如此，自己又何必有呢？

然而，刘明夷的自欺欺人能欺骗自己，却欺骗不了他的身体。只需一点小火苗，他身体里的欲火就会很快燃烧起来。

一天晚上，刘明夷正坐在灯下备课，听到旁边脚步声响起，便抬起头来。是方娅，她只穿着一条短裤，上身一丝不挂，圆鼓鼓的乳房犹如两个小山包，骄傲地挺立着。她是在诱惑自己！她也是一个成熟的、正常的女人啊！刘明夷浑身一阵躁动，他清晰地感觉到自己的下身在迅速腾起，脸也随之涨红了。看来自己是行的！他一阵惊喜。就在他暗自窃喜，准备一雪前耻时，方娅却转身径直走向自己的房间。他是要自己跟过去吗？刘明夷犹豫了一下，但还是站了起来。待他蹩进方娅的房间时，心里顿时凉了半截。方娅已经系好上衣纽扣，一副若无其事的样子。

这样的场景上演了好几次，刘明夷简直都要疯了。他虽心性内敛，但也架不住一而再再而三受这样的煎熬。方娅为什么要这么做呢？她到底是在挑逗我，还是一种自然而然？如果是挑逗的话，那么，为什么在他每次被撩拨到紧要关头时，她总会适时地不动声色地将火焰浇灭呢？这也有点太无情，太残忍了吧。

接下来的一次更加疯狂。方娅居然脱得光溜溜的，在屋里四处走动。刘明夷吓个半死,赶忙拿件衣服披在她身上。方娅却不领情,一把甩脱衣服。

方娅是不是疯了?或者精神方面受了什么刺激?刘明夷感到有必要和她好好谈谈。

那天下午,方娅正忙着,一手拿支笔在书上勾画,一手握着茶杯。刘明夷走过来,轻声说:你,还好吧。

我没什么不好啊。方娅依旧看着书。

你最近好像有些不对劲。

我没什么不对劲啊。你不忙吗?方娅露出厌烦的神色。

她这是在下逐客令了。刘明夷有些茫然,但又立刻告诫自己,我们是夫妻啊,我应该理直气壮。心里这样想,说出来的却是另外一句:我是关心你嘛。你不希望我关心你吗?方娅这回抬起头来了,她看着刘明夷,好像很惊讶的样子,嘴里蹦出了三个坚硬的字:不——希——望——

刘明夷狠了狠心,把准备好的说辞一锅端了出来,方娅,我们是夫妻啊。我们难道不是夫妻了吗?夫妻之间应该相互关心、亲密无间的啊。现在到处都在打仗,我们两个人又在异乡他地,无亲无故,只能相依为命啊。方娅,难道,你一点都不爱我了吗?

他越说越动情,说到激动之处,就伸手去捉方娅的手,她的手是冷冰冰的,没有一丝温度。

你说完了?

方娅的目光异常平静。刘明夷被她这平静给镇住了,只好点点头。

方娅说:那好吧,我要看书了。

随后把手抽了出来。

方娅已经不是昔日的方娅了,早已不是。可直到如今,刘明夷才如梦方醒。

刘明夷想出去走走,找人说说话。找谁呢?这种事又能跟谁诉说呢?最后,他终于找到了倾诉的对象:二佛。二佛是最合适的倾听者,他有足够的耐心,而且会替他保密。

这是一段刘明夷走了千万遍的路,也是一段充满曲折回忆的路。这条路上,满目的狗尾巴草、遍地的野玫瑰、俯卧的红薯秧,还有那亭亭的桔树和妖娆的美人蕉,里面都藏着他的记忆。他和方娅的爱情之路不是从这里开始的,但这里却是留下他们爱情足迹最多的地方。如今,桔树上的果实几被摘尽,只剩下一两颗因发育不良,被人遗弃在枝头。美人蕉倒是还有些神采,但叶子的边缘已现出焦黄,叶片也不知被谁划得千疮百孔。刘明夷停留片刻,算是一种缅怀,随后便朝二佛寺走去。

不多时,二佛寺已在目前。当他准备下台阶的时候,隐约听到底下有歌声传来。

> 弹花匠,弹棉花,弓槌当当弹千家;
> 弹东家,弹西家,
> 东家要嫁女,西家娶媳妇,
> 棉絮弹了一床床,东家西家喜洋洋。

声音清脆悦耳,是用合川方言哼唱的。再一细听,声音很熟悉。刘明夷就向下望了望,原来是大秀啊!大秀怎么一个人在这儿呢?

只见大秀侧身坐在离自己十几米远的一级台阶上，手里晃着一棵狗尾巴草，双脚有节奏地摆动着，活像是两个吊在藤上的大丝瓜。她的眼睛直视前方。前方就是渠江，只是江面被层层叠叠的树木遮掩了，只留下少许缝隙。如果她的目光能够穿过这些刺槐、桔树和苦楝树的树叶，眺到江面，她一定能见到渔夫正在低头弄网，农民正光着脚板从江畔走过。

新姑娘，红褡褡，背上背个奶娃娃；
新郎官，背背驼，结婚剃个光脑壳；
老亲娘，看女婿，越看心头越怄气。

大秀一首接一首地唱，丝毫没有注意到有人过来。

胡萝卜，蜜蜜甜，看到看到就过年；
大汤圆，甜又圆，新郎新娘拜新年。
拜东家，拜西家，
拜了娘家拜婆家，拜得火炮闹开花。

刘明夷听了一会儿，唱的都是婚嫁歌。涞滩的孩子从小就会唱这些儿歌。刘明夷还曾生出过念头，要搜集这些儿歌，辑成册子。但只是一时兴起而已，并没有付诸行动，也没有这个心情。现在又听到大秀唱，这个念头便又涌了出来。其实要搜集儿歌，完全可以从大秀开始。这孩子看起来面黄肌瘦的，或者就是因为肚子里装满了儿歌，而没有用来装食物。

刘明夷向前走了几步，故意发出声响来。但大秀却并没有回头,她还沉浸在自己的歌声里呢。这孩子从小就喜欢待在自己的世界里,外界的一切似乎都和她无关。当然了,除了……明夷哥哥。刘明夷于是又咳嗽了一声。这次,大秀有了反应,不紧不慢地抬起头。当她看到身后的刘明夷时,眼神亮了起来,刚刚还乌云密布的脸上也出现了笑容。她噌地站起来。

一段时间不见,大秀长高了不少。这让刘明夷有些诧异。在他眼里,大秀似乎总是初见时那么高,没什么大的变化。看来,是自己平时无心他顾,忽略了。

大秀就像一粒刺槐籽,无意中落入泥土,不经意间长成一株小刺槐,在梧桐、香樟和柚树的包围中,并不引人瞩目,却也不知不觉地长高了。长高了的大秀,亭亭玉立,面目清秀,眉眼长开了些,鼻子挺拔了些,脸蛋变白了些。眼下,这张脸上还带着甜润的笑容,像是刺槐上长出了嫩叶,变得更加美丽妖娆了。然而,这笑容也就持续了几秒钟,随即便黯淡下来。

刘明夷问:大秀,你怎么一个人在这里?不去放牛了?

大秀指了指前方,不远处,那头黄牛正低着头,全神贯注地吃草。

爷爷最近好吗?

大秀怔了一下,摇摇头,泪水就从脸颊上滴了下来。她说:爷爷病了。

爷爷病了,得的什么病啊?重不重啊?刘明夷皱眉。

大秀不再言语。

刘明夷赶到大秀家时,陶大爷正平躺在床上,头上敷着块毛巾,嘴里呼哧呼哧喘着气,那些气从喉咙里进进出出,发出巨大的声响,如风箱一般。看来陶大爷病得不轻。

听到脚步声，陶大爷睁开眼睛，刘老师，你来了。

他的话夹杂在喘息声中，短短的几个字，显得异常冗长。

刘明夷俯下身去，陶大爷，你怎么病了？找大夫了没有？要不我去帮你找个大夫来。

陶大爷吃力地摇摇头，没用了。我的病我知道。

刘明夷听了陶大爷的话，瞬间蒙了。他以为陶大爷也就是个头疼脑热的，即使严重些，也还是能通过治疗恢复的。毕竟，陶大爷的身板向来很结实，怎么会突然……

不会的，陶大爷，你会好起来的。刘明夷握住陶大爷的手，你病这么重，应该早告诉我的。刘明夷扭头看了看大秀。

是我不让大秀跟你说的。人老了，总有一天要去阎王爷那儿报到的。我认命。

不行，我现在就去给你找大夫。刘明夷说着，就准备往外走。

刘老师，陶大爷突然激动起来，枯瘦的手猛颤了两下，不用了，不用了。大夫前晌就来过了。大夫说，也就几天的活头。如果你不来，我也会叫大秀去找你的。

陶大爷一阵猛咳，身体剧烈地抖动着。

刘老师，我——有几句话，想跟你说。

陶大爷塌陷的眼窝放出一丝亮光。他看看大秀，又看看刘明夷，惨然道：

刘老师，我活了这把年纪，够了。只是，我有一样放心不下，就是——就是大秀这个妹儿。她老汉（方言，即大秀的父亲）指望不上，她亲妈又走了。我再走了，就没人照顾她了。我想……

陶大爷顿了顿，继续说：

我想，请你照顾她。这个世上，除了我，她最喜欢的，就是你了。

刘明夷被这突如其来的嘱托震住了，他吃惊地看着陶大爷。大颗的泪珠从陶大爷的眼角滑落，滑出两道浑浊的泪痕。刘明夷几乎是本能地点了点头。

几天后，陶大爷就走了。

陶大爷去世的消息是大秀告诉他的。那天刘明夷正上课，透过教室的窗玻璃，无意中瞥见大秀单薄的身影。

爷爷死了。大秀说。她说的时候很轻，很平静，并没有流泪，只是脸色比平时黯淡了许多，但那种孤独无助感，还是被刘明夷捕捉到了。

那个时代，死人是很常见的事。饿死的，被乱枪打死的，被炮弹炸死的，得各种疾病死的，几乎每个星期都有。大家也就见怪不怪，习以为常了。所以陶大爷的葬礼操办得很简单，哭声也很少。大秀的老汉，也就是她的父亲，一个年纪不大却面容苍老的男人干嚎了几声，仪式便草草结束了。

葬礼进行的整个过程中，大秀一直都躲在一棵芭蕉树下，不时朝这边张望。直到仪式结束，人们都离开了，她才走过来，跪到爷爷的坟前，放声大哭起来。她哭得撕心裂肺，泪雨滂沱。那哀哀欲绝的哭声让站在远处的刘明夷一阵心酸。就让她一个人哭个够吧，哭够了，也就好受些……

大秀终于哭完了，一个人坐在坟前发呆。刘明夷走过来喊她，大秀，我们走吧。

她顺从地站了起来，牵着刘明夷的手……

第二天，刘明夷便去找大秀的父亲，尽管不抱多大希望，但他们毕竟是父女，绕不开。她父亲说：她妈妈走了，我也没办法带她。刘老师能带她就带她，不能带，就找个好人家把她给送了吧。刘明夷看了看大秀，大秀也看着刘明夷，两人什么都没说，大秀就这样跟着刘明夷了。

这件事，方娅自始至终也没说什么，其实她心底里还是乐于接纳大秀的，至少大秀的到来，能让她不必和刘明夷单独相处了。三个人在一起也没什么话，就像三个陌生人合租了一套房子，各忙各的，相安无事。

来到刘明夷家后，大秀表现出了超出年龄的懂事，整个家被大秀收拾得干干净净，一尘不染。刘明夷每次下班回家，总有热气腾腾的饭菜在桌上摆着。他不由得对大秀刮目相看了，这丫头，也不知什么时候学会干这些的。

一天，刘明夷回家早了些，他一进院门就听见灶台上发出叮叮当当的响声。从厨房的窗户看进去，大秀正在灶台前忙活呢。灶台有些高，大秀只得踮起脚尖往锅里加水。炒菜的时候，她干脆搬来一个小凳子垫在脚下。要加火了，她又从凳子上跳下来，弯下身往灶膛里塞柴火。大秀一个人灶上灶下，忙得不亦乐乎。又得加火了，为了省事，她往灶里多塞了些树枝，结果烟来不及从烟囱里跑掉，直接从灶里冲出来，呛得她直咳嗽。

眼前的情景，让刘明夷有些恍恍惚惚，他仿佛回到了老家，回到了童年。在灶上烧饭的不是那个小女孩，而是年迈的奶奶……他揉了揉眼睛，想把这融在一起的二十几年的岁月揉开，结果一不小心揉出了水来，把手和脸都弄湿了。

其实，这些家务活大秀早就都会了，只不过她实在太不起眼了，她所做的一切都太容易被人忽视了。对此，方娅并没有流露出半分惊讶，她心安理得地享受着大秀给这个家带来的变化。吃饭时，三个人都低着头，只有筷子触碰碗盘的声音。

这天夜里，吃过晚饭后，刘明夷回屋拿了一盏灯走进大秀的房间。大秀正一个人坐在床沿上，像个大人一样。刘明夷把灯放在桌子上，然后郑重其事地对大秀说：大秀，你想学文化吗？

大秀点了点头，眼里闪过一丝光。

刘明夷说：那好吧，从明天开始，我来教你。

大秀再次点头，幅度明显加大，仿佛用了全身的力气。刘明夷心里突然有些隐隐作痛。

第二天回家后，刘明夷就找来书本，开始教大秀识字了。每天教一些字，再教她读一些古诗。关关雎鸠在河之洲窈窕淑女君子好逑，花非花雾非雾夜半来天明去，对酒当歌人生几何譬如朝露去日苦多……刘明夷教得很认真，大秀学得也很认真。每当这个时候，大秀就又变成了一个天真可爱的孩子，眼里有了光，脸上有了生机。

方娅呢，常常是躲在自己的房间里——看书，备课，忙自己的事。她和刘明夷分居本来就很长时间了，这下更加安然自若了，似乎屋外的两个人和自己一点关系都没有。不过，大秀的到来还是让方娅有了些变化，她待在家里时，不再穿暴露的衣服，也不再光着身子走来走去。这让刘明夷少了很多不愉快。

日子就这样进入另一个轨道，虽然多了个人，却比以往要生动许多。白天的时候，大秀就待在家里做家务，她不光把屋里屋外收拾得齐整明净，一日三餐准备得美味可口，还开始尝试着为这个家做些装饰和点缀。她不知从哪里找来了些坛坛罐罐，培上土，种了十几株三角梅、金银花，还有夜来香。这些花被放置在屋子的各个角落，原本有些阴暗的房间霎时就变得生机盎然起来，到处都香气扑鼻。方娅见到这一切，也不由得暗自嘉许。有一天下班回家，刘明夷竟发现屋后不知何时多了块菜地，大秀正挥舞着锄头，在那里整地呢，傍晚的阳光映照在她的脸上，漫溢出温润的光泽。大秀不知不觉间长胖了，这健康饱满的光泽便是最好的证明。刘明夷赶紧走过去帮忙。大秀笑了一下。她笑的样子其实很好看。刘明夷想。她指挥着刘明夷打水、浇地，然后她用锄头尖在地里轻巧地挖上坑，撒上菜籽。刘明夷忽然诗兴大发，脱口而出：锄禾日当午。大秀接道：汗滴禾下土。刘明夷再接：谁知盘中餐。大秀再接：粒粒皆辛苦。两个人接完诗，相视一笑。都沉浸在这难得的怡悦中。

　　一个小姑娘的到来，居然让生活变得如此美好。这是刘明夷万万没有想到的。更让刘明夷没有想到的是，大秀学起文化来也丝毫不含糊。头天晚上刚刚学的几首诗，第二天就会背了，还能写出大部分字来。看来这丫头白天除了干家务之外，也没闲着，一定是悄悄温习过功课了。

　　大秀对方娅的态度从她走进家门时，其实就有了变化，这孩子很聪明，或许意识到是"寄人篱下"，对方娅一开始便表现出了十二分的客气，尽管仍旧很少说话，但从表情上能看出，她是很真诚地想和方娅和解的，有几次她甚至还喊方娅姐姐。而方娅呢，既然有人代劳家务，还为她端茶送水，毕恭毕敬，伺候得服服帖帖，她正求之不得呢，哪还有什么怨气可发。时间长了，反而对大秀生出些好感来。有一次，还给大秀带回来一本《唐诗三百首》，书有些破旧，但在那个年月，能弄来一本书已经很不容易了。

这是一段清贫而又温馨的日子。如果一直如此，其实也挺好的。刘明夷有时就在想，这样的日子虽然不会留下多少印迹，但这些如水般静静流淌的岁月，才是自己最宝贵的啊。

平静的日子总是用来被打破的，对于人的一生，动永远都如影随形。

一天下午，刘明夷正在办公室备课，头上猛然传来一阵呼啸声，像是大风从头顶刮过。随后，巨大的爆炸声震耳欲聋，刘明夷还没反应过来是怎么回事，又听见外面轰隆隆一声巨响。他飞快地跑出办公室一看，顿时傻眼了。只见东边的二层教学楼已经坍塌，漫天的烟尘在空中肆虐。不好！是日本人的飞机，他们扔下了炸弹！刘明夷来不及多想，便冲向倒塌的房子。此时，凄厉的哭喊声、惨叫声由远及近，响成一片，被炸毁的屋梁和砖瓦横七竖八地躺着，很多老师和学生从不同方向涌过来，有人开始指挥大家搬砖瓦救人。方娅！刘明夷登时想起，方娅现在应该在教学楼里上课，他不由得惊出一身冷汗，然后便声嘶力竭地大叫：方娅——方娅——随即闯入人群，拼命地扒开一块块砖头、一片片碎瓦、一根根椽梁。不一会儿，他的两只手已是鲜血淋漓，但他依旧没有停歇，像一头失去理智的野兽，在废墟中疯狂地寻找。一根巨大的木梁横在眼前，他使出全身力气想推开它，木梁却纹丝不动。他只好停下来，一边咳喘着，一边有气无力地喊：方娅——你在哪里——你在哪里啊——

明夷！

就在他近乎绝望时，背后传来了方娅的声音。他猛一愣怔，连忙回过头去，方娅正完好无损地站在他身后。方娅，是你吗？

是你吗？他一骨碌从砖头瓦片间爬起来，死死地拽住方娅的手，眼里满是泪水，你没事吧？你不是在教室里吗？……

嗯嗯，我刚刚上厕所去了。方娅说。

这是这场战争中涞滩遭遇的最大一次劫难。那天下午，全涞滩的人几乎都来了。有人呼唤着自己孩子的名字，有人无助地哭泣着，有人在废墟间埋头寻找着有可能生还的人。嘈杂喧闹声一直持续到深夜，直到里面的人，死了的、活着的、受伤的，全都被弄出来，人们才渐渐散去。两个大人，十三个孩子，在这场灾难中永远告别了世界，告别了他们的亲人和朋友。

那天晚上刘明夷和方娅相互搀扶着，一步三摇地走进家门。大秀见他们回来，也没多问，就默默地从厨房把饭菜端上来。这么大的事，大秀想是也知道了，但她却表现出异乎寻常的平静，或许她看到他们平安归来，悬着的心已然落地了吧。俩人都没有胃口，胡乱地吃了几口就放下筷子。明夷！你……当刘明夷打算回自己房间时，被方娅叫住了。刘明夷停下脚步。方娅拽拽他的衣袖，示意他跟自己进屋，不是刘明夷的，而是方娅的屋子。他默默地跟在她身后，后脚刚迈过门槛，方娅便咣的一声关了房门，拉起他的手。哎哟——！他痛苦地叫了一声。

怎么了？

方娅疑惑地看了看他有点扭曲的脸，又凑近他的手……呀！你的手肿了！怎么肿这么厉害？！刘明夷没有回答，方娅却紧张起来，立刻拿来湿毛巾给他擦拭。明夷，还疼吗？她的语气很温柔。刘明夷摇了摇头。

明夷，今天就在这边睡，好吗？

方娅朝他羞赧地笑笑，眼眸里满是温柔。他看了看她，已经很久没有见到她这样的眼神了,他被这眼神感动了,留住了。

方娅拉刘明夷坐到床边,给他脱衣服,脱鞋子,扶他躺下,像是在照顾一个病人。刘明夷没有作声,也没有挣扎,任由她摆弄着。后来,灯被吹灭了,方娅躺进他的怀里。屋外是虫子的鸣叫声,夜异常安静,仿佛所有的喧嚣都在白天耗尽了。方娅的手在刘明夷的脸上轻柔地抚摸着,然后顺着他的脸往下探去,刚一触及他的下身,刘明夷便一阵哆嗦,立即感到有一股热流直冲向脑门。一切都在方娅的意料之中,她腾出手来,脱掉了自己的衣服,一具精致饱满的女性的肉体便赤裸在刘明夷的目前。刘明夷抱紧方娅,翻身把她压在身下,正欲有进一步的动作时,他猛地感觉一阵痉挛,就像煮熟的面条,一下子便软塌了。刘明夷颓唐地倒在方娅身上,如一堵塌陷的墙。好半晌,才从嘴里冒出几个字:对不起,方娅。

方娅伸手摸了摸他的脸,靠在他的胸前,睡吧明夷,睡吧。

第二天一大早,刘明夷就赶往学校。走到校门口时,大门上贴着的告示前已经围拢了三三两两的学生。告示上明确写着:因昨日教学楼遭轰毁惨祸,致我校师生数人罹难,悲悼之余,尚需处理善后事宜。故停课三日,望周知云云。

刘老师早!

刘明夷恍惚听到背后有人跟他打招呼,扭头一看,是校长马从周。他朝马从周点点头。

是陈纳德将军的飞虎队。马从周说,日本人的飞机空袭重庆,被飞虎队的飞机拦截。昨天一架日本飞机慌不择路,飞到了涞滩,结果炸弹就……

刘明夷听明白了。

明夷老师，马从周拍了拍他的肩膀，我说过吧，这世上没有净土，没有一块安静的地方。就算是涞滩，也没有放书桌的地方了！

刘明夷看到的是一张激愤的脸。

明夷老师，你说，偌大的中国，还有放得下书桌的地方吗？我们这些读书人，还能安坐书宅读书做学问吗？

刘明夷一时间不知道怎么回答，只有默默地点头。其实之前，马从周就多次找他聊过。他用古人的话来激励他，什么位卑未敢忘忧国，天下兴亡匹夫有责，还有最高统帅在国民参政会即席演讲时所提出的那个著名的口号：一寸山河一寸血，十万青年十万兵。虽然抗日战争进行得如火如荼，但国共两党争夺青年的工作始终没有停止过。每次，刘明夷都以"书生不懂政治，只想做学问"来搪塞，但这次，他却……

次日下午，刘明夷被马从周叫到学校会议室。他们进来时，里面已经坐了几个人。有两个是学校的老师：数学教研室主任张元化，体育老师魏光明。另外三个刘明夷不认识。大家都热情地朝他点头。马从周请刘明夷坐下，然后从包里拿出一张纸递给了刘明夷，最上面一排写着几个大字：入党申请表。

刘明夷愣了一下，抬头看了看屋子里的其他人，他们正齐刷刷地望着他，热切而期盼的目光，让他有点着慌，他正想说什么，却直接被张元化打断了。

刘老师，你还等什么啊——

刘明夷犹豫了一下，还是拿起了笔。

# 巳

它的名字叫小白。

其实它全身都是黑毛，只有两眼之间有一小块是白色的。但人们就是无视这一身的黑，硬把它叫小白。它肯定无法理解，为什么人类经常干这样荒唐的事，就像他们无视身边人无微不至的爱，却对他人一点假惺惺的同情感动不已。其实第一次到涞滩的时候，我就见过它，还听到过它那凶悍的和温柔的叫声。但是现在，我再也听不见它叫了，它躺在了刘胖子的店门口。

此时的刘胖子正一惊一乍地叫嚷着：

谁干的缺德事啊？小白这么可爱，谁把它弄死了？啊，谁把他弄死了？……

刘胖子的叫嚷声很快吸引了周围人的注意，大家都探头探脑地凑过来，仿佛死的不是一条狗，而是什么重要人物。而刘胖子呢，喊完之后就躲回小店里，坐在柜台后的椅子上，两只眼睛滴溜溜地转，贼头鼠脑地打量着面前的每个人，当然也包括我。我的视线一直紧随他。这是我的职业本能。真正看透一个人，需要长期而又耐心的仔细观察。当我意识到刘胖子与我的目光即将对接上时，便径直向他走了过去。刘胖子反应很快，迅疾换了一副面孔，刚刚还扭动、翻转的满是肌肉的脸,现在却像是用熨斗熨过一样,平整而光滑。我冲他点点头,要了一包烟,打开,递一支给他。他接过烟,从柜台边拿出打火机给我点上。

我们也算老熟人了。来涞滩这么多天,我时常在他店里买烟,顺便听他给我说说涞滩的奇闻逸事。混熟了以后,他就让我直接叫他刘胖子,而不是喊他的大名刘其波。刘胖子是个非常有感染力的人,或者说他天生就是个演员,尤其是人多的时候,他也不知道哪儿来的那股子激情,说起话来很有煽动性;而单独和我在一起的时候,他立马又变得沉稳而理性了。

别看这地方只有巴掌大,事儿可不少。麻雀虽小,肝胆俱全。社会上有的,我们这里全有。我们都是平头百姓,可是百姓中间也藏龙卧虎啊。

他吸一口烟,撇撇嘴,声音便从烟雾间穿出来,嘶哑却极有磁性。

依我看,第一高人,要算大智。别的不说,二佛寺是大智一手搞起来的。我从小就在涞滩,那时候的二佛寺可不像现在,香火这么旺,顶多是逢年过节,远近的香客才会来拜祭拜祭。名头在外面虽然也有些,大佛在乐山二佛在涞滩嘛,都知道,可是你看看那些墙上的石佛,都成什么样了,愣是没人管。直到大智来了,才开始有起色。听说人家是在西藏待过的,高僧,果然不同凡响。第二高人嘛,要算善人了。善人对涞滩的贡献大家都是看得见的。我这人有时嘴贱,喜欢开些玩笑,谁的玩笑都开,但从不开善人的,因为我打心眼里佩服他。第三位,分歧就大了。有人说是刘子钟,人家是副镇长,虽然官没镇长大,却是出了名的能人,这些年涞滩的发展,里里外外都是他筹划的。也有人说是刘老夫子——刘明夷,论学问，那是没话说，在涞滩说他第二，没人敢说自己是第一。你问我的意见？呵呵，我眼光毒得很呐，和他们所有人都不一样，我觉得应该是——桔子。你想啊，那么漂亮的一个女人，镇上的一枝花，哪个不晓得，年轻的时候哪个男人不眼馋，只怕是现在还有很多男人惦记着呢。可人家就是不结婚，管你谁说闲话，就是三个字：不在乎！光这一点，就让人佩服。你可别小瞧人家是个女人，干出来的事很多男人都比不上。如果她真要是个男人，恐怕连善人都要甘拜下风呢……

很可惜，刘胖子的话匣子被一个买东西的人关上了。我几次想接续上，但刘胖子却不愿意再多谈了。

刘胖子给我递过来一把小椅子，我就在柜台后面坐了下来。店门口的人越来越多，都是奔着小白来的，议论声也越来越大。就在这时，人群自动分开了，让开一条路，一个女人走了过来。

桔子！刘胖子小声说，这回有好戏看了。

小白是桔子的狗。刚刚住进回龙客栈时，我就知道。小白对桔子很依恋，它常常趴在桔子的脚下，温顺得像只猫。桔子也很疼它，时不时抚摸着它的小脑袋，宝贝长宝贝短。桔子和小白在一起的时候，人狗的界限似乎都消失了，小白俨然成了桔子身体的一部分。可现在，这部分已经离她而去了。

桔子试图抱起小白。小白有些重，她抱得很吃力，腰是半弯着的，脚下也有些踉跄。旁边的人想要帮忙，被她推开了。她把小白放在臂弯间，跌跌撞撞地走了。

人群很快散开。坐在我旁边的刘胖子似乎陷入了沉思，他紧锁眉头，好半晌才起身，给我倒了一杯水。

我给你讲讲小白的故事吧。他说，你知道小白是谁的狗吗？

我笑了笑,这个谁都知道,桔子的。

现在是桔子的,可之前是谁的呢?

我摇了摇头。

善人的。要说小白,还要从桔子和善人结婚那天说起。说到这儿,刘胖子长长地吸了口气,仿佛完成了某种仪式。然后便拉开架势,侃侃而谈。

全涞滩的人都知道,他们的婚没结成。之后那段时间,善人经常往外面跑。有人说,他是会情人去了;也有人说,他去忙工程了。但他究竟去做什么,没多少人知道,大家都是猜的。善人一走就是个把星期,每次回来后都要经过这条街,然后到下涞滩他的房子那儿去。所以每次他回来我都知道,因为我的店门口是他的必经之路,绕不开。他在外面闯荡,累了就回涞滩休息。这样说来,涞滩倒成了他的故乡。书上说,哪里有他牵挂的人,哪里就是他的故乡。他牵挂谁呢?不用问,肯定是桔子。可是,他又不跟桔子结婚。真搞不懂他。

有一天黄昏,我看他抱了条狗回来。很小的狗,非常可爱。所有小的东西都可爱嘛。我就上前问他哪儿来的,他说是路上捡的。然后他把狗放在地上。狗一摇一摆的,没站稳,摔倒了。善人指指它的后腿说:伤了,像是被大狗咬的。

后来我经常见善人带着这条狗进进出出。狗的伤也渐渐好了,活泼得很,满地跑。我也很喜欢,偶尔还给它喂点吃的。也不知过了多长时间,总之是在一天早上吧,我刚打开店门,就看见善人站在门外。狗跟在他脚边,摇着尾巴,仰着头,啧,你看它那神气的样子,跟善人真的很配。狗随人嘛,人神气狗也神气。善人说,我要出几天门,你帮我带几天吧。然后就拿出两张老人头,往我手里塞。我说我可以帮你带几天，这狗很好玩的，但钱我不能要。

说是几天，结果足足带了一个多月！和狗处的时间长了，感情也就深了。关键是这狗太聪明太通人性了。每天早上六点左右，它就会跑到我床边"汪汪"叫两声，提醒我起床，你说神不神。你知道狗的名字是谁取的吗？告诉你，就是我取的。

你看这狗全身都是黑的，唯有头上有一块白，还在眼睛中间。我专门找人看过，说这种狗上辈子是人，有人对它有恩，这辈子它是来报恩的。我还以为它要报恩的人是我，可是善人一回来我就明白了，它念的还是善人。那天小白突然从店里冲了出去，边跑边叫，兴奋得不得了。我还以为外面出了什么事呢，赶紧跟着跑出去看，结果远远地看到善人走过来。当时是早上，太阳刚冒出来，他全身被阳光照耀着，就像镀了层金。这狗真是讲感情啊，一看见旧主就把我给忘了，直接扑进了善人的怀里。

我问善人，这次怎么走这么久？善人说，工程的事出了点麻烦。说完他就往我手里塞钱，我说什么也不要。这次他不依了，直接将两张老人头放到了我柜台上，抱着狗转身就走了。我追着他说，我给狗取了个名字，叫小白！

后来我就没有帮他养过小白了，但还是经常能看到他从店门口经过，带着小白。可是没过几天，我就发现小白不见了，只有他一个人匆匆忙忙的身影。小白跑哪里去了呢？终于有一次，我实在忍不住，就问他。他说送人了。这么可爱的狗怎么舍得送人呢？为此，我还心疼了好长时间。直到有一天，桔子在街上闲逛，小白跟在她身后，我才明白，他把小白送桔子了。这还差不多。我心里也舒服多了。小白当时已经长大了很多，有人的膝盖那么高，脖子上多了个项圈，跑起来叮叮当当的，很气派。这以后，只要听到叮叮当当的响声，我就知道，八成是桔子来了。

但也不一定。有好几回我只看到了小白，却没见桔子。我喊声小白，它朝我摇摇尾巴，也不过来。它趴在店对面的树底下，脸朝着路口。不一会儿，善人从路口走了过来。它一看到善人，就爬起来叮叮当当地跑过去。善人呢，总要蹲下来摸摸它的头，摸摸它的脖子，再给它顺顺身上的毛。每回都这样，每次都是同样的动作，看多了我就感到奇怪，就想看得更仔细点。有一回我总算看仔细了，善人在摸它脖子时，从项圈下面摸出个小纸团来！他把小纸团捏在手里，走开好几步，趁人不注意，才打开来看。这太有意思了！像是电影里的镜头。也是好奇心在作怪吧，等下次小白又出现在店门口时，我趁善人还没来，就迅速跑过去给小白喂了颗糖，顺手朝它脖子下面一摸，摸到个小布袋，再伸手往布袋里一探，掏出纸团展开，上面写着六个字：七点钟，江对岸。我看完后，又慌忙把纸团放回原处……

下午六点多的时候，我悄悄跑到江边，想看个究竟。我躲到一棵大树旁，此时太阳还没下山，从江对岸照过来，有些刺眼。我后悔没戴墨镜，只好用手遮住阳光。过了几分钟，善人也来了，他兀自爬上江边一艘小渔船，划着船朝江对岸去了。我为什么不准备一个望远镜呢？要是有望远镜，我一定可以看到桔子站在江对岸朝这边张望，直到善人上了岸。说不定，我还可以看到点其他什么。可是当时我什么也看不到，只看到善人朝着太阳下山的方向越划越远，最后太阳落到他头顶。他顶着太阳，和渔船一道，缩成一个小黑点，然后就消失了。

我跟你说，我不是个多嘴的人，可有时候又实在忍不住。我发誓，除你之外，这事我只跟一个人讲过。这个人你应该认得，或许还在他的饭店里吃过饭。他就是唐文明，南川来的，据说有几个钱。我为什么要跟他说呢，这是有原因的。你别急，听我慢慢说。

桔子不是和善人没结成婚吗？后来就是全涞滩吵得沸沸扬扬的他和一个重庆女人结婚的事。善人找了个城里人，这倒也符合他的身份。西头开古董店的张二娃说他在合川见过那个女的，一个婚庆公司的司仪。张二娃还说那女的是善人请来的托儿，他们那天结婚只是演了一场戏。别看张二娃说得有鼻子有眼的，可我不信。张二娃那张嘴，说什么事都要添油加醋，买斤猪肉都要变成注水肉，信不得。我们先不管他。总之这事之后，桔子的老娘就着了急，到处托人给桔子找对象，天天逼着桔子相亲。桔子呢，开始的时候打死也不去。后来逼不过，只好去见一见。据说见一个散一个，几年时间下来，也不知见了多少个，大部分都是合川的，还有一个重庆的，是一个有钱的老板，姓郭，听说手上有几家公司，小车十几部。他看上了桔子。老板年纪有点大，四十多岁，老婆离掉了，还带着一个十四岁的儿子。那天郭老板带着三辆车到涞滩，那叫个气派，我从来都没见过。镇上人都说桔子这下子好了，要当大老板的老板娘了。可是，姓郭的老板在镇上待了个把小时就走了。走的时候还说，他是到镇上来考察投资项目的，要开发涞滩的旅游。这事总之没搞成。

除了重庆和合川的，涞滩也有两个。这个唐文明，就是其中一个。听说桔子和他是在东头的茶馆见的面。没说几句话，唐文明就请桔子到他的饭店里吃饭。到了饭店，桔子就说，你要和我耍朋友，没问题，可是我只认真正的男人。你要是真男人，就和我喝酒，你要喝得过我，我就跟你耍朋友。唐文明一听，就让店里炒了几个菜，又让人搬了两箱啤酒过来。桔子摇着头说，喝啤酒不算本事，要喝就喝白的。那一顿好喝啊！很多人都来看热闹，我也跑过去了。我过去的时候，唐文明已经趴在桌子上不省人事了。后来他被人送到了医院，听说还在医院里住了两天。

按说桔子赢了，唐文明不应该再找她了。可是就那一次，唐文明竟鬼使神差地迷上了桔子。那叫一个痴心啊，书上是怎么说来着，海枯石烂，都不回头。他出院后的第一件事就是去找桔子，手上擎着一大捧花。那时候我们这地方还不时兴送花。他是特地从合川买来的。他捧着花站在桔子的理发店门口不肯走，一定要桔子出来。桔子没办法，出来接过花，放在门口的樟树树杈上就走了。

后来唐文明用了很多办法，三天两头地买这买那，可桔子呢，一样不收。有时候她就把唐文明送来的东西放到我店里，让我替她还给唐文明。可唐文明呢，也不知道他中了什么邪，还是痴心不改。男人就这样，越得不到越想要。我都有些看不下去了。不过那次看到小白身上的纸团后，我就知道了，他和桔子准没戏。桔子的心还在善人身上呢。想一想也是，涞滩这地方，谁能比得上善人呢？唐文明也算不错了，小伙子人长得很精神，一米八的个头，家里又没什么负担，可是不知怎么回事，和善人比起来，我觉得他身上还是差那么一点东西。怎么说呢，唐文明好比是棵柚子树，壮实、实用；可善人呢，就像东水门外的那棵黄桷树，独一无二。

有一天唐文明又到我店里来，和我摆龙门阵。我也是嘴贱，没忍住，就把桔子和善人的事跟他说了。但我真的没想到，唐文明那样一个老老实实的人，会干出那么荒唐的事来。

那天下午，我从外面进货回来，看到店门口的石板路上站了好多人。那个热闹啊，我的小店开张的时候都没那么热闹。我好不容易挤进了人群，看看是怎么回事。原来门口的那棵黄桷树上挂了一张纸，纸上用毛笔写着几行大大的字：

郭晖：

　　我要和你决斗！明天下午三点钟，我在文昌宫大操场等你。不敢去的不是男人！

唐文明

这家伙该不会走火入魔了吧，竟然来这么一出！没等我醒过神来，倏地看到小白从人群里蹿出来，只见它跑到树下，跳起来咬住纸的一角，把纸扯下来，转身就跑。是小白！小白拖着长长的一大张纸往瓮城里跑去，一眨眼就不见了。

这下镇上可炸开锅了。别看大家平时都窝在自己的小天地，可一遇到什么新鲜事，嗅觉特灵敏，突然就冒出来了。有人问，善人在涞滩吗？他知道这件事吗？马上有人煞有介事地说，他亲眼在瓮城那边看到了善人。那善人怎么样？说什么了没有？那人说，没有，他好像没这回事一样。旁边就有人摇着头，怎么受得了这种气啊！男人啊！

这种事，到哪里都是新闻，都是大家关注的话题。中国人都有一颗八卦的心。况且这种新闻明显属于桃色新闻了，就是不添油加醋，都属于猛料，何况还有一堆闲人再加工，传得越来越离谱。到了第二天上午，都有情节发展了。有人像模像样地比画着，说善人已经准备应战，他手里还多了一条九节鞭，正在家门口练着呢。马上就有人附和，说善人是练过武的，有一次他就亲眼看到善人在江边打太极拳，那一招一式，一看就是练过的，没个十年八年的功夫下不来。还有人说善人拿的不是九节鞭，而是匕首，不是在家里练，而是在二佛寺练……反正说什么的都有。所有人都强调自己的消息是最可靠的,所有人都想挤进八卦的中心来,为这件事添把柴加把火。其实,我更关心的是桔子的反应。你想想,桔子是多么要强要面子的人啊,她能受得了这种事吗?我当时是悔恨交加啊,恨自己怎么会跟唐文明说起小白送信的事。我真担心会惹出大事来。

下午不到三点钟,文昌宫就像唱戏一样,聚集了很多人,都是来看热闹的。有的站在文昌宫门口,有的坐在操场边的石台上。唐文明就站在操场中央。这家伙穿了件黑色运动服,脚上蹬一双白运动鞋,明显是有备而来。他旁边的地上还放着两根长棍,大小长短都一样。我想,这应该是他为这次决斗准备的武器吧,他一根,善人一根。有好事的人就在一旁喊:善人不用棍子,善人用九节鞭!

不得不说,这个刘胖子真是个讲故事的天才。要是早些年出生,没准会成为一个说书人。但是,正因为他太会讲故事了,所以我总是对他的话充满警惕,在脑子里多过上几遍,尽力把夸张的成分过滤掉,筛出来真实的那部分。但即便如此,我还是会一不小心就被他的故事牵着走。

我说,后来怎么样了?善人来了吗?

刘胖子摇摇头,没有。善人没来,刘子钟却来了,还带着两个穿制服的人,是乡派出所的。

看来,架终究是没有打起来。不过我的确很想知道,如果郭晖来了,会如何应对这种场面。他在很年轻的时候,遇到过很多比这更棘手的事情,这么多年过去了,他应该更加游刃有余了吧。

我说,你告诉我这件事是想说明什么?你是想说小白的死跟唐文明有关吗?

刘胖子赶紧摆手,我可没这么说。小白是桔子的命根子,可不能瞎说。

我穷追不舍,那小白是怎么死的呢?小白这么可爱,又不咬人,为什么要弄死它呢?

我不知道,我怎么会知道呢。后来小白就再也没有给他们送信了,也很少有人看到他们见面了。但是唐文明跟我说,有一回他跟踪善人,一直跟到下涞滩。那次善人没回家,而是去了二佛寺。等唐文明跟到离二佛寺不远时,小白突然从灌木丛里蹿了出来,扑上去就要咬他。他赶紧随手捡了跟棍子,小白才停住了。但是小白守住了下山的路,不让他过去。他就只好回来了。你应该知道的,小白是条很温顺的狗,从来没咬过人。唐文明以前还喂过它。它为什么还要这样对唐文明呢?

我笑了一下,这个刘胖子还是很狡猾的,他自己不说出结论,却处心积虑地把我往他想要的结论上带。我才不上当呢。

不过从派出所里出来后,唐文明倒也想开了,他看没什么希望,也就算了。后来唐文明在南川找了个姑娘,结了婚,生了个儿子,现在都好几岁了。你那天在饭店门口看到的那个穿花短裤的就是他老婆。我以前就跟唐文明说过,说涞滩的姑娘不好娶,他硬是不信,这下信了吧?他后来跟我说,涞滩是千年古镇,镇上的姑娘要么是仙女,要么是妖怪,不是凡人能搞得定的。哈哈,他说得蛮夸张的。

和刘胖子告别后,我朝江边走去。在一块荒地里,我远远地看到了桔子。她兀自坐在那儿。我犹豫了一下,还是走了过去。桔子旁边有一个小坟堆,坟堆旁插了块木牌,定睛一看,上面用毛笔写了几个字:爱犬小白之墓。给一条狗建墓立碑,这在涞滩恐怕也是头一遭了。桔子的脸上还留有两道泪痕,看到我过来,她下意识地伸手抹了抹脸。

别伤心了，桔子。我说。

桔子摇了摇头，这些人，心真是太狠了。

我说，你知道是谁干的吗？

桔子再次摇了摇头，她叹了口气，站起来说：算了，不想说这事了。我怕我恨他们。

她说完，就拖着长裙，慢吞吞地往山上走。她走得很慢，脚步显得格外沉重。走几步，还回过头来看看埋着小白的坟。最后，她终于不再回头，慢慢消失在树丛中。

几天后，我得到了新的线索。提供线索的人还是刘胖子。

他说：这事跟建筑队有关。你可以去找建筑队的人聊聊。

我说：哪个建筑队？

他说：西头的建筑队。

我大吃一惊。

# 己

无论从哪个角度看,马从周都是个正人君子。

他天天把"三民主义"挂在嘴边,常以此来教育年轻的教师和学生:一个没有信仰的人,是没有力量的。其实看看他就知道了,虽然平素不苟言笑,但并不妨碍他眉宇之间透着一股自信,而且越是困难的时候,越自信。即使在那颗炸弹落到学校的时候,他也没有一丝慌乱,而是从容不迫地指挥着老师们疏散学生,救助死伤者。每次开校务会,他都不忘给大家鼓劲儿:日本人的日子不会太久了,相信党国一定会战胜日寇,三民主义万岁!

此外,马从周几乎不近女色。碰到漂亮女人,别的男人总是控制不住多瞅几眼,他却目不斜视,不以为然。直到人家走过去了,他才会睨上一眼,眼角的余光里颇带有几分轻蔑,似乎美人的存在是一种耻辱。他时常语重心长地对男老师们说,不要单独跟其他女人在一起,尤其晚上,绝不能跟其他女人独处一室。很多男人都是毁在女人手里啊。

他从不浪费粮食。有一回在饭馆里看到邻桌一个人不小心把饭粒掉到桌上,他二话不说,过去就把饭粒捏起来,塞进自己嘴里。一边塞，还一边跟人家说：前线在打仗，兄弟们浴血奋战，有些还饿着肚子呢。那人的脸腾地就红了，羞愧得无地自容。

从相貌上看，马从周是典型的国字脸，天庭饱满，眉浓眼亮，在古代应该属于潘安一类的美男子。而且他从来是一袭长衫，走起路来，两手背在后面，头微微扬起，似乎在仰望天空。这样优雅的姿势很是吸引学生，有不少学生都声称崇拜他。而他呢，听闻后，总是微微一笑，仿佛一切都在意料之中。刘明夷曾经问他为什么总喜欢穿长衫？他见四下无人，就笑道：这穿衣服啊，也是一种学问。衣着得当的话，就能成为一个人的标志和符号，容易让人记住呢。你看你，穿衣服太随便了，今天一个风格，明天一个风格，很快就泯然众人矣。说罢，目光习惯性地往前一扫，刹那间，笑傲天地，雄视古今。

马从周最厉害的本领还是演讲。只见他往台上一站，玉树临风、英姿飒爽，立马就来了气场。然后他将双手按在桌上，目光往台下一扫，就如同美国造的冲锋枪一样，让你不中枪也难。几个动作下来，差不多有一半的人会为之折服，再一开口，半个小时不到，便会倾倒众生。你看他引经据典，从西塞罗到克劳塞维茨到恺撒，再到中国的曾国藩和胡林翼，侃侃而谈，滔滔不绝，听众听得是如痴如醉，不禁被他的博学强识而征服。马从周演讲，讲得最多的，就是礼义廉耻。他说，近些年来，中国人为什么老是被列强欺侮，从根子上说，就是因为失去了礼义廉耻。礼义廉耻原是中国人的根本，失去了这四样，就不再有奉献精神，而是人人为己，个个自私，国家就败落了。那么什么是礼义廉耻呢？他解释为最通俗易懂的几句话：严严整整的纪律、慷慷慨慨的牺牲、实实在在的节约、轰轰烈烈的奋斗。多年以后，刘明夷在学习《毛主席语录》时，读到过一句话："治国就是治吏！礼义廉耻，国之四维。四维不张，国将不国。"他当时就愣住了。

马从周讲着讲着，还会带头唱起歌来。什么《好国民》《新生活运动歌》，唱得很投入，配上他的男高音，听众很快就会为之动容，不自觉地跟着一起唱。有一次在合川，他们搞了一场救助孤儿的募捐活动，募捐前，马从周做了演讲，很多人被感动得泪如雨下，当场就摘下戒指和项链。

加入"组织"之后，刘明夷有幸听过他的几次演讲。前几次还听得神魂颠倒、自惭形秽。心说这才是真正有才学的人，连方大和都比不上。他怎么能知道这些东西？他需要花多少时间才懂得这些古今中外、天上地下的事情呢？听得次数多了，他就发现，其实马从周讲来讲去就这些东西，引经据典也逃不出有限的几个人，只是在不同的场合，变换些方式罢了。他演讲的目的并不是让听众能受多少启发，而是吸引住他们，让他们崇拜自己。只要崇拜了自己，就能接受自己的观点。所以他的演讲往往如暴风骤雨，倾盆而下，在听众还没回过神来的时候，就已经被雨水浸透。

这的确也是一种魅力，尤其是对于那些和他接触不多的人。再说演讲者也不需要和听众有太多接触。当然了，刘明夷这样的同志除外。刘明夷后来常常想，自己之所以最终同意加入这个组织，马从周的个人魅力恐怕要占很大一部分。刘明夷对于"正人君子"的免疫力总是很弱的，这一点在他后来的人生道路中一再被证明。对于政治，他原本没有多大兴趣，对于这个党，其实也没有多少了解。除了马从周的个人魅力外，他最终加入的另一个原因便是那枚从天而降的炸弹。

那枚炸弹改变了刘明夷的身份,也让他和方娅之间起了一丝涟漪,方娅被他那次在废墟里的真诚救美感动了,但这感动并没有持续多久,就复归了往日的漠然。刘明夷开始相信一点:男女之间,如果没有了情爱和性爱,想要找到亲密感是很难的。而一旦没有了亲密感,还能够成为夫妻吗?很快,刘明夷就找到了答案。

那天下午,马从周派人来找刘明夷,让他去一下他的办公室。自从加入"组织"后,马从周便以这种方式召见刘明夷,而不再是纡尊降贵,移步到他办公室去。他的理由是:在校长办公室,便于说一些组织内的秘密。

马从周给刘明夷递了根烟。半年前,刘明夷就养成了吸烟的习惯。他发现吸烟有很多好处,可以让寂寞变得有些滋味,可以让注意力更加集中,更重要的是,吸烟还是交际的一种方式。几个不太熟悉的人到一起,递上一根烟,点上,吸上几口,立即由陌生变得熟悉起来。方娅对他这个习惯不置可否,仿佛与自己无关。尽管她会躲开,避免被烟熏着,但她并不会阻止他。大秀倒是劝过他几次。大秀说,爷爷就是抽烟抽死的。爷爷得的是支气管炎,大夫说,抽烟的人容易得这种病。但大秀的劝说显然缺少力量。现在,和马从周他们在一起的时候,烟能让他更容易打开话匣,让他这个平时不喜交际的人,变得容易交流。

马从周说:刘老师,我想和你谈谈你岳父的事……

刘明夷立即变得严肃起来。岳父的事如同一颗定时炸弹,一直藏在他身体的某个地方,随时都会爆炸。现在马从周突然提到这件事,莫非组织现在要追查?

马从周说:刘老师,还是你先谈一谈吧。

我……刘明夷不知道从何说起，他感觉马从周像是在审问他。他不知道马从周对这件事到底了解多少，说多了不好，说少了也不好。马从周显然看出了他的顾虑，他笑了。

刘老师，你不要紧张嘛，随便说说嘛。

那好吧。刘明夷决定豁出去了，他知道这颗定时炸弹是无法自动解除的，与其一直藏在身上，不如现在就让它爆炸了。他把方大和如何成为自己的老师，如何来到涞滩，又如何被抓走的事，一五一十地说了。说完后，他突然感到轻松了很多。没想到说出一件让自己害怕的事竟是这么舒服。

马从周若有所思地点了点头，原来方大和是你举报的。对了，你是说，方娅老师没有参与那件事了？

刘明夷愣了一下，连忙点头，是的，是的，她没有参与。她完全不知道这件事，她成天和我在一起呢。

马从周这才满意地点了点头，刘老师，你不要紧张，我不是来查问这件事的。我请你过来，其实是想告诉你关于方大和的消息。

你说什么？他有消息了？刘明夷瞪大眼睛问。

我前天去市里，听一位老朋友说起了这件事，说他们在涞滩抓到了一个日本人，审问了很久，什么也没审出来，后来就把他送到上面去了。

那后来呢？他怎么样？

马从周摇了摇头，不知道，按说没审问出什么来，关押几天，就会驱逐出去。当时那位老朋友只是想用这件事告诫我，警惕日本人的渗透。刘老师啊，现在抗战形势越来越好了，美国人在太平洋战场上开始反攻，日本人越来越吃力了。但越是这个时候,他们在中国就会越猖獗。他们加强了对中国的渗透,妄图尽快征服中国,好腾出手来对付美国人。所以,我们一定要提高警惕,要警惕身边的每一个人……

马从周后面还讲了一堆话,刘明夷半句都没有听进去。他一直在为方娅担忧。马从周跟他说方大和的事,恐怕是项庄舞剑吧。他到底想传达什么信息?让他离开方娅?眼下,他和方娅的婚姻已名存实亡,但这个时候要他离开方娅,对方娅来说无疑是釜底抽薪。这种事,刘明夷实在干不出来。

那天,刘明夷回到家时,方娅已经先回来了,看着他失魂落魄的样子,方娅的脸上稍感惊讶,但很快这丝惊讶又从脸上隐去了。刘明夷本想把这件事告诉她但又被她的这副表情拒止了,话到嘴边又咽了回去。他不知道接下来会发生什么,但无论如何,他都决定独自面对。

该来的总会来。几天后的一个下午,两个陌生人突然闯入方娅上课的教室,把她叫走了。刘明夷是从学生那儿得知这件事的,他立即想起马从周,马从周应该知道原委。马从周办公室的门是紧闭的,刘明夷先是轻轻敲了几下,里面没有反应;于是又加大力度,还是没有反应。这时,隔壁办公室的门开了,校长助理张主任伸出头来,见是刘明夷,也没打招呼,表情变得有些古怪。刘明夷先开口了,张主任,马校长他……

马校长不在办公室。张主任的语气有些生硬,随后就缩了回去,门"啪"的一声关上了。

刘明夷在办公室里静静地等了两个小时,等着有人来找他。他感觉自己像是伸着脖子等人来砍,可是直到下班,始终没有人来。他又在办公室里坐了会儿,直到天黑才动身回家。他的步履有些沉重,他不知道今天方娅还会不会回来。但是他已经准备好了,即使一夜不睡,也会一直等着她。没想到推开房门,方娅居然坐在饭桌旁,还有大秀。桌上放着饭菜和碗筷,方娅正用手捋头发,大秀则低着头摆弄指甲。看到刘明夷回来,方娅似乎有些不耐烦,你到哪里去了?都等你半天了!刘明夷不知道说什么好,一屁股坐下来……

屋里出奇的安静,只能听到筷子触碰碗的声音,以及扒饭的声音,偶尔有风从窗口吹进来,煤油灯火在风中默默地摇曳,人影也跟着晃动。这顿饭吃得很漫长,尽管平时他们也是这样吃的,但毕竟还有一丝温情。但是今天,空气简直凝固了。三个人似乎都被捆住了手脚,动作又慢又僵硬,就连平时手脚麻利的大秀也变得迟钝了。她似乎也感到了空气中有种异样的东西。刘明夷原本就没有什么胃口,没夹几口菜,就匆匆把饭扒进嘴里,像完成任务一样。

总算把饭吃完了。刘明夷正准备回房,方娅叫住了他,明夷,我有话要跟你说。

她的语气和缓,这让刘明夷稍稍心安了一些。

他们一前一后走进方娅的房间,方娅顺手把门关上了。她关门的动作很轻,但刘明夷还是听到了"咣"的一声,那是门板撞在门框上的声音。这声音如同敲打在他的心上,空旷而又沉闷。他又紧张起来。

明夷,你入党了对吧?

刘明夷点点头。

那你应该知道一些内部消息吧?

你是说什么消息?

你知道的，关于我爸的。

刘明夷摇了摇头。

方娅盯着他的眼睛，像是在审问犯人一样。她再次追问道：真的没有吗？

刘明夷想说有一点，但是这消息并不确切，他也不知道该怎么说，索性就不言语了。

刘明夷——！

方娅忽然提高了嗓门，她的嗓音原本就粗，不像大秀，又细又尖。现在一旦高起来，活像敲击牛皮大鼓一样，似乎要把整个屋子撑破。刘明夷被方娅突如其来的厉声喝问惊住了，惊恐地看着她。

你为什么要把爸爸和我的事告诉他们？你是不是想借着我往上爬？你是不是怕我连累了你……

刘明夷顿时有了做贼心虚的感觉，脸涨得通红，心怦怦直跳。刘明夷从小就有这个毛病。有一次父亲批评弟弟，弟弟还没什么反应，他倒先"哇"的一声哭了起来，弄得父亲以为坏事是他干的。何况这次方娅的指责似乎还有那么几分道理。是呀，自己的确向马从周说过方娅和方大和的事。既然如此，方娅对他的怀疑和愤恨也就是情有可原的了。他还没来得及辩解，心思就不自觉地站到了方娅一边，辩不辩也就变得无所谓了。

方娅见他无动于衷，终于抛出了最致命的一句：

你是不是想和我离婚？

离婚？

刘明夷下意识地重复着方娅的话，又像是在问自己。这么久了，虽然和方娅早已无夫妻之实，但是他从来就没想过离婚。他

无法想象原本是夫妻的两个人,分开会是什么样子。于是他又重复了一次:

离婚?

方娅说:你是不是想好了?如果想好了,我就成全你!

刘明夷摇了摇头。

不。他说。

不。他又说。

最后,他没有再理睬方娅,打开门走了出去。出门的时候,他看到大秀正坐在堂屋里盯着他。她应该是听到了他们的对话,房子的隔音效果并不好,况且他们的声音足够屋外的人听到了。大秀的目光一直没有从刘明夷身上离开,直到他消失在夜幕中。

又一场冷战开始了。

在家庭战争方面,刘明夷显然不是方娅的对手。方娅总能变换各种花样来对付刘明夷。她并不和他吵架,有时甚至还会温柔地和他说说话。她一温柔,他立即就会回应,打算与她和解。可就在他摆出投降的姿态时,她却又突然变得强硬起来。声音粗里粗气,还不时地夹枪带棒、冷嘲热讽。而刘明夷又找不出她话里的破绽进行有效反击。等到刘明夷终于调整好情绪,准备和她正面交锋时,她又立即换了一副面孔,变得柔情蜜意,甚至还会撒撒娇、发发嗲。结果刘明夷又傻了眼。

看到刘明夷的落魄样,大秀是干着急使不上劲儿。方娅不在的时候,她也会埋怨明夷哥哥几句,无非是说他心太软,受不了人家几句好话之类。其实刘明夷心里也知道他为什么会被方娅玩弄于股掌之间。他爱方娅胜过方娅爱他。仅这一点,就将他放在了不利的位置,也决定了这场冷战的结局。

然而，令人欣慰的是，比起他们的小战争，外面的那场大战已经决出了胜负。

一天下午，刘明夷正在家看书，大秀突然一惊一乍地跑了进来。

明夷哥哥，赶快出去看看吧。外面好多人，还有人舞狮子、放鞭炮呢！

刘明夷跟着她出了门，果然，街上敲锣打鼓，热闹非凡，每个人的脸上都是掩饰不住的兴奋和喜悦。他拦住一个路人问，发生什么事了？那人吃惊地看了他一眼，像是看天外来客，小日本投降啦，你还不知道？

刘明夷"哦"了一声，就转身进了屋。日本人就这样投降了？他既由衷地喜悦，又莫名地惆怅。他在自己的小世界里耗费了太多的精力，完全不知道外面发生了什么。日本人的投降意味着什么？意味着自己可以离开涞滩回家了吗？意味可以得知父母的消息了吗？或者意味着自己可以继续研究钟爱的建筑了吗？……不管怎样，他要先等等方娅再说，或许他们之间会因此而出现转机？他不能确定。

黄昏时分，方娅才回来。她是捂着脸回来的，脸上都是泪痕。她是喜极而泣，还是伤心落泪？他不敢问她。但她却要问她了。

明夷，仗打完了！仗打完了！

她冷不丁抓住刘明夷的衣领，我是不是可以回日本了？我是不是可以见到爸爸了？

她的声音颤抖，恨不得马上、立刻就要眼前的这个男人做出答复。

方娅的这个举动，彻底浇灭了刘明夷残存的那点希望。看来，这场战争不是他们感情走到如此地步的关键，而恰恰是这场战争，才让他们的婚姻能够维系到现在。

他痛苦地摇摇头。

你说是不是啊？你摇头是什么意思啊？我说得不对吗？方娅依旧不依不饶。

我也不知道，我不知道！

刘明夷丢下这句话，便转身出去了，留下方娅一个人在空荡荡的屋子里。

接下来的日子是在等待中度过的。方娅在等待政府的消息，她已经递交了申请，申请回国。刘明夷也在等待，他给父母写了信，寄送地址仍是他几年前断了音讯的那个家，他期盼尽快收到双亲的回信。因为战争，他和父母天各一方，甚至他们是死是活，都无从得知。

这之前，刘明夷和方娅已经谈过未来，他们俩各自的未来。

方娅说，我要回国，我要看到爸爸。刘明夷说，我要回家，我想念父母和弟弟。方娅的目光突然热切起来，你就不能跟我一起回日本吗？刘明夷说，中国人的传统是"嫁鸡随鸡嫁狗随狗"，你应该跟我回老家啊。方娅说，我不是中国人……

两个人相持不下。最后方娅说，那好，我们把结果交给命运吧。要是你收到了回信，我没有被批准回国，那我就跟你走。反之也一样。要是我们都如愿了，那我们就各走各的。怎么样？

刘明夷苦笑。

等了一个多月后，刘明夷终于耐不住性子了。他决定去找组织。在他心里，组织就是马从周。

马从周这段时间特别忙,一见到刘明夷,他两眼发亮,如获至宝一般,明夷啊,正打算找你呢,没想到你自己送上门来啦,哈哈。

看来,他的心情不错。

明夷啊,我太忙了,实在是太忙了。你要给我分忧啊。我得腾出手脚来忙别的事。

马校长忙什么呢?

小日本投降了嘛,我们要处理很多事啊,比如接受投降、健全机构、重振经济,还有……马从周顿了顿,压低声音说,我们这儿虽然是小地方,不需要过多关注这些事情,但是我们还有更重要的事情,那就是对付共产党。共产党可是无孔不入啊……对了,明夷,你来找我,是有事的吧。

刘明夷有些迟疑,要不要跟马从周说呢?人家在忙国家大事,而自己呢?自己在这样一个阳光暴烈的下午,穿过桔林,走过三角梅和夜来香点缀的小路,来为个人的一点私事麻烦人家,确是不应该。

幸好,马从周善解人意。

有话就直说吧,同志之间,不要客气嘛。

马校长,我想问问,方娅的事……

你是说,她想回国的事?

刘明夷点点头。

明夷,这事现在不好办啊。最近的情况你是知道的,我们天天忙得后脚跟不上前脚的。虽说对日作战已经结束,但是国内并不太平,共党还在作乱。再说了,日本刚刚投降,还没工夫讨论这事。

他瞄了一眼刘明夷，话头一转，又说：

明夷啊，她干吗要这时候回去呢？你想想，她要是一回去，你们不就劳燕分飞了吗？再要相见，可不那么容易了。对了，你们是不是感情出了什么问题？

刘明夷急忙摇头，生怕被他看出自己的心事。

回去的路上，刘明夷心里五味杂陈。方娅暂时回不去，说明他们的缘分还在。但是方娅又那么想回去，该怎样跟她说呢？

方娅的所有心思都在回国上。来的时候，她兴致勃勃，向往着一个未知的世界，现在，这个世界已经让她失去了兴趣，她在憧憬着另一种生活。人在战争中是渺小的，软弱无力的，如同断线的风筝，任凭风吹雨打。但是现在，战争结束了，人也自由了，又是天地之精华万物之灵长了。也是该结束和刘明夷之间的战争了。两个人的战争，不是东风压倒西风，就是西风压倒东风。可是刘明夷，根本就不是风，他是雾，太绵软、太缥缈，让她都找不到用力的点。在她的面前，他几乎永远是忍让、退缩，她憋着太多的东西，却无处发泄。那么，唯一的办法就是离开他。或者说，逃走。她一直不明白，战争中有那么多恩爱夫妻分道扬镳，那么多美满家庭风流云散，而他们，恩爱早没了，怎么还在一起。现在，最好的机会来了。所以，当她看到刘明夷的身影出现时，神情是热烈的、奔放的，那种感觉，倒有点儿像热恋的时候了。没想到，盼望离开一个人，和盼望见到一个人的感觉是如此的相似。

刘明夷说，方娅，我们出去走走吧。

方娅乖顺地点点头。

二人并排往江边走。此时，刘明夷心里有些莫名的紧张，就像第一次和方娅并排走路似的。一路无言，他们都在各自酝酿着。方娅在酝酿着她的离愁别绪，而刘明夷，则在踌躇该如何告诉她那个消息。

夕阳铺路，晚风拂面，秋天的涞滩看不到落叶散尽的凄凉，也看不到"吴钩看了，栏杆拍遍"的诗意，倒是满地的黄花，以及扛着锄头、拖着渔网的人，慢腾腾地路过。风不大，桔树的枝头微微颤动，远处的江面上粼粼微波轻荡。刘明夷想了一路的话，遭逢此景此情，竟悄无声息地退却了。必须退回去，他又怎么忍心让曾经深爱、现在依旧深爱着的方娅伤心呢?!

他开不了口。

方娅，我们在一起多久了？

唔，好像很久了。

你真的不想再和我在一起了吗？

没有，我只是，太想家了……

这样的开头意味着接下来的谈话不太可能顺利。一个小心试探着，一个极力回避着，都不愿打开自己的心扉。两人的世界封闭得太久了，重新开启谈何容易。但刘明夷明白，无论他多么不情愿，多么不忍心，他都必须说，必须告诉方娅实情。无论前面是暴风骤雨，还是电闪雷鸣。

方娅，你交上去的申请，没有通过……

他说得很吃力，仿佛背负着无尽的沉重。

马校长今天告诉我的，说现在，还不是时候。政府都在忙，忙别的事。不过，我想，过段时间可能就可以了。

绕了一大圈，他还是在安慰她。

好吧，我知道了。方娅咕哝了一句，像是在自言自语。

谈话就这样结束了。此时，夕阳还未落下。

半个月后，刘明夷收到了家乡的来信。

明夷吾儿：

  分别已有数年，国破家亡，战事频仍，烽烟四起，家书万金。乃幸日寇投降，元凶授首，此时见儿手书，欣喜之至。我父子不见有年，我儿弱冠离家，喜闻现已成家立业，为父心中甚慰。

  我儿信中所言，思念父母兄弟，拳拳之心，父母尽知。父母何尝一日不思念我儿？恨不能肋生双翅耳。然现今仍不太平，祸首日寇虽降，内战烽火未熄。国共两党，犹在争夺。天下大势，犹未定也。是故硝烟仍在，路途不平，我儿不必急回乡梓。待天下安定，再见有期。昔人言"父母在不远游"，而今男儿志在四方，且父母身体康健，我儿不必挂念。唯盼早日得抱孙儿，绕膝天伦，此生足矣。

  书不尽言，言不尽意。

父手书

看罢书信，刘明夷喜忧参半。喜者，有了双亲消息，战火之中父母家人均平安康健；忧者，父母虽然来了信，但信中却劝自己暂时不要回去。方娅所说的三种前途，竟一种都未实现。

刘明夷把书信交给方娅，方娅看信后笑了起来。她笑得很开心，好久没有像现在这样大声笑了，仿佛了却了一桩心事。刘明夷则满脸困惑，她究竟笑什么呢？对于女人，他从来就没有懂过，何况是一个正在变化中的女人。他也跟着傻笑。

那天晚上格外沉寂。半夜时分，刘明夷突然醒了，他鬼使神差地披衣下床，推开屋门。银色的月光照过来，带着丝丝寒意，他下意识地裹紧衣衫。到涞滩这么久，还没有欣赏过夜半的涞滩呢，看这月光，多么皎洁而明亮啊。这个念头让他不能自已，径自向院门口走去。他试图去拉院门的门闩，门闩竟然没插。晚上睡觉前明明是插了门闩的，怎么会……他连忙拉开门。

门外，方娅正背对着她，仰头望着远处的天空，月光洒在她身上，宛如裹了件白色的羽衣。刹那间，仿佛天地凝固、时间停止了，微风也消失得无影无踪。刘明夷的鼻子一阵发酸，泪水夺眶而出。他脱下外衣，给她披上，默默地陪伴着她。

第二天晚上，刘明夷不敢睡死了。半夜时分，他条件反射般醒来，向大门走去。门闩依然如昨，已被拉开了。大门外，方娅兀自立在原处，遥望着东方。那里，几个小时后，太阳将会升起，新的一天将会到来。

她这样已经多久了，刘明夷一无所知。他恨自己粗心大意，竟然没有发觉方娅的异常。他走向她，从嘴里艰难地吐出三个字：对不起。

# 午

说我老麻心狠，其实他比我更心狠。说他是善人，那是你太不了解他。

有很多事情，你是不知道，说出来都是泪啊。那个时候，我老麻干得也不差，在工地干，活儿不愁，手下还有一帮兄弟，不说活得有多滋润，起码也是吃香的喝辣的，比上不足比下有余。可偏偏那个时候他来找我，说他要竞争一个大项目，要我和他一起干。我非常吃惊。你想一想啊，一个外地的打工仔，也就在工地上搬搬砖头递递瓦刀啥的，还是我手下的……要是往常，我听都懒得听他说完，简直是异想天开嘛。可是，那一天，天知道是怎么回事，我还是听他说完了。

那天下大雨，大家都歇工了，别人回家的回家，出去玩的出去玩，我一个人待在屋子里，补觉。干我们这一行的，就缺两样，一是睡觉，二是娱乐。刚刚睡醒，打算起来的时候，他过来敲门。和往常不一样，他那天穿得很齐整，手上还拿着个公文包。见到我他就喊大哥，说来和我摆摆龙门阵，然后就和我闲聊起来。说着说着，就说到孩子身上了。说现在孩子读书什么的，太花钱了，就我们这个样子，孩子是上不了好学校的。我说那还能怎么办，我们干这个的，就这个命，没文化，只能卖力气，能赚多少钱啊。他就笑了，说其实现在很多大老板也是没多少文化的。他就讲人家的故事。兜了半天圈子，最后他才说到正题，说眼下就有个机会，问我愿不愿意一起干。

说句心里话，我老麻也算是见多识广了。可我还是第一次遇到口才那么好的人。他几乎是不动声色地就把你带到了他想要去的地方，你根本就没机会拒绝。以前很少听他说话啊，怎么这么能说呢。平常大伙在一块休息的时候，别人就知道挤在一起叽叽喳喳谈女人，要不就是打牌。他呢，一个人待着，有时手里拿本书，有时拿个小本子，不知往上面写什么。有一回小李要抢他的本子看，他就是不依，两个人还差点打起来。所有人都以为他是个外地人，话不多，就知道埋头干活，挣点钱回家娶媳妇。谁知道他有那么大的志向呢？谁知道他还有那么好的口才呢？他不慌不忙，一样一样地说，摆他的计划，讲他的道理，后来，我居然被他说通了，不由自主地答应和他一起干了。而且，他摆明了跟我说，这头一票，不赚钱，是赚吆喝的。

当时我心里就犯嘀咕，没见过接工程白干的。付完了手下人工资，自己一个子儿不剩还不算，还要搭进去一些，傻子才这么干。可我被他的计划打动了，心想再怎么着也就这一票，就试一回吧，又不少我一分钱。就这样跟着他干了。跟了他之后才知道，他确实是个人才：精明、果断、冷酷、无情，尤其是眼睛毒。他头一票没赚钱，但却是他赚得最大的一笔，是啥呢，就是吆喝，大吆喝！干了这一票，他的名头一下子就打响了，后来的工程也就不愁了。而且最关键的是，他和政府关系搞好了。这年头，工程最多的是哪里？房地产开发商？错！是政府！你看看那些大工程，大桥、摩天大厦，哪个不是政府的。而且政府比较好讨价还价，只要搞定了负责人，什么都好办了。他不知道从哪里学来的这些。你看看涞滩，这些年政府新盖的房子，哪个不是经他手的，就连合川都有不少。他的关系可不止在涞滩呢。

有一回，合川一个领导到涞滩来，点名要去见他。结果你猜在哪里找到他了？在工地上。他和一大群工人在一起，头上戴着安全帽，一身灰不溜秋的衣服，脏兮兮的。领导到了工地上，找了半天，硬是没找到他，后来还是本地一个陪同的干部眼尖，发现他正蹲在一块石梁下吸烟呢。领导走过来说，你这个老总怎么当成这样了？他回答说，我是为领导打工的，打工的就该有个打工的样子嘛。你看看，这就是他，身段放得低，不光领导喜欢他，工人也喜欢他。

就这样，没过几年，他就发达了。别人都说他这个人像是突然从天上掉下来的一样，没背景没基础，单枪匹马杀到涞滩，一下子就杀出片天地来。那是他们不了解。别看涞滩这地方小，水深着呢。但是，他像有神灵保佑一样，每次都有人帮他逢凶化吉。我也帮过他。

有一回，镇上要建一个幼儿园，在一片废墟上建幼儿园，工程量也不算小。当时有几家竞标，最有可能中标的就是他和合川来的一个老板。两轮下来，合川的老板落了下风，眼看就要失败了，合川的老板不干了，他找了几个人，要收拾他。桔子先知道了这个消息，就来找我，让我想办法。桔子说他这个人要面子，你只能偷偷搞定这个事。桔子算是找对人了。我在涞滩混这么久，方方面面还是熟悉的。后来我就把这事给搞定了。不是我邀功，这事要不是我出面，他断条腿都是有可能的。强龙不压地头蛇，这个道理谁都知道。合川那老板再厉害也是外地人，他也得掂量掂量轻重。

我帮他不止这一次,从开始起家,到打理这些乱七八糟的事,没有功劳也有苦劳啊。照理说,也算是有恩的吧。可是,他就是对我们这帮老兄弟无情无义。

　　开始一起干的时候倒还好,有事我们都是商量着来,他也听得进我的话。我基本上吧,就相当于他的副手。可后来呢,公司越干越大,他就变了。他不知道从哪里弄了几个大学生,说是来做管理的。从那以后,他就听那些大学生的了。尤其是一个女的,叫吴青,大学里是学工程管理的,三十出头,听说还是从别的公司挖来的。那个吴青,戴副眼镜,小眯眯眼,长得一般,说话细声细气的,可不知怎么回事,就是把他给迷住了。有几个兄弟常常嘀咕这个吴青是不是和他有一腿,还在为桔子打抱不平呢。

　　说到桔子,我要多说几句。桔子多好啊,人又漂亮,又能干,对人又好,公司里没有不喜欢她的,可就是这么好个姑娘,你把人家吊着,就是不和人结婚,把人家的青春都耽误了,这算怎么回事啊?大家暗地里都替桔子叫屈呢。他以前对桔子还算不错,可是自打有了那个吴青之后,桔子就被冷落了。我们也被冷落了。我的话也听不进去了,就听那个吴青的,还说人家是什么女诸葛。平时我也就忍忍算了,可是那一回实在没办法了。

　　当时合川有一个工程,表面上投资规模挺大,可简单一算,利润空间并不大,而且还有许多麻烦得应对。当时我就主张不接这个工程。我的理由很简单:一来利润不高,二来工程款不好要,我们要先垫付好多钱,万一后面的跟不上,我们的资金链就断了。最关键的是那个地方比较乱,工地四周都是些乱七八糟的人,三天两头在那一带闹事,出了事还得花钱才能摆平。我这人做事一向求稳妥,可是吴青坚决主张接这个工程。她说这个工程是有些风险,可是值得冒，主要是影响力大，一旦做出来了，我们公司的声誉就会大大提高。这个吴青啊，你看看她说话的样子，一手拿着支笔，一手托着眼镜，眯着个小眼睛，说起话来慢条斯理的，可是话里都是刀刃。而且她知道老板喜欢什么。我们老板就好这一口，要形象，好大喜功。果然，他很快就被她说动了，打算接这个工程。我就不干了，风险太大了。可是，他又听不进我的意见，怎么办呢？后来我想了想，就找来手下那帮兄弟，要他们支持我。那些兄弟被我一鼓动，就一起去找他，说这个工程他们不敢干，那个地方地痞流氓太多，他们怕被人欺负。他一听就火了，你们听谁说的啊。这个时候我就站出来了，我说是我说的。要是你接这个工程，兄弟们就不干了。他说，你们这是要造反啊。行，你们不干就算了，我另外组建一个工程队来。然后还对我说，老麻你不是怕风险吗？好，你可以退出，把你的股份退给你，风险我一个人担着！

你不知道听了这些话，我有多难过。寒心啊！我跟着他这么多年，辛辛苦苦地打拼，却是落了这么一个下场。从那一次，我就知道了，他这个人其实是很无情的。他不讲任何情面。

虽然他后来又找我谈，好说歹说让我依了他，但是慢慢地，我发现，他似乎更不信任我了。他不停地招人，又拉起了另外一支建筑队。当然了，他的理由很充分：业务越做越大了，需要人手。而他呢，也越来越霸道了。原先我以为，他总还有几个相信的人，后来我才发现，其实他谁也不信。

我先前以为，他就相信那个吴青，但后来我发现我错了。有一次他来找我，要我私下里调查一笔工程款的事。在公司，工程预算都是吴青做的。以前他都是全盘委托给她的，但是这次，他明显是连她也不相信了。当时我心里还暗暗高兴，心想吴青你也有今日啊。

我就开始调查。我调查得很细致，跑材料市场，找各种票据，可是调查来调查去，发现吴青没问题。这个女人平时我虽然不喜欢，但没想到她还是个正直的人。吴青到底还是知道了这件事，很伤心，就要辞职。这个时候他又后悔了，自己去找吴青谈，又是安抚她，又是给她加工资，可是人家说什么也不干了。人家哪像我啊，知识分子，受不得委屈，一气之下就走了。自那以后，公司里就没有什么他可以相信的人了。

他变得越来越疑神疑鬼，三天两头叫各个部门的头儿谈事，几个工程队也不停地换队长，他说这叫轮换制，其实是生怕手下的人他管不住。他还时常找账目来看，看得很细，一些鸡毛蒜皮的小事，也要盘问个半天。活该他做个孤家寡人。

一个人，身边没有一个可以相信的人，一定是有问题的对吧。

就连桔子都不例外。你说桔子对他好啊，可他也不相信桔子。以前桔子到公司来都是很自由的，可以直接进出他的办公室。她有他办公室的钥匙。他不在的时候，她就自己坐在办公室里喝喝茶，顺便帮他拾掇一下。可是后来有一天，他突然要人把办公室的锁芯给换了，说锁有问题。那之后，桔子就进不了他办公室了。有一次桔子找他想配把钥匙，他就找借口给搪塞过去了。桔子多聪明的人啊，表面上虽然没说什么，但来公司的次数就少很多了。

他有时睡在办公室，可大部分时间，还是住在下涞滩租的那所房子里。说来也奇怪，他那么大的老板，有人说他是涞滩首富，要我说都太委屈他了，他在合川恐怕也是排得上号的了。但是，他天天给人建房子，自己却没有一套房子。有人说他在合川有房子，甚至在重庆也有房子，可是我从来没见过，也没听他说起过，所以我猜那都是瞎诌，没影儿的事，你说是吧。有一天晚上，我去下涞滩的房子里找他,刚走到门口,就见他一个人坐在黄桷树下,望着远处的江水发呆。后来我听住在旁边的渔民说,他经常半夜一个人坐在树底下,什么也不干,就那样干坐着。怎么说他好呢?你说他留着那么多钱干吗?买个别墅,坐在私家花园的摇椅上,不比坐在那里喂蚊子舒服得多?

可有时候,我又觉得他很可怜。别的人,赚了钱买大房子,娶漂亮老婆,吃好吃的,这叫享受人生。可他,有什么呢?吃饭很随便,大部分时间都是叫个盒饭,扒拉几口就算了。这么大年纪的人了,也不结婚,连个女人都没有。再说平时,他好像也没什么爱好,也就看看书。真不知道他赚那么多钱干吗?像个守财奴一样。是的,这些年他是做了一些好事,涞滩很多人都受过他的恩惠,要不大家怎么都叫他善人呢。可我总觉得他有些虚伪。真是善人的话,对我们这些兄弟怎么不好一点呢?他赚了钱可以去帮别人,给学校盖楼,可怎么就对这些兄弟们这么抠呢?平时给兄弟们算工资、奖金,从来都是一五一十,算得清清楚楚,多一个子儿都不行。所以,我觉得他做的那些好事,都是在收买人心。为什么要这么做?他一个外地人,想要在这里立足,不收买人心行吗?有钱人不都是这样吗?有了钱之后就要名声了。他来的时候是个穷光蛋,现在那么多钱是哪里来的?还不是涞滩的钱,合川的钱。再说了,他不是还要赚更多的钱嘛。

说他虚伪,我是有证据的。那件事,我本来不想说。

他这么多年来一直都是单身,不肯结婚,平时也好像没和什么女人有瓜葛。除了一次所谓的"结婚"之外。后来我们都知道,他那是假结婚,专门哄桔子的。很多人猜他是不是同性恋,要不就是那方面有问题。否则一个年纪轻轻的人,怎么会不想女人呢?可我知道，他没问题。

有一回我们一起去成都，晚上住在一个房间。半夜的时候我睡得正熟，突然有电话打进来，把我给吵醒了。我正准备去接电话，他却先接了，说了几句就挂了电话，然后起身穿衣服。我知道是什么人打来的，因为打的是宾馆的电话。你想一想啊，都那个点了，打宾馆的电话进来，还会是什么人？小姐呗！我以前住宾馆的时候也遇到过。于是我就装作睡着了，看看他到底要干什么。等他出门后，过了大约一刻钟，我也悄悄下了楼，我知道一层有个做桑拿的，说是做桑拿，其实里面都是做小姐的。我到前台就说，有一个朋友约我一起来的。我把他的样子描述了一番，问有没有这样一个人。前台小姐马上说有，进去有一会儿了。我赶紧找了个借口溜了。到了很晚，他才回来。回来后我问他去哪里了，他说没事，睡不着出去走走。

我简直是哭笑不得。有时候真搞不懂，他既然是个正常的男人，为什么不结婚呢？我知道男人有时候喜欢在外面吃点野食，这很正常，生意场上更正常，可这并不妨碍他结婚呀。

那次出差回来后，我见了桔子都有些不好意思了。人家对他那么痴情，可他呢，跟没事人一样。你说他不爱桔子吧，也不是，还一个劲儿跟桔子说这说那，有一回还当着我们的面，拿出一条围巾，说是送给桔子的。桔子当场就围在脖子上，幸福得不得了。桔子啊桔子，你真的了解他吗？

有一天中午我有应酬，喝多了点酒，到公司里的时候，桔子也在。人一喝了酒吧，就犯傻。我问桔子，你了解老板吗？桔子说，就看怎么说了，怎样才算了解呢？我说，了解就是知道他是怎样的一个人。桔子说，这个我应该还是知道的吧。我说，那你说，他是什么样的人。桔子笑着说,一个好人呗,不都叫他善人吗?我摇了摇头说,假的,都是装的。桔子就问为什么。我一激动,就把那天的事说了。我以为桔子听了肯定会很伤心很生气,甚至要和他断绝关系。谁知桔子听了之后,只是轻描淡写地说了一句:也真难为他了。

你看看,这俩人,都是什么人啊。

可是没过多久就传来消息,桔子要结婚了。我吓了一跳,她这玩的是哪一出啊?

桔子结婚那天来了很多人,在涞滩最大的酒店办的,非常热闹。那天涞滩有点头脸的人物都去了。我知道,一部分人是冲着刘子钟去的,刘子钟是她表哥,又是书记的红人,借机会巴结他的人多了去了。另一部分是想看热闹的。这些年来,在涞滩,桔子和郭晖的故事家喻户晓。大家都知道涞滩有一对痴情男女,都喜欢着对方,可就是不结婚。大家心里悬着这个谜团,都想解开。猜谜的很多,可是没有一个是有把握的。现在可好,桔子要结婚了,大家就想知道到底是怎么回事?什么样的人才能娶得上桔子?

那天主持婚礼的是刘子钟。新郎是镇上一个开古董店的,姓童。这位童老板四十来岁,离过婚,带着一个儿子。人嘛,长得很普通,生意也做得一般。不过听人说其实他很有钱,他赚的钱这辈子都花不完。他开古董店不是为了赚钱,而是好玩。就这么个人,平时不显山不露水的,不知怎么就把桔子给搞定了。

那天郭晖也去了,还有我和几个工友,我们是一起去的。他包了个很大的红包,我估摸了一下,得有一万。去的时候,他情绪似乎很好,一路上跟我们有说有笑。婚礼上,桔子一直揽着新郎的胳膊,两个人看起来很恩爱的样子。

喝酒的时候我就觉得有些不对劲了。郭晖打开席就一直在喝，有人敬的时候来者不拒，没人敬的时候是自己喝。等到桔子来敬酒的时候，他已经有些醉了。桔子敬酒的时候换了便装，一件桔黄色的连衣裙，看起来有些旧了，也不知道为什么她要换这么旧的衣服。郭晖看到桔子过来，眼睛就直了，口齿也不怎么清楚了。他说，桔子就跟我妹妹一样，妹妹结婚，我高兴，我要换大杯喝！他换了个大杯，和桔子连干了三杯。桔子的酒量我是知道的，郭晖哪里喝得过她呀。三杯下肚，他就不行了，往厕所里跑。我赶紧扶着他。一到厕所里他就吐了。吐完之后回到酒桌上，他还要喝，我把他拦住了。今天是人家大喜的日子，我可不想出什么乱子。郭晖就不高兴了，放下酒杯就往外走。我过来扶他，他一把推开我。我不放心，就一直跟着他。他出了酒店，一个人摇摇晃晃地往江边的方向去了。我不免担心起来，生怕他做什么傻事。还好，他不是去江边，而是拐到了二佛寺。他一个人坐在佛跟前，唠唠叨叨了半天，我站得远，一句也没听见。我看他没事，就回去了。

后来，我听人说那天桔子也喝多了。婚礼上，本来是大喜的日子，她却哭了起来，哭得伤心欲绝。人家来劝她，她就骂人，一边哭一边骂，从身边的人骂起，全世界都被她骂遍了，拦都拦不住。

后来我就很久没有看到桔子了。有几次去理发店理发，也没看到她。一问人才知道，那个理发店她已经盘给了别人。桔子去哪儿了呢？有人说，跟她老公回老家了。我就到古董店去找，果然，门是关着的。问旁边的邻居，说门关了有半年了。

再见桔子，已经是一年以后的。她独自回来的。头发也剪短了，原先一头长发很漂亮，像画里一样，都剪掉了。短发耷拉在耳朵边上，走起路来一扇一扇的，像两只大象的耳朵。不光是这，桔子的模样也大变了。以前的桔子，尽管也有三十多了，可一点也不显年纪，跟二十几岁的大姑娘一样，皮肤又白又光滑，很多小姑娘都羡慕她呢。可这一回见她，已经完全是个已婚妇女的样子了。

桔子回来后就把二佛寺旁边的回龙酒店盘下来了，重新装修，改造成了客栈，就叫回龙客栈。有人说，是她老公帮她盘下来的，也有人说，是郭晖帮她盘下来的，总之后来她的身份就变成了回龙客栈的老板娘。她再也不来公司了，我们再也没有看到她和郭晖在一起了。两个人就像是两块磁铁，以前是相互吸引，现在是相互排斥了。

那她老公呢？很多人都在关心这个问题。有人问她时，她就笑一笑，什么也不说。开始的时候，大家也就随便那么一问，表示关心而已。还以为她老公有事不过来了，她自己想家了，所以回娘家过一阵。可是一个月过去，两个月过去，半年过去了，还是没见那个古董店老板，大家就开始疑惑了。看看，这就是中国人，总喜欢替别人操心。自己的心都操不完呢，还老惦记着别人的事，而且事情不弄清楚，就像鲠在喉咙里不舒服。终于有一天，有人憋不住，就问桔子，她笑了笑，轻描淡写地说了一句：没什么。离了。

所有人都傻了眼。这个桔子，还真沉得住气。

算了，不说桔子的事了，说起来就让人伤心。你关心的是那条狗，是吧？好吧，我告诉你，那条狗不是我弄死的，是我手下的工人弄死的。我可以对天发誓不是我干的，也不是我要人干的。我手下的工人为什么要干这件事？其实这个郭晖应该知道，桔子也应该知道，大家都心知肚明。说实话，弄死一条狗是轻得了，只能算是警告。要说这件事，还是要从我单干说起。

对了，忘了告诉你，去年年初我就离开郭晖单干了。我手下原来的那帮兄弟也跟我走了。走的时候,我跟他说,你这样的人,注定了是孤家寡人,你不会有一个朋友的。他说,这个我知道。

一句话把我噎得没话说了。

他又接着说,老麻啊,看来你是了解我的,我也了解你。冲你这句话,我还是要谢谢你,你跟我说真话了。现在说真话的太少了,不容易啊。就冲你这句话,我多给你一笔钱,算是感谢。

我还有什么好说的呢,我拿着钱就走人了。以前的兄弟都跟我走了,另外还有一些人,也愿意跟着我,我都把他们带上了。郭晖也没有挽留。他连挽留的意思都没有,就说了句大家好聚好散吧。你说这个人,简直就是冷血动物。

离开他之后,我们过得很艰难。这涞滩现在都成了他郭晖的天下了,所有建筑上的活儿,除非他不要了,才有别人的份。我们完全是在吃他嘴边掉下来的饭。想一想,那么多的兄弟,难啊。去年六月份,总算有了一次机会。

当时镇上突然出了个公告,说是要改造旧建筑,建设一个全新的涞滩镇,对外招商引资。同时就改造旧建筑一事对外公开招标。我当时心里就想,这么大的活儿,肯定又是郭晖的了,别人哪有这个能耐啊。这个事据说是副镇长刘子钟负责的,以郭晖和刘子钟的关系,谁能竞争得过他啊。可返回头又想,这么大的工程,他一个人总吃不下吧,总要分点儿给别人吧。这样一想,我就心一横:报了再说。

可是,谁也没想到的是,公布竞标单位的时候,里面居然没有郭晖。所有人都大跌眼镜。这么大的一块肥肉,他居然无动于衷。我当时就想,他不参加了,涞滩镇估计就没什么人和我竞争了。可依我眼下的力量,做这么大的工程肯定还是不够的,所以我就赶紧招兵买马，增加人手。我许下高薪，从别的公司挖人，东凑西凑的，总算把力量壮大了。为了进人，我可是花了血本啊。

然后我就开始着手准备竞标方案，等着镇上通知参加竞标。可是这一等就是两个多月，左等等不来，右等也等不来，我就有些沉不住气了。这些日子，为了这块大块肉，我把很多活儿都停掉了，好集中精力打歼灭仗。可是那么多的人，要吃饭，要发工资啊，我的老底都快掏光了，怎么还没信儿？我就在想，是不是郭晖和他们在暗箱操作，明着说招标，实际上已经悄悄把事儿定下了。这些年来，这种事我见多了。很多所谓的竞标都是假的，做样子给人看的。所以我们有句最经典的话：中国的事，都是酒桌上搞定的，桌子底下操作的。莫非这一次也一样？

手下的兄弟们也着急了，大家就在一起想主意，左想右想，后来还是决定：直接去找刘子钟问问。不管结果怎么样，我们总得早一点知道吧。

如今，刘子钟的办公室是越来越气派了。早先是四个人一间，后来变成两个，现在呢，他一个人一大间。办公室越来越大，办公桌也越来越大，关键是，每见他一次，他都比以前更精神一次。这些年，愣没见他老。难怪人们说，幸福的男人不会老。不像郭晖，比他小不少，看起来比他还老，才三十几岁，就跟个小老头似的。每次我见到刘子钟，他都是笑眯眯的，不像别的领导，成天黑着个脸，就像谁都欠他钱似的。即便是办不成事，他也是轻言细语的。所以每次见刘子钟，我都心情很好。

刘子钟坐在宽大的办公桌后面，一大摞书遮住了他的半边脸。只有半边脸的刘子钟显得很庄重，我估摸着平常他的笑容都在另外半边脸上。听到我在门口的打招呼声，刘子钟另外的半边脸也露了出来，可反常的是，他另外的半边脸同样没有笑容。一脸严肃的刘子钟面色黑了很多，仿佛受了很大的委屈。

坐。

就说了一个字，他那半边脸也缩回去了，手还在纸上哗哗地写着什么，下手很重，好像跟桌子较劲似的。我心想，他是不是昨天晚上跟老婆吵架了，那我今天得小心点了。终于，他写完了，手在桌上使劲地一挥，完成了最后一击。他起身在会客的沙发上坐下。这是他的习惯，从不在办公桌后面接待人，这样太有距离感了。

你是为工程的事来的吧？

我小心翼翼地点着头，不敢点得太狠，怕把他隐藏的怒气激发出来。

先不要做这个指望啦！有别的活儿先忙别的去吧。

我心里咯噔一下，为什么啊？是不是已经定了人了？

定个屁啊！他说了句粗话，这是很少见的。

还有不同意见呢，不同意对老建筑进行改造，说要保护国粹。一堆破烂玩意儿，有什么可保护的啊。涞滩要发展，守着一堆破石头烂木头能发展啊？！

他脸涨得通红，好像憋了很久了，现在都释放了出来。他原本是个口才很好的人，可是今天他的情绪影响了正常发挥。费了老大劲，我才听明白，领导层还有不同意见，还要再讨论讨论。

不是都发公告了吗？领导们意见不统一怎么能发公告啊？我还是没搞懂。

本来是统一了啊，可是有人提意见啦。刘子钟发泄了半天，有些气短了，声音也低了下来。

我赶紧抓紧时间讨好他，政府定下来的事情，哪个王八蛋敢提意见啊?

他"啪"地拍了一下桌子,你才是王八蛋,你骂谁啊!

坏了,拍马屁拍到马腿上了。原来,提意见的不是别人,正是他父亲——刘明夷。这下坏了。这个老爷子是涞滩有名的老古董,据说是涞滩最有学问的人,满脑子都是文化。据说他讲起古来,能够三天三夜不歇。现在的镇领导,书记跟他念过书,镇长也是他的学校出来的,虽然不是他班上的,也对他敬重三分。以前镇上碰到什么难事,有个什么矛盾纠纷的,都要请他出来调解的。他往往三言两语就把事情搞定了,双方还都很满意。

我说:坏了,看来这事搞不成了。

刘子钟摇了摇头,老爷子我倒不怕,问题是,郭晖也反对。

我腾地站了起来,他反对?他为什么反对啊?他凭什么反对啊?

刘子钟叹了一口气,这个郭晖啊,没事就和我家老爷子泡在一起,两人成了忘年交了。现在倒好,他像刘家的儿子,我倒像抱养的了。两个人就像知音,在一起总有说不完的话。就说这事吧,两个人一唱一和的,难办啊。

眼前的刘子钟让我有些陌生了。以前他都是说一不二的啊,他决定了的事,很少会有反复。我说,再怎么着,他们也不能干涉政府的决策啊。镇上的事,还是政府说了算啊。

刘子钟再次摇头,一副无能为力的样子,问题是,郭晖他,他,他去找大智了!

这下我总算听明白了。和刘子钟唱反调的都是些什么人:刘明夷,郭晖,大智。这三个人哪一个在涞滩不是举足轻重的?这下可好,三个人联合起来了。尤其是那个大智,可不是一般的人物,他不光是二佛寺的住持,还是市里的政协委员,他和市里的领导都能说上话。我一下子泄了气。

你先回去吧。我不能就这样算了。刘子钟站了起来,我不能让他们干扰政府的决策。我要对涞滩的未来负责,对涞滩的百姓负责!

他挥了一下手,终于又恢复了往日的气势,刚刚消失的气场突然之间又在他的周围形成,似乎整个涞滩刹那间又笼罩在他的气场之下。

看来,这事还有谱。我回去跟兄弟们一说,这帮兄弟就像锅里的油,已经放了很久了,下面就是没火。这下子,全都炸了锅。

好家伙,原来是这么个情况!

刘镇长肯定不会善罢甘休的。我们要相信刘镇长!

咱们得先找点活干,不能就这么等死啊。

咱们也不能闲着,咱们得帮帮刘镇长!

对,给他们点厉害瞧瞧!

……

现在你知道这狗是怎么死得了吧。我也知道,这狗死得冤啊,可咱们就不冤啦?现在怎么办?找活儿呗。这事,还不知道谁胜谁负呢,你要想知道,最好去问大智吧!

## 庚

大秀从外面跑回来的时候,刘明夷正在屋里翻阅二佛寺的资料。

明夷哥哥,解放了!解放了!我在街上看到好多军队,听说都是解放军,整整齐齐的,好气派,好多人都在街上欢迎他们呢!

这世间的事情,谁能想得到呢?

方娅天天盼着战事停息,盼着政府早一点消灭共产党,这样她就有机会回国。可是,看起来不可一世的国民党却那么不经打,才三年时间,就被赶到了台湾。她感觉就像是做了一场梦,梦里她坐在轮船上,顺江而下,到达上海,再从上海登上一艘更大的船,就像她来时的那样。可是梦醒的时候,她发现,这艘轮船居然已经沉没了。

大秀显然是希望这艘船沉掉的。

几年的时间,女大十八变,大秀已经脱胎换骨,如果不是这几年朝夕相处,刘明夷恐怕都认不出她来了。她从一个内向的小丫头,变成了一个活泼的大姑娘了。五官长开了,不再那么拥挤;皮肤也变白了,整个脸变得生动起来。两条大辫子垂到屁股上，充满了青春的活力。岁月仿佛把她从头到脚清洗了一遍。胸脯也变得鼓鼓的，骄傲地挺立着，宣示着她的成年。时间真是个奇怪的东西，世上的万物没有什么是它不能改变的，有的变美，有的变丑，但对于大秀来说，唯一不变的还是她的眼睛。除却大了一号，还是那么亮，仿佛黑夜里都能当灯使，照亮一个人的前程。刘明夷有时看着她，总会想起当初那个躲在角落里的黑丫头，在黑暗的角落里，唯有两只眼睛闪烁着光芒。

对于大秀来说，未来是新鲜的、好奇的，她像是一个新生儿，急于探索这个不断变动着的世界。天底下的女人似乎都是这样，她们总有两个或两个以上探索世界的时期。大秀经历了一个孤独的童年，跌跌撞撞地，又来到了这个充满未知又充满希冀的新时期。

和沉闷的过去相比，解放后的涞滩热闹得很。土改、分田地、划成分，到处都是轰轰烈烈的。这些轰轰烈烈把大秀骨子里的活力都刺激出来了。父亲分到了田地，和后妈带着两个儿子欢天喜地地搬到了新房子里。父亲要她回去，家里正需要劳力。大秀不干。大秀说，那里早就不是我的家了，我的家在这里。这些年来，她虽然没上学，但是跟着刘明夷读了不少书。她已经习惯了过知识分子家庭的生活。她把这个家的一切安排得井井有条。现在，她的话语权也越来越大了。在两个主角冷战的日子里，她总能够从中周旋，让生活不至于慌乱。生活现在是这个家庭最后的支撑，如同一间危房，她东支西绌，四处补漏，使这间房子不至于进风透雨，勉力维持着这个家。她在这个过程中发现了自己的价值。她变得更加自信了。她有理由对未来充满信心。随着一个新时代的到来，她也有理由更加高兴。

刘明夷可没有这么好的心情。他有一个无忧无虑的童年，这样的童年让他的长大变得很完美也很单一。然而，长大以后，他的成年世界却一直是恐慌的，学业上恐慌、工作上恐慌、感情上恐慌。他给了大秀一把伞，让她遮风挡雨，安静地长大，自己却被风吹雨打，日夜不停。和方娅的冷战已经持续了几年。这几年里，刘明夷找到了另外一个避难所——把自己扔进故纸堆里。他重新开始了自己的建筑研究。他顺着梁思成走过的路，一路追了过去。他越来越迷恋那些中国古老的建筑了。他发现，自己终于摆脱了对肉体的迷恋和恐慌。世界上居然还有比性爱更美妙的东西。他在那个世界里走得越远，对现实世界就越迷惑。这几年里，尽管他加入了那个组织，但是却一直游离在组织之外。对政治并无多少兴趣的他，显然是一个拉组织后腿的。每次都是马从周硬拉着他，他才会极不情愿地去参加一些活动。在这些活动上，他从不发言，甚至连听的兴趣都没有。他就像是一个道具，木木地摆在那里，可有可无，别人也常常忽略他。直到有一天，他突然发现，马从周从他的生活里消失了。

马从周的消失一直是个谜。后来很多年里，他都没有再听到过他的消息。有人说他被共产党抓住枪毙了，有人说他去了台湾。马从周的"不辞而别"，让刘明夷本来就无趣的生活更加单调了。所幸，还有他热爱的古建筑事业，做学问总比无所事事好。这也是他扎进故纸堆的一个重要原因。

现在，他的研究领域越来越广泛了。除了古建筑，他对佛教等传统文化也开始产生兴趣了。他正在着手研究二佛寺，在研究的过程中，他也越来越明白方大和为什么那么狂热地垂涎着这座有着千年历史的古刹。

当大秀兴奋得跑进屋里,大呼小叫"解放了"的时候,他正埋头查看二佛寺的资料呢。大秀不由分说,拉着他就往外走。大秀告诉他改朝换代了,新的生活开始了。

站在街上的刘明夷有些茫然,我什么也没看到啊,哪来的军队啊?一切还照旧啊!人们照常走在街上,慢吞吞地。黄桷树照样骄傲地立在街头。小孩子照样在瓮城里玩耍,踢毽子、抓石子。他不知道改朝换代对自己到底意味着什么。但他相信一点,战争结束了,天下太平了,他可以安心做学问,向当初定下的目标前进了。

几天后的一个下午,当刘明夷正在专心做他的研究时,大秀风风火火地跑进来,明夷哥哥,有人找你!

屋外,一个穿军装的人笔直地立着。刘明夷感到眼熟,但又有些陌生。正在他努力在记忆中搜寻时,穿军装的人笑了,刘老师,你怎么一下子老了这么多啊?

这个非常熟悉的声音,终于让他想起来了:马从军!他蓦地有些心酸,是啊,自己才三十多岁啊,就已经如此苍老了,双鬓也有白发了,鱼尾纹也爬上了眼角……他有些动情地抓住马从军的手,马老师,是你?你这些年到哪里去了?你怎么穿上军装了?你……

他一口气问了许多问题。马从军笑了笑,咱们就这样站着说话?

刘明夷不好意思地笑了。大秀已经端来两杯茶,两人就坐在门口的石凳上说着话。

从交谈中,刘明夷得知,马从军原来真的是共产党。他离开学校后,就去找组织了。这几年,他一直在部队做宣传工作。

刘老师,现在,新中国成立了,百废待兴,百业待举。建设新中国,需要你这样的专业人才啊。马从军激动地说,以前做同事的时候我就看出,你不仅是个正直的人,还是一个精于业务的人,我一直想介绍你加入组织,但还没等到这个机会啊。

刘明夷心里咯噔一下,他突然想起他也是组织的人,只不过是另一个组织的。

紧接着马从军说明了他的来意:他马上就要复员了,分到县教育局工作。组织上派他回来,是要交给他一个光荣而重大的任务。就是在涞滩重新建一所中学,并且兼任校长。他想把刘明夷调到这所中学,并且担任语文教研室的主任。

以前的语文教学,都是为剥削阶级服务的,以后我们的语文教学,要为无产阶级服务,希望你把这个担子挑起来。对了,方老师也可以一起调过来的。

马从军讲得很诚恳,刘明夷找不出拒绝的理由。

新生活的确开始了。

每天一大早,马从军就拉上刘明夷去晨跑,他们一边跑一边谈新学校的筹建事宜。刘明夷虽然比马从军小几岁,却始终跟不上马从军跑步的节奏,没过多久,他就气喘吁吁了。而马从军呢,仍是一副气定神闲的样子,一边跑,一边说着话。刘明夷实在没劲儿了,就停了下来,大口大口喘气。马从军只好也停了下来,笑道:刘老师,你什么时候超过我,我请你喝酒!

经过几个月的紧张筹备,新学校很快就成立了,地址选在旧政府遗留下来的一座办公楼里,教学设施由县教育局统一购置。但是,方娅并没有调过来,她不愿意。不过,这并未影响刘明夷的工作热情,他一头扑进了教学工作中。大秀也工作了,贫下中农出身，又有些文化，乡政府看中了她，让她进入了乡妇联。大秀对这份工作的热情很高。她天天穿梭在涞滩的山路上，走村串户，嘘寒问暖，给大家解决实际困难的同时，宣传党和国家的方针政策。涞滩人也慢慢习惯了这个大辫子姑娘的身影，大家都称她为"涞滩一枝花"。哪一种花呢？有人说是三角梅，因为三角梅最适合大秀的形象：或从墙头爬出来，或在山上成片成片地开放，颜色又鲜艳，红的、紫的、白的，无论哪种颜色，都美丽无比。

现在，这个家里有两种颜色：一种是灰色的，沉默、无声，那是方娅；一种是红色的，生动、绚丽，那是大秀。这两种颜色构成的风景在刘明夷的生活中相互交织，时常让他感到恍惚：这就是人生？这就是人生吗？有时候他也在问自己。但生活就是如此，它给你带来光亮时，也会带来波折乃至磨难，一帆风顺只是人们的一厢情愿而已。譬如在溪水上行舟，有清波荡漾的欢悦，也要急流险弯的惊骇，前面或顺或逆，或静或动，都由不得自己。

这次改变他生活的是马从军。

学校成立以来，马从军和刘明夷因工作上的关系来往频繁，同时也建立了不错的私交，他时常会来刘明夷家谈天说地，俩人好得像一个人似的。这一天，马从军又来了，一进屋就开门见山地问：刘老师，方老师回来了吗？

在得到否定答复后，马从军才慢慢坐下来，掏出烟，递给刘明夷一支。紧接着，他的目光开始变得锐利起来。

刘老师，最近的形式不太好。美国人在朝鲜已经越过三八线了，现在他们在我们的边境陈兵，快要到我们家门口来了。毛主席已经决定了,我们要抗美援朝,保家卫国。但是,在台湾的蒋介石觉得反攻大陆的机会来了,也开始不安分了。国民党反动派埋伏在大陆的反革命分子正在蠢蠢欲动。而且,据说日本人也想出兵。毛主席教导我们说,外边的敌人不可怕,身边的敌人才是最危险的。就像我们要出去打猎了,得先把屋子打扫干净。我的意思,你懂吧?

刘明夷疑惑地摇摇头。这些年来,他钻在故纸堆里,早已不知秦汉、无论魏晋,对于政治,他始终是个白痴。

马从军只好直奔主题,方老师,也就是方娅,是日本人,对吧?

听马从军这么一问,刘明夷的脑袋立刻嗡的一下。在他的心目中,方娅既存在于他的生活里,又像是在他的生活之外。本来她可以一直这么沉睡着,既不给他带来喜悦,也不给他带来痛苦,而现在,她又要被唤醒了。以前,每一次的唤醒都会给双方带来无尽的烦恼,乃至发展到濒临破裂的绝境,不知这一回又将会怎样?刘明夷不由得警觉起来。几乎同时,他马上回想起几年前马从军就曾经问过自己同样的问题……

马从军没等他回应,就接着说:记得解放以前我就和你谈过一次,当时因为时间关系,没谈完,你还记得吗?

刘明夷默默地点点头。

方娅的父亲方大和,我所知道的消息是,他一直待在国民党的监狱里。抗战胜利后,他随那些日本战俘被遣送回国了。他到底是不是日本间谍,这事还没有结案。但不管怎么样,方娅总归是日本人。你明白吗?

马校长,那你的意思是什么?

马从军深深地吸了一口烟，把手中的烟蒂扔掉，下决心似的说：这样的一个人在涞滩，总是一颗定时炸弹，不知道什么时候就会爆炸。我希望，你们划清界限！

马从军走后，刘明夷就陷入了沉思当中。方娅在他的脑子里跳来跳去。她一会儿跑出来说，我要回去，我不想和你在一起了；一会儿又说，你现在把我赶走，让我去哪里呢？我哪儿也不去，我就待在家里。甚至方大和也跑出来对他说：刘明夷，你是一个无情无义的混蛋！我把方娅交给你，你怎么忍心这么对她？

刘明夷被折磨得几乎要崩溃了，他疯了似的一口气跑到渠江边，跑到他和方娅第一次，也是唯一一次享受云雨欢爱的地方。他记得当时方娅躲在自己怀里瑟瑟发抖。她对自己说：明夷，我是你的女人了，你要保护我啊……那时的刘明夷，心里涌起的都是爱怜之情：他们两个在这偏远的异乡他地，相依为命，她是自己爱的女人，自己也是她爱的男人啊。但是后来，他慢慢明白了，她当时只是害怕、恐惧，她在用这种方式来寻求他的同情，寻求安全感。其实，她并没有准备好和自己在一起。在他们最相亲相爱的时候，她没有把自己给他，反而是在最恨他的时候，却把她交出来了。现在，她一定特别希望离开自己，但是，如果离开了自己，她能上哪里去呢？她会不会被送回日本？虽说他们的婚姻早就名存实亡，但他已经习惯了她在自己的身边，哪怕不说话，不交流，他至少还可以看到她的身影，闻到她的气息。何况，她是在时局最艰难的时刻和自己结婚的……

经过一番内心的搏斗，刘明夷最终还是做出决定：绝不能抛弃方娅，他要对她不离不弃。想到这儿，刘明夷几乎都被这个勇敢的决定感动了。他明天就要告诉马从军，他，刘明夷，不会离开方娅，绝不会。

第二天，他在向马从军说出这个决定时，他的神情是骄傲的，激动的。我相信她没有问题。因为这些年，她没有做任何对不起中国人的事情。我不能在这个时候离开她。这不道德。

马从军听出了他话语中的不容置疑，接着无奈地摇了摇头，一副惋惜的样子，那好吧，我尊重你的决定。不过，她迟早会影响你的前途的。另外，按规定，我们还是要对她进行审查。

漫长的审查开始了。方娅被停了课。每天一大早，她就得赶到审查地点，很晚才能回来。她走的时候是平静的，回来的时候依然是平静的，似乎一切如常。好多次，刘明夷都想问问她的情况，可是每当他以试探性的目光望着她时，她总是适时地把头扭到一边，一副拒人于千里之外的模样。这让刘明夷欲言又止。刘明夷知道，这几天一定发生了很多事，她的心里也一定藏着很多事，但绝不会轻易向自己吐露。这些年来，个人和婚姻生活的变故已经让她成熟了许多，也沉郁了许多，她学会了承受，学会了将喜怒深深地埋藏在心底。

她现在也完全是一副中年女人的打扮了。灰布衣服，灰布鞋，剪发头，身体也有些发福，再加上几乎不怎么拾掇自己，就变得更像镇上的普通妇女了。

被审查两个多月后的一天晚上，方娅拖着疲惫的身躯回到家。她看起来很憔悴，走路都有些摇晃。不过她仍在努力支撑着，略显凌乱的脸上死一般的平静。这一次，她破天荒地开口了：

我们谈一谈吧。

她的声音有些沙哑。

刘明夷看了看她，点点头。

我的事，你都知道了吧？

他们找我谈过了。

你难道不想离开我吗？这是一个很好的机会。

刘明夷沉默片刻，坚定地摇了摇头。

你以后不会后悔吗？你确定吗？

刘明夷再次摇了摇头。

那好吧。

她站了起来，起身回房。她从来只是寻找自己需要的信息，而不肯给他提供信息。刘明夷有些失望，他很想了解一些她的情况，也很想和她进行一次深入的、推心置腹的交流。但是她已经跨出房门，只把一个背影扔给了自己。她在关上自己房门的时候，头也没回，关门的声音很干脆，很果断。

次日上午，马从军来了。

审查结束了。马从军说，没查出她有什么问题。

这个结果在刘明夷的意料之中，但他心里还是很高兴。

不过刘老师，我还是劝你再认真考虑一下，离开她吧。我是为你好啊。马从军一副语重心长的样子，刘老师，你是个做学问的人，但是，你在政治上还是太幼稚了。我觉得，她在你的身边总是个问题，她迟早会害了你的。

对于这位新任校长，刘明夷心里总有一种说不出来的滋味。他和自己的前领导马从周的风格完全不同。两人看起来都热情洋溢，但马从军的热情是发自内心的，而马从周则是刻意装出来的。事实上马从周为人阴郁、沉静，平常话并不多，从不喜欢把一件事说透，总是留着大半截让别人去猜去想。这位马从军就不一样了。他喜欢直截了当，有什么事，痛痛快快地说出来。刘明夷对马从周的感情是敬畏和恐惧，而对马从军则是亲近和感激。但，实话说，马从军和马从周相比，确实太不了解自己了。马从周总能够一眼看透自己的心思，所以他通常无须多说，只用深不见底的目光看着自己，就会让自己不寒而栗。而马从军呢，他才懒得去揣摩别人的心思呢，总是站在自己的角度去帮助和安排别人，恨不得代替别人做决定。虽然这让他内心很温暖，但因为热度有些高，他还是感到有些不舒服。

他什么也没说，只是说了声"谢谢马校长"。

日子终于又回归了平静。那场新中国成立以来最大的对外战争，也以我方的胜利而告终。蒋介石没有反攻到大陆，日本人也没有出兵。马从军又开始叫刘明夷一起晨跑了，当然他还是跑不过马从军。但是，这次风波还是让刘明夷心里踏实了许多，他又一次摆脱了困境，又一次挽回了婚姻。在一次次有惊无险的风波中，刘明夷慢慢总结出了个人的处事之道：低调，退缩，隐忍，但绝不违背自己的做人原则。事实证明，凭借这一处事之道，他躲过了一场场迫在眉睫的危机。

大秀也越来越成熟了。在人民公社成立的那一年，她当上了公社妇联主任。这几年她工作干得很出色，人也长得越来越出挑，再加上她性格温和，热情阳光，自然成为众多男人追求的对象。甚至有不少人来找刘明夷，请他牵线搭桥。在婚姻问题上，刘明夷总觉得自己是个失败者，虽然自己也有婚姻，但却经营得一塌糊涂。所以他固执地认为自己在婚姻问题上没有发言权。不过，大秀的确也该考虑个人问题了。于是，他有时也会把人家的意思转告给大秀。每当这时，大秀便会莞尔一笑，不急，现在我还没时间考虑个人问题。革命工作要紧。刘明夷听了，只好作罢。不知道为什么,在大秀跟前,刘明夷会不自觉地顺从她的意思。那个曾经一脸崇拜地喊自己"明夷哥哥"的小女孩儿,如今不像是自己的小妹妹,倒像是个姐姐。她自信,朝气蓬勃,对未来充满着希冀。仿佛这些年里,自己把阳光都给了她。她也越来越多地安顿着刘明夷的生活。明夷哥哥,该去理发了。明夷哥哥,该买件衣服了。明夷哥哥,该出去走一走,锻炼一下身体了……刘明夷欣然地接受着她的安排,她总让他觉得自然、惬意。

秋后的一天下午,大秀突然来到学校,见办公室有别人在,她就把刘明夷叫了出来。

大秀满头大汗,她顾不上擦汗,开门见山地问道:

明夷哥哥,我要问你个事,你是不是加入过国民党?

你问这个干什么?刘明夷警惕地问。多年的阅历让他变得谨小慎微起来。他加入国民党的事,没跟大秀说过,那个时候大秀还小。

我也是无意中听人说起,说你好像加入过国民党。

加入又怎么样?国民党不是已经被赶走了吗?还担心什么啊。刘明夷不满地说。

哎呀我的明夷哥哥,你还蒙在鼓里呢。最近上面传来消息,又开始搞运动了。大城市早就起来了,你怎么还一点都不知道啊?大秀说,我们已经接到通知了。明夷哥哥,你听我说,如果别人问起这件事来,你千万不要承认。现在应该没几个人知道这件事吧?

刘明夷想了想,当初他们支部的几个人,跑的跑,死的死,如今只剩下他一个人在涞滩了,应该没人知道了。他点了点头,表示默许。

几天后，大秀的话果然应验了。前一天下午，刘明夷就接到通知，要他参加第二天的学习活动。活动在一个小会场进行，刘明夷扫了一眼会场，里面也就十几个人。可是听说这个活动所有人都要参加的呀？刘明夷心里直犯嘀咕。等他坐到座位上，一问才知道，学校将全校教职员工分成了几个小组，不同的小组在不同的会场。刘明夷的这个小组由副校长雷军主持。雷军说：同志们，这次党中央布置下来开展"四清"教育运动，目标是清政治、清经济、清思想、清组织，希望所有老师主动坦白自己的历史问题，并欢迎大家积极相互揭发。

第一天的活动没什么进展。经历过"反右"运动的老师们已经有了一些经验，他们抱着多一事不如少一事的心理，尽量少开口，尽量装糊涂。结果，原定两个小时的会，一个多小时就开完了。而且会议上，大部分时间都是雷军在讲话。他反复给大家做思想工作，说这是为了防止阶级敌人混进我们的队伍，知识分子是敌人攻关的重点。但任凭雷军磨破嘴皮，大家就是不开口。由于大秀事前给刘明夷打过招呼，他心里有数，所以始终保持沉默，眼睛一直盯着自己的脚尖。他还从没有这么认真地关注过自己的脚呢。他还记得，脚上的这双布鞋是大秀做的，已经穿了两年了。现在这么一看，这双鞋还很漂亮呢。展阔、平整、雅致，关键是穿在脚上有精气神儿。他又瞄了瞄别人脚上的鞋，更觉得自己脚上的这双鞋是世间独有了。他下意识地把脚翘了起来，观察鞋底，嗨，你还别说，这鞋底纳得也是密实匀称的很。他之前也见过大秀纳鞋底，但没想到一只鞋底居然要穿这么多针，针脚密密麻麻分布在鞋底，一圈圈、一排排，就像阵容严整的士兵。

大秀原来还有这么好的做鞋手艺!

这是刘明夷在那次学习活动上的最大发现,也让他多了一种打发时间的方式,就是数自己鞋底的针脚,一个、两个、三个、四个……一圈、两圈、三圈、四圈……人生何其短暂,但人生又白白扔给我们许多时间,需要我们挨过。

接下来的几次学习,就没有人们想象般那样悠然自得了。上面派来了经验丰富的工作队,"四清"运动在学校终于有了些进展。老师们开始做自我批评,有人说自己为了教孩子认字,偷偷拿了学校一盒粉笔;有人说自己曾经多吃多占,学校给老师分备课表,他多拿了一本,说是备课需要,其实是给老婆当记账本用了……

但不管别人怎样,刘明夷仍旧牢记大秀的告诫,一言不发。在别人争着交代自己的"小过错",以求敷衍过去的时候,他"品鞋"的功夫则越发的纯熟。现在他不再端详自己的鞋底了,而是研究起雷军的鞋。雷军脚上蹬的是一双回力牌球鞋,鞋面儿很干净,一尘不染。他由此得出结论:雷军不走山路。如果走山路的话,鞋子是不会这么干净的。当然也可能有另外一种情况:到学校后,他又重新擦了鞋子。

他正在为自己的研究成果自鸣得意之时,有人突然发话了:刘明夷老师,你,就没有什么要说的吗?

问话的是工作队的队长老金。别人虽叫他"老金",其实才二十多岁,操一口外地方言。

刘明夷摇了摇头,表示没什么要说的。

这时雷军开口了,刘老师,我听说你的历史背景比较复杂。你自己不说,难道还要等着别人说吗?

刘明夷心里咯噔一下,他抬头看了看雷军,便又低下了头。从雷军探询的目光中,他确信,雷军并不了解自己的历史。

幸好雷军没有再说什么。刘明夷心想,终于又过了一关,看来大秀教给他的方法还是奏效的。

每天开会回来,大秀都会和刘明夷交换意见。有一次刘明夷抱怨道:这个运动什么时候才是个头啊?大秀宽慰他,这个运动大城市早就开始搞了,到了下面,其实已经差不多了。而且,这个运动主要是针对干部的。她觉得刘明夷再坚持一下,就应该不会有什么问题了。

其实刘明夷担心的不是自己,而是方娅。

他开会回来的第一件事便是观察方娅的反应。他有时装作到她的房间里拿东西,有时装作偶然间跟他打了个照面,但她不是低着头,就是迅捷地避开他,看都不看他一眼。最适宜的场合是吃饭的时候。自从大秀工作以后,方娅便尝试着自己做饭了。她没有大秀做得好,但是能把饭菜做出来,已经是很难得了。吃饭的时候三个人很少交流,这是多年养成的习惯。但这几天,刘明夷专门没话找话,常常煞有介事地问大秀"四清"开展的情况,一边说还一边偷眼看方娅,希望她也能插话。但方娅什么反应都没有,只是自顾自地吃饭。难道她一点都没受到冲击?哪怕是心理上的一点点?若是在以前,刘明夷会想当然地认为方娅的确没事。但是现在,他再也不敢随意揣测了。很明显,方娅已经修炼得喜怒不形于色,可是谁知道她内心究竟是不是承受着不愿人知的折磨呢?

方娅越是无动于衷,刘明夷越是心焦如焚。他去问大秀,大秀说她也不知道,建议刘明夷去问问方娅的同事。刘明夷就找到一位和方娅较为熟悉的同事，那个同事说，方娅以前经受过审查的，应该没事。何况这一次的重点是审查干部，方娅只是一个普通老师。这下，刘明夷彻底放心了。

伴随"四清"在学校的持续开展，大家不仅做自我批评，还互相揭发起来。一位体育老师揭发一位物理老师在课堂上讲了资本主义的东西。他说这位物理老师在课堂上讲了牛顿的万有引力定律。讲就讲了吧，本来也没什么错，可他竟然对牛顿大加赞扬，说他对人类社会的发展做出了伟大的贡献。这位体育老师愤愤不已地说：一颗苹果砸到了头上，牛顿没有去交公，而是想什么万有引力定律，最后他还把苹果带回了家，这样的人怎么能大加赞扬呢？

类似的检举揭发层出不穷，到后来，工作队的人也被搞得哭笑不得。斗争经验丰富的老金似乎看出些端倪，及时制止了这种隔靴搔痒式的揭发方式。他装腔作势地做了一通发言，将此类事件简单定性为知识分子思想没有改造好，忽视了思想改造，就会把有毒的东西传给祖国的未来。

经过初步的试探和不瘟不火的酝酿，火药味开始变得浓烈起来，运动也走向了不可预知的深处。

有人揭发历史老师万天亮隐瞒家庭实际情况。万天亮的大哥万天明是国民党陆军少尉，解放前夕去了台湾。万天亮辩解说，大哥也是贫下中农，他是在镇上卖黄豆的时候被国民党抓的壮丁。马上就有老师站起来反对说这是借口，当时被抓壮丁是没有办法，但是后来为什么不投奔解放军呢？最关键的是，万天亮居然对大哥在台湾的事实只字不提。

对万天亮的揭发，马上引起了工作队的注意。队长老金明确说，这是大事，不能就这么过关了。明天要开大会，重点深挖这件事。刘明夷看着在一旁铁青着脸低头不语的万天亮，心头顿时涌起一股寒意，他突然有了一种兔死狐悲的感觉。下一个会不会是自己呢？他没有心思研究别人的鞋子或者衣服了。他忐忑地张望着，看看有没有人把矛头对准自己。

这时，语文老师李根发举手发言。他一字一顿地说，我—要—揭—发—刘—明—夷！

刘明夷被李根发这突如其来的举动惊呆了。李根发平时和刘明夷关系很好，与刘明夷一样，他读书也很多，两个人惺惺相惜，因此很能谈得来。他居然要揭发自己？！他难道知道自己加入过国民党吗？刘明夷心里直发毛。

李根发接着说：大家都知道，刘明夷是教研室主任，但他做事不公正。比如说，他分配课程从来都是先考虑自己。他怎么能这样呢，虽然他年纪大一些，身体差一些，但也不能公私不分啊。尽管我和他平时关系比较好，但也绝不能姑息纵容这种投机行为。

这是个问题！雷军表态说，刘老师，你尽管是建校的元老，但也不能居功自傲，你更应该向贫下中农学习。毕竟你是一个知识分子，知识分子要时刻反省自己，决不能放松对自己的思想改造……

原来是虚惊一场，刘明夷长出了一口气。

如坐针毡的一天终于要结束了。会毕，老金宣布，明天要开大会，所有人都到大会堂，重点批判万天亮的问题。

每次运动都会有几个人倒下。这是刘明夷总结出来的。而这一次，倒下的可能就是万天亮了。他觉得，他们就像被狮子追逐的一群水牛,只要其中一头倒下,其他水牛就可以暂时松口气。至少眼下,他们安全了。

为了让自己看起来对这次运动是积极的、主动的,也是为了掩饰自己内心的不安,第二天一大早,刘明夷特地提前一刻钟赶到了学校的大会堂。刚到门口,就有人通知他,批判大会临时改在操场上开,自己带凳子。等刘明夷搬上凳子又马不停蹄地赶到操场上时,已经坐满了人。刘明夷暗暗惭愧,自己还是不够积极。他扫了一眼操场上的人,大部分自己都不认识。他又暗自窃喜,这样更好,自己又可以专心研究别人的鞋子了。

那天的大会由老金主持。老金手里攥着大喇叭,还是像以前那样,拿腔拿调,一句话拉得老长。刘明夷估计他在干革命之前没好好说过话,所以现在才把话说得那么响亮,那么震耳欲聋。他说,今天是对"四清"工作的一个阶段性总结,所以邀请了很多公社社员来参加。有这么多贫下中农参加今天的活动,他觉得心里更踏实,更有力量了。贫下中农才是"四清"工作取得成功的最有力保证……

没等他把话说完,人群里就有人高喊了一声:我有话要说!我有话要说!我要揭发刘明夷,他加入过国民党!我要和他离婚,和他划清界限!

那个声音高亢愤激,还略带几分沙哑,在空旷的操场上显得格外刺耳。

# 未

阿弥陀佛。

这世上的经，哪里是用口念的啊。就像如今这世上的佛，没有几个在庙里一样。不在庙里在哪里？别急，先听我讲个故事。

道光年间，二佛寺有个高僧慧圆，住在这上殿里。当时在二佛寺旁边有个大户人家，当家人姓孔，人称孔四老爷。这孔四老爷富甲一方，有八房妻妾，少爷小姐二十多个。据说这孔四老爷信佛，但他是个有名的吝啬鬼，从未向二佛寺捐献过"功德"。可这世上的事就是这么有意思，他的后人，偏偏个个都是花钱大王。当时，我们这上殿的饭堂与孔家的饭堂只有一墙之隔，共用一条排水沟。每顿饭后，孔家的少爷小姐总是将大碗的剩饭倒进沟里。慧圆和尚见了，觉得可惜，就提着水桶，爬进沟里，将剩饭捞起来，每回至少要捞上半桶。他将剩饭提到渠江边，淘去污水与沙子，淘尽臭味，然后又带回二佛寺，晒在庙坝上，晒成干燥的阴米，他将这些阴米储存起来。孔家倒了八年剩饭，慧圆就捞了八年。这八年里，孔家坐吃山空，卖光了田产，孔家的少爷小姐都变成了庄稼人。而慧圆呢，用剩饭做成的阴米日积月累，存了满满二十仓！过了不久，涞滩大旱，庄稼人没收成，吃不上饭，沿街乞讨者比比皆是。慧圆和尚就将自己储存的阴米熬成粥，赈济这些灾民，每天要熬十锅上下。一直熬了八个月，帮上万人度过了饥荒。当然了，这里面也包括孔家人。

这个故事，我是听涞滩一位姓孔的居士讲的。他经常到二佛寺来诵经念佛，做功课。孔居士平时说话有些口吃，但念诵起经来一点也不，有人跟我说他来诵经是为了治口吃。这样说太不应该了。他是很虔诚的。

所以说，念佛不如学佛，学佛不如自己做佛。其实佛也没做什么惊天动地的大事，佛都是做一点一滴的小事的。现今的人就是太急了，做什么事都巴不得马上就要回报，那叫"现世报"。哪有那么多的现世报啊，都是哄人的。

这么跟你说吧，这涞滩，我源通和尚早就看得清清楚楚，每个犄角旮旯我都看透了。出家后我就一直在二佛寺看门，先是下殿，后是上殿，不管是哪个门，其实都是法门。二佛寺正好在涞滩的中间，一半在上涞滩，一半在下涞滩。可以说，涞滩的每一个人每一件事都在我眼里。所以大智要你来找我，是有道理的。

我是老涞滩人，四十岁时出的家。之前老婆跟人跑了，我一个人又得种地，又是管儿子，忙不过来，结果儿子在渠江里游泳淹死了。那一年，他十五岁，眼看着就要长大了，可就在这个时候，老天爷把他带走了，我成了孤家寡人。没了儿子，就等于没了未来，我活着还有什么意思啊，人生没有寄托啊。我天天喝酒，天天都喝得人事不省，喝醉了，不是睡在大街上，就是睡在人家门口，要么就睡在酒馆里，经常不着家。有一天喝酒的时候，我突然从酒瓶里看到了自己，我发现自己瘦得像只猴子，都快没人形了。这让我一下子惊住了，以前我长胖乎乎的，像个腰鼓，就我这个身高，有一百六十多斤呢,可自从儿子没了之后,我都把自己糟蹋成啥样了!我又盯着瓶子往里看,看着看着,瓶子里的那只猴子瞬间变成了一具骷髅。难道这就是我的下场吗?我就这么痛苦下去、沉沦下去吗?那时候,我恍恍惚惚的,我就看见了我的儿子,他正在水里游着,一边扑腾一边喊:爸爸——爸爸——你不能这样!我不要爸爸这样!!我想把儿子的手拉过来,可是怎么也够不着,怎么也够不着……我说,爸爸不会这样了,再也不会了,我的乖宝贝……我泣不成声,心想儿子呀,你不让爸爸喝酒,可爸爸没了你,又能做什么去呢?

也可能是老天有灵吧,我那天把酒瓶子砸了个粉碎后,就迷迷糊糊地上了二佛寺,我想让佛祖给我指条明路,我接下来到底该做什么,佛祖一定会告诉我答案的。二佛寺里有好多修行的居士进进出出,男的女的都有,年纪都比较大。他们每天都要到寺里做功课、诵经念佛,还帮寺里的僧人打扫卫生、做饭,有时也给别人讲经。一位老居士看我神情有些不对劲,就把我请进禅堂,教我唱他们自己编的佛歌。有一首叫《老来十不好》,我现在还会唱,我唱给你听啊。

> 老来一不好,腰弯背驼了,顶上头发白,血气干涸了;
> 老来二不好,两眼昏花了,来客认不真,把人简慢了;
> 老来三不好,牙齿也缺了,食物嚼不烂,身体衰弱了;
> 老来四不好,两耳又聋了,说话听不见,做事差错了;
> 老来五不好,说话癫东了,好歹分不清,把人得罪了;
> 老来六不好,手脚硬化了,做事不方便,儿女讨厌了;
> 老来七不好,儿媳当家了,银钱不凑手,六亲冷淡了;

老来八不好，行动费力了，远处不敢去，折腾不动了；
老来九不好，年老病多了，儿媳看不惯，早点去死了；
老来十不好，阎王要命了，丢下儿和女，一去不回了。

唱会了这首歌，我似乎有所领悟，就皈依了佛门，做了俗家弟子。之后对俗世感觉越来越陌生、越来越厌恶，加上佛理的教化，就出了家。

郭晖开始来二佛寺的时候，我还没出家呢。那时我还是居士，在山上种田。有一次我坐在地埂上休息，看到不远处的山路上有个男人，一个人低着头走路，也不抬头，小心翼翼的，好像生怕踩死地上的蚂蚁似的。他就一直保持着这个姿势，往江边的方向走。我当时也没怎么在意，以为就是个路人，偶尔经过。可是后来我隔三岔五就能见到他，还是那个姿势，还是走的那条路，还是往江边去。慢慢地，他就吸引了我的注意，这个人可真有意思，难不成江边有什么宝贝？这些红尘中人啊……直到有一次，我和他正好打了个照面，他看见我，很礼貌地朝我点头微笑，笑得很节制，我也笑了笑……我们就这样认识了。熟悉了以后，我就问他为什么总见他往江边去，他说他是去二佛寺的。哦，我这才恍然大悟。我出家后，他还是经常到二佛寺来，我们说话的就会就多了。

那个时候寺院破败，我佛蒙尘。上殿被改为粮库，下殿几乎是一片废墟。这世上的人，都忙于追名逐利，哪里顾得上庙里的几块石头啊。只有郭晖相信这不仅是几块石头。他经常来和佛说话，他说他心里有好多话，只能对佛说。他是和我佛有缘啊！他曾经跟我说过，以后有机会，一定要重修二佛寺。后来大智到二佛寺当住持后，这事就真的开始做了。所以说，二佛寺的重修，大智和郭晖两个人的相遇，都是一种机缘。后来修二佛寺的时候，郭晖果然出了不少力，他不光自己掏钱承担了全部建筑工程，还捐了一些钱。

今天我要跟你讲的，不是他修二佛寺的事，这个涞滩人人都知道。我要给你讲的，是他修行的事。

郭晖平常喜欢到两个地方去，一个是刘明夷老先生那儿，一个就是住持大智那儿。郭晖说，他到刘老先生那里，是修身；到大智那里，是修心。其实修心既不靠佛，也不靠大智，要靠自己。要说老师，倒是有，我源通和尚也应该算得上一个吧。虽然我只是个看门的。

基督教讲，人来到这个世界上，都是带着罪孽的，人的一辈子就是来赎罪的。我们佛教讲，人到世上都是来受苦的，所以说，苦海无边嘛。可郭晖说，他到涞滩，既是带着罪，也是带着苦的。他当时那么年轻，一个人来这里打拼，苦肯定是吃过不少，但是很少有人知道，他的苦不在身体上，而是在心里。至于罪嘛，到底是什么，我也不知道。我们佛教不讲过去，只讲现在和将来。只要你一心向佛，不管你过去是什么人，也不管你过去做过什么，都没关系，你都有机会成佛。

郭晖常来二佛寺，而且常常坐在佛前的石凳上哭，孤零零的，很可怜。我有时就在上殿的大门里居高临下地看着他哭，直到他哭得没了声响，才默默地转身离去。可以说，他几乎每一次哭，佛和我都看到了。说实话，一个大男人总在佛前哭，肯定是有原因的。但我从来不问他为什么这样，我想，他一定有自己的苦衷，又不愿在人前诉说，才会求助于佛的。人其实要经常哭一哭，哭一下就把心里的苦哭出来了，虽然不能全倒干净，但好歹也可以减少一些。

一天深夜，大概两点多吧，我正在巡夜，郭晖又一个人到二佛寺来了。他在佛前哭了一场之后，突然从兜里掏出一把刀来，当时我借着月光看得很清楚，是把匕首。我以为他要寻短见，想上前夺下来，但还没来得及跑过去，就见他拿起匕首，在空中一阵挥舞，好像四周都是魔鬼一样。他边舞边叫，那个样子很吓人的。幸好当时夜很深了，没有其他人。他舞了一阵之后，"咚"的一声，又在佛前跪了下来，随即在自己的胳膊上划了一刀，血汩汩地往外冒。我被他这个疯狂的举动惊呆了，这时才回过神来，赶了过去，立即给他做了包扎。给他包扎时，我发现他的胳膊上已经有几道伤疤了，明显是用刀划过留下的。他那个时候已经安静了许多，就像一只受伤的小猫，很顺从地任我摆布。我也没问什么，他也没说什么。匕首就撂在他身边，月光下，明晃晃的，如果不是在佛跟前，我还真有些胆寒。给他包扎完毕后，他又拿出一块布，单手吃力地把匕首裹起来，放回包里。我看他没什么事了，念声"阿弥陀佛"，便回寮房去了。

就这样，每隔一段时间，郭晖便到佛前发一阵狂，每次都要在胳膊上划一刀，每次都是我过来帮他包扎。所以他的胳膊上现在还有一大排疤痕，像爬着一条条蚯蚓似的。这也就是他为什么从来不穿短袖衣服的原因。你看涞滩这天气，夏天那么热，可他总穿着长袖，别人还以为他有风湿病什么的，其实是为遮伤疤的。你说我为什么不阻止他？我为什么要阻止他？他割肉疗创，难道不是好事吗？对于像郭晖这样的人，有时候你越阻止他，反而会适得其反，还不如让他通过这种肉体的痛，化解心里的痛。我佛慈悲，不要去打扰他，他会慢慢醒悟的。

后来有一次，给他包扎伤口之后，我跟他说，身上的伤疤可以遮，但心里的伤疤是遮不了的。他就问我怎么办，我只说了两个字：

修心。从那以后，他就开始接触佛经，先是《六祖坛经》，后是《金刚经》。

那一年冬天，又是夜半时分，他来了，痛哭后如往常一项掏出匕首乱舞。这一次他舞的时间比较长，大概有半个小时吧，直到舞累了，才喘着粗气坐到石凳子上。让我高兴的是，这一次，他没有拿匕首划自己。我取来一把剑，锻炼身体用的那种剑，我就跟他说，我跟你交换一下吧，我用这把剑来换你的匕首。你这样乱舞是没什么用的，不如我教你练练剑。他说，你要教我练武术？我说，二佛寺又不是少林寺，我哪里会什么武术啊，我也是跟人家现学的，学的是太极剑，锻炼身体的。他听了后，还真的就跟我练起剑来。练完之后，他拿着剑和匕首就走。我说不是交换的吗？他说，这把匕首不能给你，我得自己留着，将来还有用呢。留着就留着吧，只要心中无恶念，留着匕首就不会作恶。从那以后，他就常常跟着我练剑，我也再没见过那把匕首了。渐渐地，我看他人也平和多了。

后来有很长时间他没有来过二佛寺，大概有一个多月吧。问别人，别人也说没看到过他。桔子倒是来过两次。有一次桔子来找我，我说你想聊点什么。我这人天天闲着，没事就喜欢和人聊天。桔子说，我想和你聊聊姻缘。我一听就明白了，她说的是她和郭晖的事。要说这世上的事，有果必有因，有因必有果。所有姻缘，皆是前缘。我这么说，不知道你懂不懂。"姻缘"二字，关键还在"缘"。桔子说，我们那么早就相遇了，当时我还没谈过恋爱，他也没有女人，我们应该有缘才是啊。我说，遇是遇，缘是缘，你们只是遇到，并不一定就有缘。所谓缘，是要在正确的时间和正确的人相遇。桔子说，我们的时间不对吗？我说我不知道。她又问，难道他不是正确的人吗？我不应该和他在一起吗？我说我也不知道。桔子说，那你知道什么？我说，我只知道，世上的事，不可强求，一切随缘。桔子说，再随缘，他就跟别人在一起了。我说，如果他能跟别人在一起，那就说明和你无缘。桔子听了，就没再作声。

过了几天，桔子又来了。她说她搞清楚为什么了。她说关键是她不了解他。他的过去，她一无所知；他的现在她倒是知道一些，但还是摸不准。我说，那你想怎么办？她说，我想了解他的过去。他经常找你聊天，你应该知道他的过去吧。我就跟她说，他的过去都是苦，有什么好了解的，我都懒得了解。桔子说，她想到一个主意了。什么主意呢，她当时没告诉我。

桔子下一次来的时候就跟我讲，她跟踪他了，就在他去重庆的那段时间跟踪了他。她化了装，把自己打扮成一个男人，一路尾随他。她说郭晖离开涞滩之后就像换了个人，他变得胆小起来，走路的时候总是东张西望，手不停地摸鼻子。一开始，她还以为他发现了自己，后来才明白，是他太紧张了。他戴着副墨镜，走几步就回头看看，搞得她跟踪起来很困难。幸好她伪装得很像，不光戴着鸭舌帽，还贴了假胡子。她看见他进了一家酒店，在酒店的五楼，一个长得很漂亮的女人正在楼道里等着他。两个人一见面就拥抱起来，郭晖还哭了。桔子当时就泄了气，心想他们那么亲密，一定是男女朋友的关系了。那么自己又算什么，自己爱郭晖那么久，却得到了这样一个结果，究竟是为什么呢？桔子当时很激动，也很恼怒，但她不愿意就这么认输，她还心存一丝侥幸，希望她看到的是假象。

两个人进了房间之后，桔子在外面转来转去，不知道怎么办才好，转了很久，她到底还是耐不住性子，过去敲了门。那个女的开的门，她问桔子有什么事。她说的是普通话，但明显有本地口音。桔子赶紧装出男人的腔调说，对不起，记错房间号了。她说话间，趁机打量了她一眼，她的衣服很整洁，没有任何异样的痕迹。她还用眼角的余光看清了房间里的情况，两个人应该是在房间里说话，别的什么也没干。郭晖也抬头扫了他一眼，但并没有认出她。桔子退出来后，就躲到楼道拐角处等着，没过一会儿，他们就出来了。郭晖手里多了个布包，应该是那个女人给他的。两个人一前一后相跟着，去了火车站。那个女人上了火车，郭晖又去了汽车站。

我问桔子，你到底跟出什么结果没有。桔子说没有。她找了个机会问过他，是不是有别的女人了？他非常干脆地说没有。而且他的样子一点也不像是在撒谎。可是，那个女人又是谁呢？我说，会不会是别的人呢？比如说，他的家人？桔子说，对，有可能。但是，家人可以到涞滩来看他啊，为什么不来呢？我说，那是同学？桔子说，同学干吗要抱头痛哭？桔子说，后来他每隔一段时间都要往重庆跑一次，每次都跟她说去谈生意。他接了重庆那边的工程。我说，那你打算怎么办？我知道桔子的性格，她是个不达目的决不罢休的人。她没有回答我，临走前，她还说，我们的事，你千万不要跟郭晖说啊。我点了点头。

这个桔子啊，就是听不进别人的话。我早就发现了，他们之间，不会有结果的。但是这话，我没有直接跟她说。后来的事，你都知道了，两个人纠缠了那么久，还是没在一起。

你问我为什么这么肯定？我告诉你，郭晖的性格，我还是比较了解的。他心思非常缜密，做任何事都要深思熟虑。他既然在桔子这件事上一直处于被动，既然当初在婚礼上逃走，那就说明，他不想和她结婚。他一定是再三考虑过了。要说感情，他对桔子还是有感情的。至于为什么又不愿和她结婚，只有他自己知道。

大智住持来了以后，郭晖更多的就是去大智那里了。那段时间，因为重修二佛寺，他们经常见面。有一次，我有事去找大智，郭晖也在，他们正聊得热火朝天。我听郭晖在说，现在的人没有信仰，但生活中又会遇到很多事，尤其是心事，没办法解决。所以二佛寺以后应该大开方便之门，接纳更多的俗人。大智当时频频地点头，看来是很欣赏他的话。后来二佛寺的很多做法，都和郭晖当时说的有关。

有一回我问大智住持，在他心里，郭晖是个什么样的人？大智说，向佛之人。我说，再具体点呢？大智又说，礼佛之人。我说，再具体点呢？大智又说，心怀善念，胸有丘壑。

大智的话应该很有道理的吧。尤其是后者，我也深有体会。就像这次涞滩旧建筑改造的事吧，其他人都没有异议，郭晖却站出来反对。况且从常理上讲，这件事怎么着都是对他有利的，是他发财的好机会，但郭晖就硬是不要这个机会。关于这件事，我还真知道不少，你要是有兴趣，我可以把来龙去脉都跟你讲一讲。

涞滩有一句古话：先有二佛，后有涞滩。你要了解涞滩是怎么来的，得先明白二佛是怎么来的。

那还是唐朝的时候，有一位云游四海的法师，他来到涞滩后，突然就不走了。他是看中了这块风水宝地，决定在此修建寺庙。他云袖一挥，释迦牟尼摩崖像出现了；云袖又一挥，许多菩萨造像和数不清的罗汉雕像就出现了……

哈哈，我承认，这个只是神话故事，是我小时候听村里的老人讲的。二佛寺本名叫鹫峰禅寺，是在唐代建造的。有了二佛寺之后，四里八乡的香客就沿渠江乘船来拜佛，渐渐地，这地方就成了香客们的中转站，中转站慢慢又变成了集市。到了宋代的时候，规模越来越大，就形成了一个集镇。据说那个时候，这里商业很发达的，很多商人都来这里交易，十分繁荣兴旺，因此就成为当时的商业重镇。这就是下涞滩。

后来到了清朝嘉庆年间，为防止白莲教义军和其他农民起义军攻占涞滩，官府就动员老百姓，根据鹫峰山三面悬崖峭壁的特殊地理位置，依山修筑成山寨式城堡场镇，一些居住在下涞滩的人又陆续搬迁到涞滩山寨里。随后，防守坚固的涞滩山寨取代了下涞滩，变成一个新的集镇，这就是今天的上涞滩。到了同治年间，为防范太平军入川和云南李永和、兰大顺起义军攻城，又在山寨外加修了瓮城。

你看看，涞滩以前还是很繁荣的。一个地方，有辉煌的历史是好事，也是坏事。好事我就不说了，都知道，坏事就是往往会成为一种负担，涞滩的历任主事人压力都很大。你看看现在的涞滩，平时冷冷清清的，没什么人。为什么呢？没有发展起来。你再看看离这里不远的另外一个古镇，偏岩古镇，北碚下面的，才几百年的历史，交通也不比涞滩发达，可却比涞滩繁华得不知多少倍！偏岩还没有二佛寺呢。

后来涞滩那些当官的就开始动脑筋了。涞滩在其他方面没有优势：搞工业，没有基础，也没有矿；搞商业，没有人口，搞不起来；金融，更不可能。想来想去，只有搞旅游了。涞滩最大的优势就是二佛寺，所以就弄来了大智，重修了二佛寺。

二佛寺是修起来了，可是没有想象中那样，大家都往这里跑。佛教在中国啊，是个奇怪的现象。经济不发达的，就信一些山神土地之类的；经济越发达，发展得才越好。像广东那边，我听大智讲，那边的寺院香火可旺了。镇上的领导还去考察过，考察之后他们心里就没底儿了。原先计划打古镇这张牌，涞滩好歹也是千年古镇，而且古建筑基本上都保存下来了。这几年不是古镇热吗?像凤凰、周庄,都热得不得了。可是跟人家一比较,自己一点优势都没有:论规模,比不上周庄;论交通,比不上凤凰;论历史,比不上甪直。怎么办呢,他们就从外地请来专家开研讨会,据说都是研究经济尤其是旅游经济方面的专家。最后,不知是哪个专家出了个馊主意:古镇牌还是可以打,但要和别人不一样。怎么个不一样呢?专家建议:仿照欧洲的风格,建一个欧洲古镇。他想得倒挺好:在中国的土地上,建一个苏格兰风格的小镇,一定会吸引很多人。领导听了,不仅没反对,居然给同意了。这纯粹是病急乱投医嘛。你想出政绩,可以理解,可是也不能这样瞎搞啊。

还有一个重要的问题:钱从哪里来?涞滩这些年发展得不怎么样,合川也发展得一般,哪来的钱呢?有个专家又出了个主意:把现在的古建筑卖了!你看看这些专家,都长得什么脑子,这样的主意也想得出来!他还振振有词地说是从成龙买古建筑的事情上找到的灵感。

这件事我也知道,是从报纸上看到的。成龙经人介绍,在安徽买了十栋徽派古建筑。据说,是因为他父母喜欢古建筑。他原想把这些古建筑搬到香港,让他父母住。结果,地方还没找好,他父母就先后去世了。你说古建筑能移动吗?当然能。他们先把建筑里里外外的结构和陈设拍好照,绘好图,再一样样拆下来,然后照图复原就行了。现在的科技这么发达,什么事干不出来啊。那些建筑,有些木头是紫檀木的,有的已经有四百多年的历史了。据说成龙购买它们花了几亿港币。专家说了,那些建筑不过也才几百年的历史,就值那么多钱。涞滩有上千年的历史,不是更值钱吗?我听了之后笑得肚子都疼。他们从哪里请来的专家啊?是,涞滩古镇是有上千年的历史,可是古建筑哪有那么多年啊。刚刚跟你说过了,上涞滩是清朝才开始建的。

有的专家还说,他们认识不少人,可以帮助介绍买家。那些当官的啊,架不住专家们三说两说,就动了歪心思。后来怎么样?你别着急,听我慢慢跟你说。

这件事,先是刘明夷老先生知道了。刘子钟当时以为找到了涞滩的发展方向,一得意,回家就跟老先生讲了。没想到老先生一听,肺都要气炸了。老先生说,我一辈子都是研究古建筑的,尤其是这涞滩的古建筑,每一块石头每一根木头我都熟悉,我都有感情。你们要是敢把它拆了,我就跟你们拼命。刘子钟也来了气,他说涞滩又不是咱家的,你对古建筑有感情我理解,可是涞滩要发展,不能一直穷下去啊。老先生说,我到时候就在那房子上坐着,你们要拆,就先从我身上踩过去。老先生说着还拿起拐杖,追着刘子钟满院子跑,刘子钟跑得快,没让老先生打着,但却把老先生的心脏病给气发了,住了一个多月的院。刘老先生一出院,就让桔子去找郭晖。郭晖一听这件事也非常吃惊。他当场就表态说,他不会参与这件事。这是对不起老百姓对不起后人的事,有再多钱也不干。老先生说,光不参与还不够,你要和我一起反对这件事。你在涞滩很有影响力,你出来说说话,很多人都会响应的。郭晖就说他考虑一下。

郭晖回去考虑后,就对老先生说,他不想管这件事,主要是他不想出风头,把事情闹大。老先生又急了,说这不是你个人的事,也不是你出不出风头的事,这是整个涞滩的事。你不能不管!

你知道的,郭晖和刘老先生是忘年交,他最敬重的人就是刘老先生。老先生这么一说,郭晖就有些犹豫了。这件事我想想也奇怪。按说,郭晖不是个优柔寡断的人,更不是一个没有担当的人,重修二佛寺他花了那么多钱,那为什么不想管这件事呢?他是想赚里面的钱吗?肯定不是,他已经明确说了,他不会参与这事的。有人说,他是怕和政府的关系弄僵了,断了自己的财路。生意人嘛,毕竟还是要现实一点。我想这恐怕就是唯一的理由了。

不过后来,郭晖还是管这件事了。为什么?我也不知道,我猜可能是大智让他改了主意吧,而且大智也要管这件事了。按说,大智是出家人,世俗的事情退避三舍为好,可大智毕竟不是一般的出家人。他曾跟我说,时代在发展,佛教也要发展,以前出家人都藏在深山老林,只管自己吃斋念佛,不求闻达,只求自保。但佛是要普度众生的,独善其身,对世俗不闻不问,那都不是真正的佛。所以佛也要走出去,到人间去,到老百姓当中去。看看,大智不是一般的人吧,很多人都说,他就是活着的佛。

后来郭晖做了一件轰动涞滩的大事。可能就是这件事,让他得罪了人,所以他们怀恨在心,毒死了小白,以此来警告郭晖。

大概两个月前吧,瓮城墙上突然贴出一张告示,上首写着几个大字:致涞滩居民的一封公开信。我也看见了,写得情文并茂,后来就用手机拍了下来。我给你看看啊。

尊敬的涞滩居民、父老乡亲们:

你们好!

我们祖祖辈辈生活在涞滩,并为是涞滩人而自豪。我们都知道,涞滩是一座历史悠久的古镇,但我们并不一定知道,这座古镇到底有多大的价值!

涞滩从宋代开始建镇,已经有一千多年的历史了。也就是说,我们这座古镇上的一砖一瓦、一木一梁,都写着我们的历史,都保留着我们的文化,它们就是我们的历史活化石。

在西方,在欧美,他们小心谨慎地保护着历史,即使他们的历史远没有我们悠久。他们建一栋大楼都要避开一棵古树,更不用说那些古建筑了。所有美国人到中国来,都羡慕我们有着如此悠久的历史,而他们到现在,也不过两百多年。然而,古老的中国,历经十年浩劫,很多文物古迹遭到了破坏,那些能够保存下来的历史古迹显得多么珍贵!

一个有历史的民族,是让人羡慕的民族;一个善于保护历史的民族,才是有未来的民族。我们涞滩保留了这么多的古建筑,是多么幸运的一件事啊!但是现在,却有人不要这些古建筑了,要去仿建人家的古建筑。

这件事,如果今天我们坐视不管,我们就将是历史的罪人,华夏不孝的子孙。

所以,我们呼吁镇政府立即停止这个想法,另谋经济发展之道。有响应我们呼吁的,请在我们三人的名字后,签上你们的大名。

致

最诚挚的感谢!

大智 刘明夷 郭晖
××年××月××日


瞅瞅这一笔漂亮的小楷就知道,这封信出自刘老先生之手。但我敢肯定,主意是郭晖出的。而且还有人看见,是郭晖亲手把这封信贴在城墙上的。信旁边的桌子上还放了一支笔,是供人签字用的。

你可以想象到,这样的一封信贴出来,会是什么效果。这三位在涞滩，那都是德高望重的人，都是名人。结果不到一天的时间，上面就签满了名字。底下签不下了，就往上面签，旁边签。后来还有人踩着桌子签，还有人把名字签到信背后的。那一天整个瓮城热闹得不得了，像过节一样。我是中午上街的时候瞧见的。当时信前面围了很多人，我挤进去一看，上面已经签了不少名。有人看到了我，还叫我也签一个。

我没签。

为什么？虽然我心里赞成，但我不喜欢凑热闹。有这么多人签了，就够了。

第二天，有人把签满了名字的信送到了镇政府，当时他们就傻了眼。据说刘子钟气得把杯子都摔了。书记和镇长紧急开会讨论这件事。开完会，他们就派人去请这三位，跟他们说，这件事，还没有做定论，镇上还在研究。请他们不要把事闹大了，尤其是不要闹到上面去。

这件事就这么完了？那你也太小看刘子钟了。他刘子钟在涞滩深耕多年，我还是了解他一些的。他想要做的事，怎么会轻易善罢甘休？还有那些利益相关的人，怎么会把到嘴的肥肉吐出来？

后来的事你都看到了，小白被弄死了。为什么要先收拾郭晖？谁叫他是外地人。古话说得好，强龙不压地头蛇嘛，所以肯定要先从他那里下手嘛。我有一种预感，这事还没完，你要是不离开涞滩，就耐心等着看吧。

# 辛

刘明夷,你加入过国民党吗?

是的。

你认罪吗?

我认罪。

当初你为什么隐瞒不报?

我……

你隐藏在人民群众的队伍里,到底想要做什么?

我没干过坏事。

你要好好想想,彻底坦白才有出头之日!

刘明夷站在桌子前,他的对面坐着雷军和老金。两盏灯同时照着他的脸,让他很不自然。据说这是老金的主意,他以前在审问国民党俘虏时就用过这招,几盏灯一照,被审问的人看不到审问者的脸,心里就会发慌。刘明夷心里的确有些发慌,但更多的是恍惚。他感觉这辈子一直过得懵懵懂懂,没有什么是清晰的,没有什么是明确的,一切都似是而非。没有原则没有规则没有界限,除了按时上下课。这样的人生是多么的荒诞。想到这一点时他就有些羞愧,以至于雷军的问话他都没有听清楚。雷军只好提高声调又问了一遍。他问的是一个和阶级斗争似乎没有关系的问题。

方娅揭发了你,你恨她吗?

我恨她吗?

刘明夷重复了一句,这个问题他还真没思考过。他们俩,到底谁该恨谁呢?他想到有一天会被人揭发,只是没想到,揭发的人会是方娅。她比自己的问题更大啊。这就像是两眼都瞎的人,嘲笑独眼龙一样。但是,他该恨她吗?他想不清楚,只是觉得有些累,于是他迷迷糊糊地坐了下来。

站起来!老金突然喊了一嗓子,谁允许你坐下来的?!

这一嗓子来得太猛烈,也太突然,刘明夷猝不及防,屁股立即从椅子上弹了起来。他惊魂未定地朝雷军的方向看过去,却什么也看不清,眼前一片炽白。

雷军的语气温和了一些,他说,刚才的问题,你想清楚了吗?

他又眯着眼看了看雷军,还是什么也看不清,刺眼的光线中,只有两张模糊的脸。他于是摇了摇头。

雷军似乎对他的回答很满意,他说,方娅的问题也很严重。你们俩,真是一对活宝夫妻。对方娅,你有什么要揭发的吗?这可是你立功的好机会。

刘明夷又茫然地摇摇头。他不是不愿意揭发,而是不知道该揭发什么。

雷军咳嗽了一声,无奈地说道,组织上已经批准了方娅的离婚请求。我想,这对你们都是好事。两个坏分子在一起,会相互放毒的。好好反思自己的问题吧……

这次"审讯"后,刘明夷就被"释放"回家了。他本以为自己再也回不了家了,但没想到老金开了恩,竟让他回来了。当他拖着两只软绵绵的脚打开房门时,方娅正在收拾东西。她下意识地瞅了一眼刘明夷,就立马扭回头去……事实上,这么多年来,他们虽然分居,但仍然能感觉到彼此的存在。但是现在,这种存在感马上就要消失了。刘明夷没敢看方娅,好像做错事的是自己,而不是她。他讪讪地回到自己的房间,站在床前愣怔了许久。直到他像意识到了什么,才猛地冲了出来。

你要到哪里去?

好像和你没什么关系了吧。

方娅的声音很平和,脸上挂着淡淡的笑。此时,她已将所有的东西打了包裹,没等刘明夷说什么,便转身出去了,留下一屋子的狼藉。

刘明夷的心像是被掏空了一般,感觉有些虚脱。他很难受。这种难受,就像小时候父母都出了门,把自己一个人扔在家里一样。他无所适从起来,好像有东西在撕扯着自己,但他又找不到撕扯的地方。他想坐下来好好想一想,可是,他发觉自己竟然坐不下来了,屁股刚一沾凳子,就触电般反弹起来。他摸了摸屁股,除了摸了一手灰之外,什么都没有。于是他就在屋里转圈,后来干脆到屋前屋后去转。转了几圈后,他发现屁股上如同粘着芒刺,还是坐不下来。他试着甩了几下胳膊,做了几个下蹲动作,但依然失败了。

正在他手足无措时,大秀回来了。

大秀说,明夷哥哥,你受委屈了。

刘明夷鼻子一酸,眼泪差点流出来。但他控制住了。

明夷哥哥，你坐吧，我有话要跟你说。

刘明夷就往下坐，但情形与刚才一样，屁股又不自觉地弹了上来。

你怎么啦？大秀问。

我不知道，我好像坐不下来了。

他们，是不是打你了？

刘明夷摇了摇头。

明夷哥哥，你和方，方娅，还是分开了？

刘明夷傻傻地看了看她，仿佛她所问的问题和自己无关。

大秀的眼泪唰的一下就流出来了，在两颊形成两条线，弯弯曲曲，仿佛两条小溪，很顺畅地从下巴落下来。他有些奇怪，你干吗要哭呢？你不是一直不喜欢她吗？

我是不喜欢她。可是，我不希望你孤单，我也不希望看到这个家成为现在这个样子。其实我觉得，方娅人不坏。她心里也有苦，还常常一个人悄悄抹泪呢。你别看她在你面前很坚强的样子，毕竟她也是个女人啊。是，我很小的时候，就觉得你们俩在一起不合适，我是多么希望你们分开啊。可是，你们真的分开了，我又特别难受，又觉得是我害成你们这个样子的。我……

大秀擦了擦泪，大概是想起了自己的童年。其实从小到大，她才是孤单的，除了爷爷，有多少人正眼瞧过她啊。但这个世界上，又有多少人不孤单呢？那些有爱人的，被人宠着的，受人尊敬的，就不孤单吗？刘明夷只是想着，没说出来。

明夷哥哥，你还记得那根发簪吗？

刘明夷投来疑惑的目光。

想起来也有好多年了。那个时候她刚刚来，和你，还有她父亲,都住在我们家。你们俩当时总在一起,我心里多不舒服啊。以前你总跟我在一起的,可是她来了之后,你就不管我了。后来我就想,得想办法把她撵走。我就偷了她的发簪,藏了起来,有意让她找不到。她一定会怀疑是我偷的,一定会骂我。果真,她怀疑到了我身上,看她骂得差不多了,我就又把发簪放回原处。这样一来,你就会以为是她冤枉我了,你就会讨厌她……

刘明夷终于想起来了。他看了看眼前的大秀,又从脑子里翻出当年的那个大秀,他几乎无法将这两个人对接起来。快二十年了。二十年的时光,就如同一双有魔力的手,将一个泥人揉碎、捏圆,又重新捏出一个人来。而眼前的大秀就是这个新捏的泥人。他又仔细端详了一遍大秀,仿佛要重新认识一下这个姑娘。眼前的这个姑娘年轻、漂亮,尽管穿着一身灰布衣服,但却难掩她的青春和活力。

明夷哥哥,你当时要是知道这件事,是不是特讨厌我呢?

大秀自顾自地说着,又笑了起来,显然这段回忆是美好的,让她沉浸其中。刘明夷脑子里还是有些发怔。他也在自己的回忆中,但两个人的回忆不在一个空间里,也不在一个时间里,有些对接不上。

半下午的时候,方娅终于回来了,她后面跟着一个农民模样的人,推着一辆独轮车。两个人一声不响地进了屋,那人帮她把行李搬上车,然后推着车跟在她后头,走了。独轮车吱呀吱呀地,一路碾着她的影子。她的影子倒在晒得干裂的土路上,被独轮车碾得又扁又长。刘明夷看着他们走过门前的小路,从两棵槐树中间穿过,最后消失在一排桔子树后。

身旁的大秀见刘明夷一直没动静,便使劲捅了捅他,明夷哥哥,你叫住她呀,你追过去啊!你怎么不追啊!

刘明夷这才如梦方醒,他拔腿就追,一边追一边大声喊:方娅,方娅!

终于,他又远远地看到她了,但她没有回头。于是他加快了脚步,突然,扑通一声,他被脚下的石头绊倒了,膝盖磕在坚硬的路面上,裤腿也被磕破了,血顺着破损的地方浸出来。他踉跄着爬起来,抬头看去,她又消失了。他瘫软在地上,茫然地望着前方。他这才发现:这次,他真的失去她了,永远地失去她了。

她会去哪里呢,她的未来在哪里呢,自己的未来又在哪里呢……想到这儿,他的泪水夺眶而出,眼前的世界模糊成一片。

正当刘明夷伤心欲绝的时候,大秀走了过来,她轻轻弯下腰,将他的头搂在了怀里。刘明夷下意识地抖了一下,想要挣脱开来,可大秀却抱得更紧了。

大秀说,明夷哥哥,我们回家吧。

她走在前头,他跟在后头,两个人一前一后往家走。多年以前,他也是这样送她回家的,那个时候,他走在前头,她跟在后头。

对刘明夷的正式审查开始了。上次老金和雷军对刘明夷的"审讯"严格意义上只能算是预审,接下来等待他的才是更严峻的考验。

这一次,刘明夷仍旧听从了大秀的意见:虚心认罪。说什么都承认,并且表示认真悔改。

审查第三天,马从军出现了。自从运动开始后,刘明夷就一直没有见过马从军,听人说他去组织上面的运动了。

老刘,你苍老多了。

这是马从军走进审讯室的第一句话。刘明夷迟疑地看了看他，咧开嘴想笑，可又觉得不合适。

老刘，你坐，你坐着吧。

刘明夷摇摇头，我，还是站着吧。

马从军回头对雷军和老金说，你们先出去吧，我单独和老刘聊一聊。

马从军坐着，刘明夷站着，这让刘明夷感到自己有些居高临下。他尽力弯下腰来，好让自己的目光与马从军平行，但这太难了。他的腰已经不听使唤，稍一用劲，就会生疼，最终他还是放弃了。

马从军说他这段时间在市里工作，是借调的，现在工作任务完成，就回来了。接着马从军转入正题：

你和方娅分开了？

刘明夷点了点头，关于这个问题，最近有太多人问他了，他都有些麻木了。

马从军说，分开好，分开好。我早就跟你说过，她会影响你的。这个事我们先不谈，我们谈谈马从周的事吧。你解放前参加活动的时候，都是和马从周在一起吗？

刘明夷说，是的。

马从军说，他有没有要你干什么？

刘明夷说，他就是要我参加一些活动。有次让我写篇文章，关于共产党的，我没写，我说我不了解。

马从军说，好，这件事你做得很好。你要把它写下来，写一个专门的汇报材料交给我。

他站了起来，走到刘明夷跟前拍了拍他的肩膀。他比刘明夷矮一头,这让他拍得有些费力,得踮起脚来才能够得着。幸亏刘明夷比较配合,他顾不得疼痛,努力弯下腰,这才让马从军顺利地拍到了。刘明夷对于自己的配合感到很满意。

老刘啊,你不要太担心,你没干过对不起党对不起人民的事,你应该能过关的。有什么事尽管来找我。

马从军的这句话算是给刘明夷吃了颗定心丸,当天晚上,他就把汇报材料写好了,他是站着写的。这几天里,他不是站着就是躺着,再也不敢试着坐下来。慢慢地,他居然习惯了。而且他还有一个意外的发现,以前脖子经常酸痛,现在居然好多了。

第二天一早他就把汇报材料交上去了。没想到接下来的几天居然没人管他了。刘明夷反而觉得有些不习惯,怎么会没人管自己了呢?难道这件事就这样不了了之了?有几回,他特意从马从军和雷军的办公室前走过,可他们就像没看到他一样,只顾埋头做着自己的事。

几个月过去了,还是没人管他。

一天晚上吃过饭,刘明夷问大秀,是不是"四清"结束了?我是不是过关了?怎么没人管我了?

大秀说:不知道。有的地方还在搞,不过你的事应该结束了吧。"四清"本来就是清干部的。你一个小小的教研室主任,又没什么实权,算不得什么。况且你交了汇报材料,他们应该是查清楚了,才不管你的。

刘明夷叹了口气。

大秀笑了笑,明夷哥哥,你叹什么气啊?审查还没审过瘾吗?

她笑得有些调皮,看来她的心情不错。过了一会儿,她又忧郁起来,明夷哥哥,方娅走了这么久了,你再找一个人吧。

刘明夷说，我的帽子还没摘呢，我现是坏分子、阶级敌人，谁还敢跟我在一起啊。

大秀认真地说，我可是妇联主任哦，我听说喜欢你的人还不少呢。我就知道有一个女孩子，挺喜欢你的。要不要见一下啊？

刘明夷摇了摇头，算了，我就不害人家了。

大秀说，还是见一见吧，我已经和人家说好了。明天晚上七点钟，在码头边，不要让人家白等啊。

她的脸上红扑扑的，一副很兴奋的样子，没等刘明夷答话，就自己回房去了。

刘明夷一个人躺在床上，左想右想，都觉得不妥。他现在哪有心思谈情说爱啊，得跟大秀说一声，让她把人家回了。可是，大秀的门已经关了，他在门口犹豫了半天，还是退回来了。自从大秀由孩子长成大姑娘，他就开始注意和她在一起的分寸了。虽然外人把他们当亲兄妹，也没什么风言风语，但正是因为这样，他就更应该注意分寸。所以，他看她的目光，也不再像以前那样透彻直接了，而是变得闪烁起来，很多时候都不敢坦然迎接她的目光了。谁叫他在女性面前，天生就是羞涩的、怯懦的呢？

第二天早上，刘明夷再想跟大秀说时，大秀已经上班去了。刘明夷在忐忑不安中度过了一天。

大秀直到傍晚都没有回来。没回来就没有饭吃，刘明夷只好找出剩饭，用开水泡了一下，胡乱地吃了几口。他边吃边想，自己到底该不该去见呢？想来想去，他觉得还是该去，至少应该跟人家说一下自己的想法。拿定主意后，他又在考虑穿什么衣服。要不要穿上自己最漂亮的那件中山装呢？还是算了吧，既然打算回绝人家，穿什么就不重要了。他在屋里踱着步，无意中看到条台前放着一面镜子,平时方娅和大秀都是在那里照镜子的。于是他在镜子前停了下来,镜子里现出一个满面沧桑的男人,又黑又瘦,鼻子旁和左眼下已经有老年斑了,左鬓上也长出白头发了,有三根。他揪住一根白发,想要扯下来,但立马又改变了主意,回身找来把剪刀,把白头发一根根剪掉了。古人说,剪断三千烦恼丝,现在自己剪断了三根,不知烦恼是不是会少一些。总算挨到了时间,他很不情愿地走出门去。

到了码头边时,天已经快黑了,夕阳被远处的山峦遮了一大半,只剩最后一小片卡在山尖上。红彤彤的阳光从上涞滩一路铺下来,铺到江边时,光线就暗了些。还好,借着这光线,刘明夷仍旧能看见码头边的情形,那里站着一个女孩子,正面对着渠江。只见她穿着那年头不多见的碎花上衣,两条大辫子耷拉在花上。她的辫子太粗了,让人担心会不会把那些好看的花压坏。她还单肩背了一个黄色的斜挎包,那是那个时代最时髦的包了,一直拖到腰际。刘明夷偷偷瞟了一眼那个女孩儿,他不敢多看,就算是背影也不敢多看。他慢慢走过去,走得足够近了,他咳嗽了一声,来人这才转过头来。

大秀,怎么是你?你说的那个人呢,还没来吗?

刘明夷惊诧地问道。

大秀吃吃地笑了,那人就是我啊。

刘明夷张大了嘴巴,半天合不拢,大秀,你在胡说什么?

大秀抬起头,直视着刘明夷的眼睛,明夷哥哥,我没有胡说,我说的那个人就是我,我自己。

刘明夷不敢相信,也不愿相信,别乱说,这怎么可能!你是我妹妹,你是我妹妹啊。我一直把你当我妹妹的啊。

他感到有些懵，使劲揉了揉眼睛。

明夷哥哥，你只用回答我，你喜不喜欢我？

你不要胡闹了好不好。你那么年轻，那么好的出身，你前途似锦，你要找个好人家，军官、国家干部、供销社主任，都行……

明夷哥哥！大秀叫了他一声，声音里带了哭腔，你怎么就不明白呢？我喜欢你，我就是喜欢你！自从八岁那年起，自从遇到你的那个时候起，我就喜欢上了你。我嫉妒所有跟你在一起的人，包括方娅。那天你结婚的时候，我心都碎了。我是有意待在窗外的，想让你结不成婚！我不要什么军官、国家干部，我只要你！我知道你也是喜欢我的，我知道的！……

大秀的话像一串手榴弹，炸得刘明夷晕头转向。恍惚中，大秀依然还是那个八岁的小女孩儿。他无法想象，一个八岁的孩子，会有这么复杂的想法。他机械地摇了摇头，仿佛在完成一个应该完成的仪式，喃喃自语，我从来没有这么想过。在我眼里，你只是一个小女孩，那个缺少关爱、需要人陪伴的小女孩。后来，你就是我妹妹……

你胡说！大秀打断了他的话，终于哭出声来，你要是不喜欢我，为什么要教我认字，教我学文化？你为什么要给我取名字？你给我取了名字，就要娶我！

她的声音有些霸道，甚至蛮不讲理，嘤嘤的哭声里，她似乎又回到了多年以前，那个黑黑瘦瘦的、躲在墙角的小女孩大声嚷嚷着：明夷哥哥……

大秀抽泣着从兜里掏出一张纸，她把纸打开，贴在自己的胸前，凑近刘明夷。

明夷哥哥，你还记得这个吗？

刘明夷低头一瞧，纸上画的是竹子，旁边还有自己的签名。没等他想清楚是怎么回事，大秀又轻轻哼唱起来：

大月亮，二月亮，哥哥起来学木匠；
嫂嫂起来蒸糯米，娃娃闻到糯米香；
哭的哭、吭的吭，打起锣儿接娘娘。

歌声里，刘明夷终于想起了那天下午，那个在山路上唱歌的小女孩儿，只不过那是一个稚嫩的声音，现在，这个声音历经了将近二十年的岁月，长大了，长得又脆又亮了，它正在自己的耳边响起。

明夷哥哥，你现在明白了吧？我要嫁给你！

刘明夷醒过神来，还是坚定地摇摇头，掉头就走。这不行的，这不行的。他喃喃自语道，脚下有些踉跄。大秀也跟了上来，两个人都沉默了，只听见脚步一声重一声轻地踩在沙地上。

现在，天已经黑了，月亮悄悄爬上了山。刘明夷的脸滚烫得厉害，他没敢回头，只顾往前走。突然，刘明夷听到身后"哎哟"一声，他回头一看，是大秀摔倒了。他连忙跑上去，问，你怎么了？摔疼了吗？

大秀嘴里直哼哼，我的脚崴了……

怎么这么不小心！来，我扶着你。

他刚蹲下来准备扶她，她却一下子搂住了他的脖子，顺势扑到他怀里。刘明夷猛地将大秀推开，但是用力太大，把她推倒在了地上。大秀委屈地哭了。刘明夷站在那里手足无措，他紧张地朝四周看，生怕有人从这里经过。

大秀哭了一阵，不见他来扶，就嚷道，你扶我一把啊，就让我这么坐着啊。

刘明夷这才上前扶起了她。大秀起来的时候，在刘明夷的耳边说道，明夷哥哥，我不会就这么算了的。我一定要让你娶我！

刘明夷只好装聋作哑。

回到家里，点上灯，屋子亮了起来，两个人都有些不自然了。往常这个时候，两个人会就着灯说说话，谈谈最近的时事，有时候也会谈一些八卦新闻。可今天，他们似乎没话说了。刘明夷匆匆打水洗漱，小偷一样溜回了自己的房间。

那晚刘明夷辗转反侧，他似乎能听到对面房间里大秀的呼吸声，闻得到她的气息，那是一种淡淡茉莉花的清香。这让刘明夷既兴奋，又焦躁不安，他把头塞到枕头下，可枕头竟也发出这种香气。他恼怒地把枕头扔到了一边。

第二天起床后，他偷偷看了看对面，门已经开了，他这才出来洗漱。他心里仍有些慌乱，定下心来后，他又开始对自己的慌乱感到羞愧：快四十岁的人了，怎么还像个青涩的小伙子一样害羞？我凭什么害羞呢？我为什么要害羞？重新理清思路之后，他变得理直气壮起来。虽然在接下来的几天里，他还是不敢面对大秀火辣辣的目光，但总算不用刻意躲避她了。好在大秀没有继续跟他提这件事，这让他心安了不少。

几天后，家里来了一位不速之客。看样子五十多岁，女的。一进门就问，你是刘老师吧？

没等刘明夷回答，她就自我介绍起来，我是妇联的，我姓李，你叫我李阿姨就行了。

李阿姨在屋子里转了转，就夸奖道，屋子收拾得不错嘛，家里有个女人就是不一样。可惜，那么好的姑娘……

说着，她的目光一转，对着正站在一旁不知所措的刘明夷锐利地一扫，问道，你是刚刚离婚的吧？

刘明夷终于找到机会说话了。他说，是的。

李阿姨接着说，一个大男人，家里没个女人，是不行啊。你的家里都是大秀帮你收拾的吧？

刘明夷点点头，一边暗自惭愧：自从有了大秀以来，这屋里都是她收拾的，他和方娅根本就没动过手。

李阿姨说，大秀是个好姑娘，她一直崇拜着你呢。怎么样，你对她，就没什么别的想法？

刘明夷摇了摇头，没有。我一直把她当妹妹呢。她跟着我那么多年了，我都习惯把她当妹妹了。

李阿姨的眉毛一挑，目光再次变得锐利起来，说是这么说，但是，你们毕竟不是亲兄妹嘛。大秀现在也不是当年那个不懂事的小姑娘了，她也长大了。你们两个，孤男寡女的，就这样住着，怕也不是很妥当吧？你就不怕别人说闲话？大秀多好的姑娘啊，国家干部，人又漂亮，家庭成分又好，多少人追求她呢。不瞒你说，光找我搭线的，就不下七八个。可是人家呢，就是看上你了。唉，也不知道你是哪辈子修来的福气……

刘明夷一直不敢正眼看这位李阿姨，只是偶尔偷偷瞥她一眼，但就是这么一眼，也逃不过她的眼睛，两人目光对接的一刹那，刘明夷忍不住一哆嗦，仿佛自己做了什么亏心事似的。从李阿姨的目光中，刘明夷看出来，这位李阿姨显然对自己是不满意的，尤其是和大秀一比，更加加深了她的这个印象。

刘明夷说，李阿姨啊，您说得太对了。我配不上大秀啊，我实在是配不上大秀。大秀是一朵鲜花，我就是一坨牛粪，麻烦您劝劝大秀，就不要插在我这牛粪上了。她现在还不懂，以后会后悔的……

我觉得你是配不上大秀。你一个离了婚的男人，年纪那么大，成分还不好……李阿姨毫不客气地打断他，但是大秀认准了，我有什么办法。她托我办这件事，你说怎么办？我总不能不管吧。现在毕竟是新社会了，讲究婚姻自由。再说了，萝卜白菜，各有所爱。人家就认你了。你还是好好考虑考虑吧。

刘明夷忙不迭点头表示同意，然后一路把李阿姨送出了家门。很显然，这位李阿姨是大秀派来做说客的。大秀的这个举动说明：她已经把这件事公开化了。一个女人，把这种事公开，就说明她不打算回头了。刘明夷陷入苦恼中。他觉得现在唯一的办法还是说服大秀，让她自己放弃这个念头。

当天吃完晚饭，刘明夷决定单刀直入，和大秀谈谈。

大秀顺从地坐下来，看着刘明夷。这两天大秀像是变了个人，话也少了，人也没有以前那么爱说笑了，但她的脸上仍然是平静的，平静之中，还带着几分坚毅，她似乎在表明着自己的决心。

明夷哥哥，你也坐啊。

刘明夷也跟着坐了下来。

大秀吃吃地笑了，笑得刘明夷莫名其妙。

明夷哥哥，你能坐下来了？大秀说。

刘明夷也吃了一惊。他站起来摸摸屁股，没有什么不舒服的感觉。他再次坐下来，这次是小心翼翼的，但总算坐下来了。他不好意思地笑了。

大秀，我人是坐下来了，可是我头上还戴着帽子呢。

我知道。我不在乎。

我年纪大了，还离过婚。

我知道。我不在乎。

我政治上已经完了，我没有前途了。

我喜欢的是你的人。

我……

刘明夷不知道说什么好了。他精心准备了这几个理由，在他看来，每个理由都是有杀伤力的，可是大秀没怎么费劲就一一化解了。他想了想，决定使出杀手锏来。本来，不到最后时刻，他是不愿意说出来的。但是现在，他已经顾不得面子了，也顾不得难为情了。他咬咬牙，说出了一句一直压在他心头的话。

我，我……身体不好。我可能都不会有孩子的。

他终于委婉地讲出了这个难以启齿的秘密。在男女之事上，他这辈子无疑是失败的。平生仅有的一次，是和方娅的，而且还是匆匆而过，还没品到滋味就结束了。再后来，他们就再没有成功过。他以为，自己这辈子都不会再有男女之事了。

大秀咬了咬嘴唇，脸上红得像初升的太阳。她犹豫了片刻，说道：明夷哥哥，这些年，苦了你了。你不用担心，我会照顾好你的。

说完这句话，她的眼睛湿润了。

刘明夷长长地叹了口气，站了起来。那一刻，刘明夷其实已经知道，她如今已是兵临城下、势在必得；而他，已经是十面埋伏、退无可退了。他的沦陷是迟早的事。这些年，他们不都是一直这样过来的吗?他退一步,她进一步;他再退,她再进,直到最后……他投降。只是这次,他不知道,他将以何种方式投降。

两天后的下午,马从军来到刘明夷的办公室。他看了刘明夷一眼,说道,刘老师,你到我办公室来一下吧。

他的语气很严肃,也很干脆,说后半句时,已经拔腿往外走了。刘明夷莫名地紧张起来,心想莫非是上次的审查有什么新情况了?他跟着马从军进了校长办公室。

刘明夷刚进门,就看到了大秀。他目瞪口呆,大秀,你怎么来了?大秀没有理睬,她的眼里红红的,似乎刚刚哭过。

马从军说,你知道我为什么找你吗?

刘明夷一脸茫然。

马从军两眼直盯着刘明夷,盯得他心里有些发毛。突然,马从军板下脸来,"啪"地拍了一下桌子,刘明夷,你就不要装了!

刘明夷吓得猛抖了一下,瞬间就从椅子上弹了起来。他战战兢兢地说,马校长,到底什么事?你说嘛!

马从军霍地站了起来,指着他的鼻子骂道,刘明夷,以前我当你是个正人君子,谁知你是个衣冠禽兽,居然干出这种事来!

刘明夷第一次见马从军对他发这么大的火,他有些吓傻了,马校长,我干什么啦?

装,你还敢装!马从军咆哮着,人家一个黄花闺女,你把人家睡了!你这是犯罪,对一个国家干部犯罪!大秀还是妇联主任,而你,是一个戴帽子的人。你说说,现在该怎么办?!

啊?你说什么啊?……

刘明夷惊呆了。他瞅了瞅大秀,大秀正低着头抹眼泪。他突然就明白了：都是大秀干的。这个大秀，为了跟自己在一起，她竟然连名声都不顾了。他心里一阵哆嗦，他知道他迟早会投降，只是不晓得她的最后一击竟是鱼死网破、置之死地而后生的办法！他看着大秀楚楚可怜的样子，眼泪就掉下来了。

哭，你还有脸哭！现在哭晚啦！

马从军还在咆哮，他显然是气坏了。他在屋里转着圈，步子越来越快，最后，他转到刘明夷跟前坐了下来，尽量用平静的口吻说：

你说吧，现在该怎么办？

刘明夷没有应声。

陶大秀，你说呢？

大秀也没有回答。

马从军叹了口气，拿出烟来，递了一支给刘明夷，自己也点了一支，深深地吸了一口，然后下决心似的吐了出来，我看这样吧，你现在已经离婚了，也是光棍一条，你就娶了陶大秀吧，便宜你小子了。

刘明夷嗫嚅，这，这，不太好吧？

有什么不好的！马从军的嗓门又高了起来，人家陶大秀都愿意，你还想怎么着？还嫌自己身上的罪名不够，想再多一条啊？行了，就这么定了。你们明天就去登记，后天把事给办了！

马从军挥了一下手，算是逐客了。刘明夷只好往外走。

两个人一前一后，刘明夷在前，大秀在后。他们直接回了家，一路无话，快到家时，大秀才追了上来，和他肩并肩走在一起。

刘明夷说，大秀，你这是何苦呢？

大秀咯咯地笑，都怪你，一定要逼我！你还不了解涞滩的女孩，现在了解了吧？

稍作停顿，大秀的声音又变得温柔起来，明夷哥哥，你照顾我二十年了，现在我要还给你，我也要照顾你，二十年，三十年，四十年……

大秀的声音越来越低，直到什么都听不见。

# 申

她的头始终是昂着的,即便被审查的时候也是。她看都不看对面那些人一眼——尽管他们可以主宰她的命运。她的眼睛始终盯着遥远的地方。后来他们在她的脖颈上挂上了牌子,上面写着"臭间谍""日本狗"这些污辱性的字眼,她仍然昂着头,既不认罪,也不反驳。

记得她刚刚闯入我生活的时候,我八岁,她也就十八九岁吧;一头披肩长发,身上穿着旗袍——那是我第一次见到旗袍。当时我就想,有一天我也要有一件这样的衣服。她满脸笑容,声音很脆很响,说起话来怪怪的,听不太懂。她过来跟我打招呼,是想跟我套近乎吧,可是我根本就不买账,一直往后躲,躲到墙角时,我扭头就跑了。我一点也不喜欢她,因为我知道,她是来抢我明夷哥哥的。那个时候,在我的心里,明夷哥哥已经属于我了,谁也不许抢走他。可是,自从她来了之后,明夷哥哥就不怎么理我了。说实话,我当时特别恨她,但见明夷哥哥对她那么好,我又不想伤害明夷哥哥。所以,我就刻意地躲避她,我藏在树下,或躲在墙角,在那些不被人注意的地方偷偷地看她,眼睛里都是仇恨。

后来她走了。那个场景我永远都忘不了。她仍是一副高傲的模样，嘴角挂着冷笑。和她一起生活的将近二十年时间里，她在我记忆中印象最深的就是这副表情，她似乎永远都在嘲弄这个世界。那是我最后一次见到她了，我们挽留她，但终究是徒劳。我们不知道她要去哪里，她能去哪里。她在涞滩，在重庆，在中国，完全是无依无靠啊。

说实话，其实她走的时候，我的心情非常复杂。她离开了，就意味着明夷哥哥又回到了我的身边，为了这一天，我可是等了二十年啊！可是，同样身为女人，我又心疼她，可怜她。我知道，这些年来，她和明夷在一起并不幸福，他们分居，他们冷战，直到离婚，他们都始终生活在互相误解、互相伤害的痛苦中。

走前的那天晚上，她找我谈过一次话，但我一直没有告诉明夷，到现在都没告诉他。她跟我说：我知道你一直讨厌我，我也知道你喜欢刘明夷，现在我把他交给你，希望你以后好好照顾他。他这辈子其实也挺不容易的，他人不坏，就是生性有些懦弱，又有些书生气，我怕他将来会吃亏的……我被她这推心置腹的话语感动了，就劝她留下，但她心意已决，我还能说些什么呢？

那个时我就想，我可能再也见不到她了。可是，谁能料到，三十多年后，我们居然又见面了。

时间啊，就像只兔子，你盯着它的时候，它一动不动；可你一不小心，它就哧溜一下，从你身边溜走了。三十多年，意味着什么？一棵桃树，可以长出两丈高；一头刚出生的牛犊，可以老死掉；一个年轻人，可以变成老年人。

当时，我正在刘胖子的小卖部门口跟人聊天，无意中看到路口方向驶来几辆黑色的小轿车。小轿车徐徐停下，车上依次下来了七八个人，前头是个老太太，一身乳白色连衣裙，米色半高跟皮鞋，白礼帽，帽子底下露出几绺银白色的头发。这个年纪还穿一身白，在我们小镇，绝对可以称得上是一道风景。她就像黄昏时分从一个少女手上的画报里走出来似的，立即吸引了众人的目光，以至于大家都忽略了同行的其他人。当时，我并没有想起她是谁，我只感觉，她的平静而又略带嘲弄的眼神，还有她挂着一丝冷笑的嘴角，看起来很熟悉。

他们一路沿街走来，离我越来越近，我眼里的她也越来越真切，越来越清晰。我搜寻着自己的记忆，她是……她是……但就是不能明确地想起她的名字。直到几个人走到刘胖子的店门口，一个年轻人很礼貌地问刘胖子：请问刘明夷老先生的家在哪里？刘胖子看了我一眼，笑着说，你找刘老先生啊，正好，他们家的陶老师在这里，你问她好了。我揉了揉眼睛，问他：你是找刘明夷吗？

就在这时，那个老太太走了过来，她盯着我，上下打量了一番，最后，哈哈大笑起来：哎呀，大秀，你是大秀啊，你也老啦。

扑通一声，像是谁扔了块石头，一下子，我的全部记忆被激活了。我也吃惊地叫道：你是——方娅！你是方娅！

我有些忘情地上前，一把抓住她的手，我有很多年没这么激动了。她也很激动，握住我的手不愿意松手，好像一松手，我就飞走了似的。

我说，都三十多年啦，三十多年啦。

她也说，是啊，三十多年啦，都老啦。

我又仔细看了看她，她应该快八十了吧，她和明夷也就相差一两岁。可是她保养得多好啊。脸上还是那么光滑，皱纹也没那么深，除了头发，岁月似乎在她的脸上雕刻得格外缓慢。

我说，走走，赶紧，到家里去坐。

她一路走，一路向两旁张望，哎呀，没怎么变，还是那个样子。保存得这么好，真是奇迹啊，奇迹啊。

她指的是那些城墙，那些老房子，还有长满青苔的石板路。她经过街边一个水槽时，还专门戴上老花镜，弯下腰，很仔细地看，一边看一边摸着水槽说：这是以前用来装水的吧，可以喂鸡喂鸭，还可以防火灭火呢。你看，这个水槽四周雕刻着龙啊水牛啊一些图案，听刘明夷说，可能有几百年的历史了。

连我都没想到，已经三十多年了，她还是记得那么清楚。

我们继续往前走，直到路边一棵菩提树前，她停下了脚步。我以为她是累了，就想扶她坐下来歇会儿，但她摆摆手，仍旧站得挺直。她仰头看了看巨大的树冠，将一只手贴在粗壮的树干上，泪水便涌了出来。我知道，这一刻，又勾起了她多少往事……

今天的阳光很好，似乎在配合她的归来。夕阳穿过老街，顺着屋顶溜下来，照得石板发亮。她似乎被石板的光线刺痛了眼，不停地摘下老花镜揉眼睛。她走走停停，一边看一边对身边的两个女孩儿说着话，叽里咕噜的，我一句也没听懂。她又回过头来跟我说：她们都是我的侄女儿。她们太年轻了，不了解历史。我笑着说：我们当年也不了解啊，尽管我们是在历史中长大的。等我们老了，就有历史了。她愣住了，像是在揣摩我话里的意思。过了一会儿，她又笑了起来，大秀啊，你是一个哲学家啊。哈哈，你从小就是个哲学家。一个人待在墙角，思考这思考那。我和刘明夷当时都搞不懂，你的小脑瓜里到底装的是什么。我们那时还经常议论你呢。

她的话有些居高临下的意思了。我笑了笑，不甘示弱地说：是吧，我们后来也经常谈起你呢。

她立即停下脚步，很认真地说：真的吗？你们经常谈我？都谈了些什么啊？

我笑着说：等会儿到家里，你让明夷跟你说吧。

她这才抬头看了看前方，说道：这就是东水门了吧。那一年，刘明夷就在这棵树底下等我们呢。

东水门的菩提树还在。只是她并不知道，这棵菩提树后来经历的那些事。一路上，她一会儿笑，一会儿哭；一会儿跟身边的人讲着日本话，一会儿又跟我说中国话。这些年，她的中国话似乎又有些退步了，但她说得很起劲，脸上神采飞扬，让我不时想起过去的她，不是三十多年前离开涞滩时的那个她，而是五十多年前刚刚到涞滩时的那个她。后来我们到家了。明夷正在院子里浇花，听到脚步声和说话声，就扭过头来朝院门口看。在我们走到门口的一刹那，他愣住了，手里的水壶都不知道怎么拿了，壶里的水顺着壶口滴下来，滴到他的布鞋上。我笑道：明夷，怎么傻啦！快请客人进来啊！

他的嘴巴张得老大，方娅，怎么是你啊——

方娅一步步走近明夷，她走得很慢，似乎每一步都很沉重，每一步都是对一段岁月的铭刻，最后，她总算到了他跟前，紧紧握住了他的手。两个人都没有说话，仿佛时间凝滞了。其实时间是有快慢的，我们之所以觉得它一直以同样的速度运转，那是因为时钟欺骗了我们。我清楚地记得，在我四十岁以后，时间就在加速前行，一天只用了半天，一晚上只用了半个晚上，就过完了。过了六十岁，时间又变慢了，慢吞吞地往前走。后来我懂了，越是有内容的时间就越重，走得就越慢。现在，时间重得几乎走不动了。我不能让时间就这样停下来，于是我走上前说：快进来吧，我给你们拿凳子，就在院子里坐吧。两个人这才笑起来，笑得有些不好意思。

明夷说：你还活着啊，我都不知道你还活着呢。

方娅又笑了,笑得很开心,她说:我倒是知道你还活着,我一直关注着你呢。

明夷一脸的迷惑,关注我?你怎么关注得到我呢?我又不是名人,又不上电视。

方娅说:你写的那些文章,我可一直在拜读呢。你对中国古建筑的研究越来越深入了。唉,可惜了……

刘明夷说:可惜什么啊?

方娅笑了起来,笑得很神秘,这时,院门"吱呀"一声开了,是子钟。

最近子钟都是出去得早,回来得晚,中午也不回家吃饭了。我知道他是为什么,他是在回避他老汉。自从他们父子俩闹矛盾,大吵了一架后,就你不理我我不理你了。这父子俩一直不对付,都是倔脾气,估计上辈子就是冤家对头。子钟从小就不太听他老汉的话,犟起来九头牛都拉不回来。有时候明明是给他讲故事,顺便讲些道理,讲着讲着子钟就不爱听了,还顶呛他老汉。明夷有回气不过,就动了手,拿了把扫帚把子钟的屁股都快打烂了。子钟也不是善茬,一口气就跑到了渠江边。明夷追上他还要打,他就指着渠江说:你要是再打我就跳下去!他老汉被吓着了,知道他是干得出来的,这才作罢。

子钟倒是听我的话,我说话比他老汉管用得多。有时候一件事,他老汉不说话倒好,一说他就偏要朝反方向去。这么多年了,一直就是这样。最近几年好一些了,主要是子钟年纪大了些,又做了父亲,在官场了混了几年,脾气也渐渐好了,也开始理解他老汉了,所以总是让着他。他老汉呢,年纪越大脾气越坏,子钟退一步,他进两步,幸好子钟不和他计较,笑一笑也就过去了。

谁知道，最近父子俩又杠上了，而且还是为公事。有一天子钟在家说起镇上的事，他说涞滩近几年发展得太慢了，已经落在别的乡镇后面，他实在是着急。说着说着就说出了最近他们研究的事，要全面改造涞滩古建筑。他老汉立马就愣住了，说怎么回事，要他说具体点儿。子钟知道说漏了嘴，就不敢再说了。可他老汉不让，硬逼着他说。子钟没办法，就把镇上的决定一五一十地讲了。他老汉不听还好，一听就火冒三丈，把桌子拍得"啪啪"响，说你们这帮败家子，把老祖宗留下来的好东西都快要败光了。这件事，我第一个不依你。明天我就去找你们书记。他老汉说到做到，第二天就去了镇书记办公室，子钟拦都拦不住。晚上回家后，子钟抱怨说：老汉真是的，书记正在接待客人，他就直接闯进去了，缠着人家说个不停，还硬逼着人家表态。书记没办法，让人把我叫过去，结果他六亲不认，还把我推到一边去，闹得我们都下不来台。他说老爷子平时挺注意公众形象啊，在外面好脾气是出了名的，怎么能干这样的事呢。他要我劝劝他老汉。

平时在家里，我就是个灭火器。他们俩一顶牛，我就两头灭火，骂几句，劝几句，再说几句好话，往往火就灭了。结婚这么多年来，明夷最听我的话了。在外人面前，他是个有学问的老先生，德高望重、受人尊敬，可是在我面前始终像个孩子一样，他太依赖我了，平时一点小事儿都要问我的意见。可是这次，我怎么劝他都听不进去。我说你一个退了休的人，管什么镇上的事啊。你还是让年轻人去管吧。你这么一插手，子钟会很难办的。何况书记还是你的学生，他听你的不是，不听你的也不是。你还是不要管了吧。他却怒气冲冲地说：咱们镇上这几年干了不少败家的荒唐事，这也就算了，我懒得管。可是这次，他们居然打起那些老建筑的主意了。这个事，我管定了！除非我死了，否则他们别想动这些建筑的一根指头！

在这方面，他的知音是郭晖。这个郭晖虽然没上过大学，也不是研究古建筑的，可却对古建筑有着浓厚的兴趣。他经常过来向明夷请教。两个人，一老一少，一个研究老房子的，一个建新房子的，一谈就是一下午。有时候谈得晚了，明夷就留郭晖吃晚饭，晚上又把椅子搬到院子里，两个人就着月光接着聊。

有一次，郭晖说街上有一些房子没有好好保护，都长白蚁了，太可惜。明夷一听就着了急，他说这怎么行呢，千年古镇，不能被这些虫蚁毁了啊。子钟回来后，他就跟他唠叨这件事。谁知子钟说，这些老房子都属于危房了，还有什么好治理的，烂了住户们自然会建新房子。明夷说，你这个副镇长怎么当的，哪像个共产党的干部！两个人就又吵了起来。郭晖就说，你们别吵了，政府有政府的难处，涞滩镇没有工厂，资金一直困难。我看这样吧，我出钱请专家来治理白蚁。几天之后真的就有几个专家来了，他们看了之后就说，这些房子多多少少都有些问题，需要全面修缮，可能需要一大笔钱。明夷一听就不干了。他说，这明明是政府的事。这些古建筑都是国家的财富，国家有责任保护，怎么能让郭晖私人出呢。商量来商量去，最后商定的结果是：郭晖出一部分钱，号召涞滩居民捐助一部分，剩下的由政府来出。这事就这么搞定了。又让郭晖出了一笔钱，子钟就有些过意不去，他让镇上负责宣传的小伙子写了篇文章，发到了市报上。谁知明夷看到文章后生了气，他对子钟说：你看看你，谁要你搞这篇文章的。人家肯定会不高兴的。子钟不服气地说：我这是宣传他，表扬他，他怎么会不高兴呢？明夷说，是你了解他，还是我了解他？果然，第二天郭晖就来了，怒气冲冲的样子。我头一回见他这样生气，而且是对子钟。他说刘镇长，你要是再这样自作主张地把我弄到报纸上,我再也不会为涞滩镇办一件事了。子钟问为什么。郭晖掉头就走了。看看,这一老一少,算得上知音吧?

当然了,有一点郭晖并不理解,就是他眼里最有学问的老先生,为什么会对涞滩的建筑倾注那么多的感情。对于一个研究古建筑的人来说,明夷的视野肯定不仅仅局限于这些建筑。改革开放以后,他也走了不少地方。每年的寒暑假,他几乎都要外出,四处寻访那些古老的建筑,拍照片、画图、写文章。他一辈子研究古建筑,所有的心思都在这些古建筑上了。他这些年虽然在中学教语文,可是给他带来声誉的,还是对古建筑的研究。他发表了不少这方面的文章,还经常被人家请去讲课,开研讨会。尤其是最近几年,全国各地都兴起了古镇热,很多地方搞旅游都打古镇牌,请他去的人就更多了。就算在重庆,他也算得上是这方面的权威了。所以他对古建筑的感情是可想而知的。但是,没有哪一处古建筑,能比得上涞滩,能让他有如此深厚的感情。因为这里还有一些特殊的历史原因。这些郭晖当然就不知道了。他怎么会知道,涞滩的这些建筑当中,一砖一瓦一石一木里,都藏着他老汉的故事呢。

现在好了,方娅来了,这些故事也应该苏醒了,我希望这些故事都被翻出来,在太阳底下晾晒晾晒,免得日子久了发了霉。对于我们这个年纪的人来说,没有什么比这些老故事更激动人心的了。

子钟一进门,我们所有人的目光都被吸引了过去。我正准备介绍方娅给他认识,他却先开口了,他对方娅微笑着说:你就是原田雅子女士吧,你们已经到了啊,我还说要派人去接你们呢!

方娅站了起来,也笑着说:你就是刘镇长吧。我看看,真像刘明夷年轻的时候。不过,鼻子和下巴长得像大秀。

子钟愣住了,他说:怎么?原田女士认识我父母?你们年轻的时候就认识?

我和明夷也都愣住了,我们几乎同时说:你们认识?

方娅笑了起来,她笑得很夸张,还带着几分狡黠,那样子似乎又回到了十几岁的时候。她看了看我们,说道:好吧,我先郑重地介绍一下我自己吧。我,原田雅子,中文名是方娅。你们都在问我,我先回答谁呢?我还是先从我离开的那年说起吧。哈哈,这个,一定是你们都感兴趣的。

她停了停,像是在回忆,又像是在卖关子。院子里安静了下来,我借这个机会给她倒了杯水。

其实我没走远。她说得很慢,像是陷入了沉思。

那天推车的农民问我到哪里去,我说一直往前走。其实我当时并没有想好到哪里去。我想,走到哪个地方,走不动了,就停下来不走了。那是我来中国后,第一次独自出门闯荡。我不知道我的未来在哪里,我只知道往前走,快点离开这个地方。我当时心里空落落的,只有离开的动力一直支撑着我。我甚至想,万一我走到了一个荒无人烟的地方,就在那里停下来,死在那里算了。世界上再也没有方娅,也没有原田雅子。我就像一滴水,在太阳底下化成汽,蒸发掉得了。后来走到一个小山村的时候,天快黑了,那个农民不愿意走了,他说他还要回家呢。我说再往前走走,我想离涞滩镇远一点,更远一点,多给你一点钱还不行吗?他坚决不干。我只好给他付了工钱,他就丢下我自己回家了。

那时候,我突然有一种被抛弃的感觉。我到了一个完全陌生的地方,这里没有一个人认识我,也没人知道我是谁,我甚至可以完全是另外一个人。天已经黑了下来,天边只剩下最后一点光了,山村里有的人家已经点起了灯，我闻到了饭的香味，肚子咕咕叫。就在这时，一个中年妇女过来了，她牵着一头牛，看见了我，就主动问我是谁，到哪里去。我说我是逃荒的，家乡遭灾了，父母早年间就死了，男人也不要我了，没办法就逃了出来。中年妇女就把我带回了家。

在她家里，我继续编故事。我把自己描述成一个孤苦伶仃的人，解放前家里是地主，读过几年书，有点文化，可是父母死得早，后来又土改，就什么都没了。嫁了个男人，嫌我是地主成分，又不怎么会干农活，而且没给他生下个孩子，再加上遭了灾，大家都饿着肚子，就把我赶了出来。我问她，我可不可以留在这里，我可以学着干活。中年妇女就先让我在她家住下来。第二天，她就带我去找村长，村长说，村里的光棍比较多，问我愿不愿意给人家做老婆。我说我愿意。村长就找来几个没结婚的男人，一个一个介绍情况，让我挑一个。那几个光棍都穿得破衣烂衫的，一个个瘦得跟竹竿似的，傻愣愣地杵在那儿，任我挑。后来我就挑了一个看起来老实一点的，问了一下名字，叫张大富。名字很富，其实家里穷得什么都没有。

我和他结了婚以后，他对我很好，不让我出去干农活，就让我在家里做做饭，洗洗衣服什么的。那个时候，我也没什么要求，就想有个地方待着。我和他一直没生孩子，我瞒着他偷偷跑到卫生院去上了环。我只想这么挨着，看看将来有没有机会回日本去。你们知道的，人生有些时候就是挨过来的，没别的办法，挨过去了就是胜利。后来我才知道，其实这个村离涞滩镇并不远，也就十来里路。后来熟悉路了，我还去过镇上，有一次，我还远远地看见过你们，明夷和大秀，你们肩并肩走在一起，一副很幸福的模样。

我在那个小山村里一直生活了八九年，一直到中日两国建交，我才有机会回到了日本。回日本后我才知道,父亲已经先回去了。他早在十几年前就被遣送回国了。现在借这个机会,我想告诉你,明夷,我父亲,他真的不是间谍,他只是一个学者,他热爱中国传统文化,他真的是来搞研究的,你冤枉他了。幸好,他最终还是回去了,否则,我一辈子都不会原谅你。父亲后来还一直跟我说,他真的很喜欢你,很欣赏你。你天性善良,而且有做学问的天赋,如果在一个好的环境下,你会成为一个优秀的学者。他跟我说,如果有一天,我再回到中国见到你,一定要转告你,他不恨你,你也不要放在心上。

方娅,不,原田雅子在讲述这段往事的时候,语气是非常平静的。看得出来,这段过往已在她心底埋了很久了,她今天总算是说出来了。明夷从始至终一直很激动。他这个人就这样,一大把年纪了,还是老样子,心里想什么,脸上就会表现出来。有一次我笑话他,完全不像一个经历过大风大浪的人。他说,正是因为经历过那个年代,现在才想彻底让自己放松下来,释放出来。他这个人,总是和别人不一样。现在,他又激动了,不住地咳嗽。我赶紧给他倒水,给他拍背,好让他平静下来。我想他肯定也有很多话要说。

他总算不咳嗽了,定了定神,说道:你这次到中国来,就是想告诉我这些吗?

原田雅子说:不,这只是其中的一件,我这次来,还有一件重要的事。这件事,要和你的公子——刘子钟副镇长一起来做。

明夷看了看子钟,问道:什么事啊,要和他一起做?

原田雅子说:我父亲是十六年前去世的,他临死前一直对涞滩念念不忘,尤其是对涞滩的古建筑。他说,中国那么乱,破坏了很多文物,不知道那些建筑还有没有保存下来。如果还有幸存的建筑,那就把它搬到日本来。谢天谢地，今天我过来看了看，基本上都还保存完好。但是，有些地方还是缺少有效的保护措施。这些建筑不仅仅是中国的，也是世界文化的遗产。我想，如果中国人不愿意保存下来，那就由我们来保存。我是想把这些老建筑买下来，带回日本去……

她的话还没说完，明夷噌的一下就从椅子上弹了起来，他指着原田雅子说：不，中国现在不乱了，我们自己能保护！过去，你在中国是吃了不少苦，我也很难过。所以你来中国，我欢迎，欢迎你到处走走，看看，我也可以陪同。但是涞滩古建筑，还是由中国人自己来保护，不用你操心了。我劝你不要打涞滩古建筑的主意！这件事你想都不要想！

## 壬

好了。

大秀说。

大秀这句话,原本是想抛砖引玉的,如果刘明夷接起话头,比如说问她,什么"好了"?她就会接着说,二十年前的愿望总算实现了。然后她会动情地回忆过去,再顺理成章地沿着他们的情感之路回到现在。但刘明夷什么都没说,他独自回到了过去。

在这样的晚上,怎样打开局面非常重要。微风下灯光摇曳,屋外的夜深不见底,槐树叶在风中哗哗作响,而屋内却春意盎然。对于刘明夷来说,这是一生中第二次经历这样的夜晚了。古人说的人生四喜中的"洞房花烛夜",在他前一次的结婚之夜没有体会到,所以这一次,他仍心有余悸。他时不时望望窗外,虽然窗户是紧闭的,窗帘也拉上了,什么也看不到。

人生就是这么吊柜。第一次的心理障碍是大秀造成的,现在,在大秀身上又发作了。

有时候,最尴尬的事,莫过于两个非常熟悉的人在一块儿,却不知道该说些什么,做些什么。以前两个人在一起,总是有说有笑的,彼此一个眼神、一个动作,就知道下一步要做什么,一切都能心领神会。但是现在，关系突然改变了，两个人的交往进入了新的领域，却有那么多的东西不能说出来，也不那么好领会了。

大秀心里说，你这个书呆子，这种事，难道也要我主动吗？

大秀是羞涩，毕竟是女人的第一次，而且在那个年代，男女之事也只能在那些年长女人的只言片语中偷窥一二。刘明夷是紧张，他害怕屋外有人，毕竟在涞滩听房是很常见的事。很多新人的第一次，就是在别人的评说中完成的。更重要的是，刘明夷不知道自己到底行不行。

今天的灯怎么这么亮？大秀又开口了。

大秀的话并非是没话找话。她希望刘明夷说，是啊，浪费油，然后一口气把灯吹灭。可是在刘明夷的眼里呢，灯光似乎不是灯光，而是一朵花，一朵巨大的花，在眼前绽放、旋转、流动。金色的、红色的、黑色的、五彩的，所有的色彩都是耀眼的，刺得他眼睛都痛，于是他把眼睛闭上了。眼睛一闭上，这五颜六色果然就没了，只有黑暗，黑夜，山上是点点星火，山下是粼粼渔火，他一个人在山路上穿行，不小心踢到了一枚石子，石子骨碌碌地滚下去，滚到了草丛里，在草里碰出少许绿光。有人在耳边吹气，阵阵热气带着香味扑过来，还有声音，又轻又柔的声音。

明夷，你怎么啦？

他静了静，想听听是谁的声音。

明夷，不早了，我们休息吧。

这次他听出来了，是大秀的声音。他睁开眼，大秀就在眼前，红得像苦杞的脸，亮得像菩提子的眸，金纳香般温润的香味,白兰花般灿烂的笑容,还有阵阵呼气的声音。大秀扭过头,"噗"的一声,吹灭了灯。好了,现在真的是黑夜了。黑夜里他看得更清晰,看到的更多。他看到一双手在他身上游走,帮他脱掉衣服。他像一个听话的孩子,顺从地帮着她,然后又顺从地躺了下来。他从小就是个听话的孩子,父母亲说什么就是什么。不像弟弟,穿衣服特别淘气。他总是非常配合,他会高举着手,挺直脖子。这时,母亲总会用手摸摸他的脸蛋,表示赞扬。现在,这双手更温柔,更温暖,让他舒服得都快融化了。其中一只也摸了摸他的脸,然后又摸了摸他的耳朵,于是他的并不宽阔的瘦弱的胸膛,开始徐徐向下。他努力控制着自己,让自己集中注意力,不去看窗外,不去听风吹槐叶的声音,不去想那个暗夜里亮晶晶的目光。随后,一股热气倏地直冲而下,他一骨碌爬起来,大叫了一声:我要尿尿!

这真是一个失败的夜晚,在刘明夷心里,比第一次还失败。这是耻辱的失败。他尽力了,却依然无法让自己雄壮起来,他就像夏天里被太阳晒蔫了的苦艾,耷拉着头颅。最后,他长叹一声,说道:大秀,对不起,我老了,我不行了……

大秀温柔地抚摸着他的脸,轻轻地说:没关系,不要急,慢慢来……

这是刘明夷人生中最艰难的一次失败。其实从小到大,他没有经历过多少失败。读书一帆风顺,教书游刃有余,生活能力虽然差一点,但自己要求不高,能活下来就行。那些在别人看来无法战胜的困难,他轻描淡写地就过去了,仿佛跨过一道道门坎。但现在,这个坎似乎跨不过去了。每天进入夜晚之前,刘明夷都有些期待,期待能够实现突破,可一到关键时刻他就铩羽而归。

后来，两个人几乎放下了一切的羞涩，明确目标，齐心协力，虽是屡战屡败，却也屡败屡战，犹如两个勇士，不停地向前方发起冲锋。但是他们的第一次，如同渠江一样阻隔在眼前，让他们无法在接下来的战斗中乘风破浪。他们需要的是一条船。当然，所有的那些民间秘方，那些过来人的教导，都不是这条船。

那天晚上，他们又折腾到半夜，却依然是功亏一篑。大秀忽地坐了起来，果断地说：只能这样了，明天，我们就去拜拜佛！

刘明夷说：这不好吧，要注意我们的身份……

大秀说：不管了。佛很灵的，真的很灵的。他会告诉我们该怎么做的。

大秀一向是说做就做。这些年来，刘明夷已经习惯了被大秀做主。大秀做主的事，一般都能办得妥妥的。第二天一大早，他们就买了香火，一块儿去二佛寺。两人边走边左右张望着，生怕被人看见。被人看见了就是大事。全中国人心中都只有一个共同的太阳，他们不容许有第二个太阳。幸好，大家都在忙自己的事，没有人想起这尊佛。二佛寺门前冷落，香火也是异常的惨淡。

大秀点上香和蜡烛，跪在佛前。她回头看了看刘明夷，刘明夷还傻傻地坐在石凳上。多年以前，他就和方娅一起在这里坐过。方娅说，这尊佛真气派。中国人总是把想象中的东西弄得很气派。刘明夷说，佛可不是想象出来的，佛是真的存在的。方娅就咯咯地笑，佛在哪里呢？我可以和他说说话吗？刘明夷说，你心里有佛，就可以和他说话。

现在，大秀正跪在那儿准备和佛说话。她说，明夷，快过来啊。

刘明夷犹豫了一下，还是在她身旁跪下了。大秀闭上双眼，嘴里开始念念有词。刘明夷想听听她说什么，却始终听不清。她说了一会儿，又停了下来，似乎在听佛说话。最后，她点了点头，睁开眼，笑了。

她对刘明夷说，佛已经告诉我了。

刘明夷说，他说什么了？

大秀说，佛说，我们的婚姻是好姻缘，我们会幸福的。他还说……

刘明夷说，还说什么了？

大秀说，这个是对我说的，我不告诉你。

刘明夷将信将疑地看着她，她的眼里闪着亮光。这时，刘明夷发现，大秀真的是很漂亮，方娅只不过是情人眼里出西施罢了。方娅的眼睛没她大，身材也没她好，皮肤虽然比大秀白，但没有大秀那般光泽，那是一种活力，藏在身体内的活力，随时会喷发出来。

那一天，时钟走得很慢，刘明夷既心存期待，又有些许焦躁不安。天黑的时候，大秀已经洗了澡，把自己收拾干净了。刚刚出浴的大秀格外清新，就像一株美人蕉，隔很远都能闻到她身上的味道。刘明夷又兴奋起来，兴奋中带着忐忑，他直勾勾地看着大秀，走过去拥抱她，大秀却摆了摆手说：明夷，我带你去个地方。

大秀的样子很神秘，刘明夷只好跟随着她。两个人手拉手，一起朝门外走去。这天晚上的月亮明净如水，早早地就挂在了枝头，月光顺着枝叶流淌而下，一遍遍清洗着这个宁静的世界。没等刘明夷欣赏够这美丽的夜色，大秀就拿出一块布来说道：明夷，我们玩个游戏吧，我要把你的眼睛蒙上。

现在，刘明夷什么也看不见了，他一只手牵着大秀的手，一只手揽着她的腰，跟着她往前走。他感觉他们下了坡，又上了坡，他闻到了丝丝苦艾的味道、金纳香的味道、万年青的味道，还有苦楝的味道。他深一脚浅一脚，踉跄前行，但他相信大秀，相信大秀的这个游戏一定是为他好，为他们好。二人走了很久才停下来，刘明夷感觉踩到了一团柔软的东西，那应该是草地了，随后他又闻到了桔子的香味。大秀说：明夷，你等等啊，等会儿再揭开布啊。刘明夷点点头，他觉得此时此刻，自己就像一个新娘，头上盖着红盖头，有些紧张又有些期待。过了一会儿，他又听到大秀的声音：明夷，你把布条拿掉吧。

刘明夷解开布条，眨了眨眼睛，让眼睛适应一下周围的环境。这下，他能看清了，四周都是桔子树，树叶在月光下忽闪忽闪的。他再转过头去，瞬间惊呆了。眼前的大秀一丝不挂，明朗的月光和她柔嫩的肌肤融为一体，像极了西方绘画里的维纳斯，甚至比维纳斯的身材更好。现在，维纳斯微笑着向他招手。他如同中了魔法一般，缓缓地向她走去，直至维纳斯倒在他的怀里。他沉醉了，酥软了，抱着她倒在草丛中。草有些扎人，但却让他更加兴奋，更加欢愉。没有了墙壁，没有了窗户，没有了黑夜，没有了别人，全世界仿佛只剩下他们两个人了。他和她呢喃着，呻吟着，很快融为了一体，直到大秀在他的耳边轻唤了一声：你轻一点，痛……

他羞涩地笑了，这是骄傲的、舒畅的笑，他成功了，胜利了，现在，一切都在自己的掌握之中了。冲向终点后，他喘着粗气躺倒在草地上，热泪盈眶。他喃喃地说：大秀，谢谢你，谢谢你……

那晚之后,刘明夷如同一个从沉睡中醒来的孩子,陶醉于探索这个崭新的世界。原来男女之事竟如此美妙,如此让他着迷。他一遍一遍地享受着,但仍然觉得还有许多未知的东西在等待他。在经历了又一次巅峰体验之后,他长舒了一口气说道:没想到,我快四十岁的人了,现在才发现世界上还有如此妙不可言的事情。看来这么多年,我都白过了……大秀听了,就吃吃地笑,笑声里很有些得意,二佛要把你所有的好东西,都留给我,知道吗?……

美好的事情总是接踵而至。一年之后,他们有了自己的孩子。大秀说:明夷,你给孩子取个名字吧。他脱口而出,这孩子是子时出生的,就叫子钟吧。

他以为,他就是子夜的钟声,婉转、悠扬,在寂静的夜里奏出最美妙的乐章。他享受着现在的人生,虽然贫穷,却满足,快乐。子钟大一些的时候快乐就更多了。他们可以对话了。比如说,子钟问他,什么是美啊?他说,美就是看着舒服。孩子说,不,美就是红颜色!有时他也逗子钟,为什么会这么热啊?孩子回答,因为太阳到家里来了。有一天,小子钟从外面回来,一脸的泥巴,他赶紧拿毛巾给他擦拭,孩子却突然冒出了一句:爸爸,你可不可以不死啊?他愣住了。他没想到一个三岁的孩子竟然会思考这么高深的问题,一个连他都没有认真对待过的问题。他犹豫着说:好吧,我尽量……

不承想,孩子无心的话竟成了预言。没过多久,他就要直接面对这个他从未认真思考过的问题了。

最近有好几天,马从军都没来找他跑步了,而且在学校也见不着他的人影。这种现象很反常,虽然一个多月前他就听到了些风声,说领袖亲笔题写了一张"炮打司令部"的大字报,但只是传闻,他并没有怎么在意。可是现在马从军的突然消失让他不得不警觉起来,他预感到:有大事发生了。

果然,几天后的一个上午,他到学校的时候,看到许多人围着学校的宣传板议论纷纷。刘明夷凑上前去,宣传板上贴着的正是那篇著名的文章。

就算是再迟钝,他也能从这篇文章里嗅出点什么。那天回到家里,他就和大秀说:坏了,运动又开始了。怎么办呢?

大秀说:一条,你就记住一条,任何时候,你都要老实,老实认错,老实认罪,所有加给你的罪你都要认。

第二天,他再到学校的时候,又战战兢兢地挪到了宣传板跟前,他尽量低着头,不让别人注意到自己,也不让自己的目光和别人对接。他想看看有没有揭发自己的大字报,他实在是被接二连三的运动吓破胆了。在宣传板的右下方,他看到了一张,但不是自己的,而是马从军的:炮打马从军——我的一张大字报。一看就是学生的笔迹。此时,他既感庆幸,又十分地惊讶。没想到红色的马从军、革命的马从军、身为校长的马从军,竟然成了学校第一个批斗的对象。

接下来的几天里,学生们都忙着批斗马从军,说他是混进革命队伍里的反革命分子、叛徒、伪君子。他觉得这几样罪名,马从军都沾不上边。那天的批判大会上,有学生要他发言,揭露马从军作为反革命分子、叛徒和伪君子的罪行。他居然结结巴巴地答不上来。他说,我想想,我想想。他知道,这个时候他必须说话,他迟早也是要受批斗的,但是陪着批斗别人,或许可以推迟对自己的进攻,让那些人误以为自己是他们的同盟军。后来,他终于想起了一件事,他说马从军有一次陷害自己,说自己生活作风不好,勾引未婚妇女。这是他想得起来的,马从军唯一做的错事。他说这件事充分证明了马从军是个虚伪的人,险恶的人。他其实是想借这个机会告诉马从军,那件事是他错怪马从军了。他说完后,看到马从军意味深长地瞥了他一眼。

学生们显然对刘明夷的回答不满意,他们要他再想一想,要揭露马从军作为叛徒的真实面目。这让刘明夷百思不得其解:学生们为什么硬要把这几项罪名加在马从军身上呢?

直至第二天的批判会,他才明白是怎么回事。

那天下午,他在会场上看到了一张老面孔,虽然有十几年不见了,但他还是一眼就认出了他:马从周。此时的马从周面色苍老,胡须拉碴,瘦骨嶙峋,早已不复当年的风采。

马从周怎么突然出现在这里?刘明夷感到很纳闷……

主持批判会的是三(二)班的潘二娃。潘二娃是刘明夷的学生,平时不怎么爱说话,上课的时候总是闷着头,一副昏昏欲睡的样子,从不积极回答问题。他的成绩永远都在中游,对学习似乎没有多大的兴趣。刘明夷没有想到,就是这样的一个学生,居然成了革命积极分子,才多长时间呀,他就一跃成为学校红卫兵的头目,很快又成为涞滩地方红卫兵组织的总头目,自称潘团长。现在,他突然变得爱说话起来,会说话起来,身上似乎有着使不完的激情。真是造化弄人啊。

这会儿,潘二娃正双手叉腰,大声地发号施令:把混进革命队伍里的反革命子分子马从军带上来!

马从军被两个学生押着走进会场。平时衣冠整洁,总携带着军人威严的马从军，现在已经完全变了样。头发凌乱不堪，衣装破敝，一脸惶恐。潘二娃喊道：马从军，睁开你的狗眼，看看你面前的是谁！马从军这才抬起头看了看马从周，他霎时愣住了。潘二娃说：各位革命小将们，站在我们面前的，是国民党反动派潜伏在大陆的特务、屡教不改的反革命分子马从周，也就是马从军的哥哥！老子英雄儿好汉，哥哥反动弟混蛋。铁证如山。马从军，你还有什么可狡辩的？……

后面的话，刘明夷一句都没听进去。他被潘二娃的话惊呆了，他第一次知道，马从周和马从军居然是兄弟俩，在他的记忆里，这兄弟俩可一点也不像呀。而且现在，弟弟被哥哥揭发了。

几天之后，刘明夷得到一个消息：马从周自杀了。他把衣服撕成条，结成绳子，上吊了。

听到消息的那天晚上，刘明夷像是掉了魂，整晚都在颤栗和恐惧中度过。他回忆起马从周和自己的交往，回忆起马从周介绍他加入国民党，并带他一起参加活动的往事，不由得毛骨悚然、浑身颤抖。

他喃喃地对大秀说：大秀，你知道吗？马从周自杀了……

大秀说：我知道了。你也不要多想。这些年的运动你还看不透吗，让他们闹腾吧，闹腾累了，就会结束的。你不要想别的，想都不要想，我陪着你，熬过去。熬过去了就是胜利。

刘明夷说：熬吧，熬吧，下一个就是我了。

果然，下一个就是他了。在批斗马从军的这段时间里，他已经做足了功课，来应付这场即将到来的暴风雨了。

经过这段时间的观察，刘明夷发现，这种"革命"其实在历史上已经发生过多次，只不过，这是一场企图让所有人都参加的运动。运动就是来晾人心的,这场运动把所有的人心和人性都翻了出来,晾晒了一遍。平常大家都戴着面具,这个时候,所有的伪装都不要了,他们扒下面具,脱下衣衫,赤膊上阵,享受着踩躏别人的快感。那好吧,那就满足他们的快感吧。

几天后,当潘二娃来找刘明夷的时候,刘明夷掏出了一叠随身携带的纸。那些纸经过几天的累积,已经变得很厚了。

那是他的思想汇报。

一九六七年九月十四日

三(二)班为我召开的答辩会给了我一次深刻的教育。会上革命师生指出我的态度极不老实,妄图抵赖罪行,抗拒无产阶级文化大革命。当同学问我要不要戴上高帽子的时候,我内心震动极大。我嘴上说,我一定要争取不戴,但我内心感到恐惧,唯恐真的戴上。我觉得,还是资产阶级爱面子的思想在作怪。我最初的学习态度是极不端正的,我不去考虑这场革命对于党和国家的命运的问题,不考虑我应该端正自己的态度接受改造,争取重新为人民服务。我是有罪的。我要重新认识自己的问题,争取早日深刻认识到自己的罪行。

二十一日

今天,组内老师帮助我,指令我谈学习体会。我自己觉得,我对祖国仍有感情,过去工作也还算认真,也不里通外国,我一直在想着,如何减轻自己的罪行。

此外,我对群众的看法也有问题:1.我怕群众斗争。在群众面前,我自觉十分渺小。2.我虽低头认罪,但不知群众能否相信我是否认罪。这是我不相信群众的表现。

关于戴帽子，我的真实想法是：我不愿戴上这顶反党帽子，自己打入十八层地狱，儿孙还要恨我。我认为，人与人之间过得去就算了，我还没有狼心狗肺到不知好坏的程度。

二十八日

今天早上七时，我到了学校，在伟大领袖毛主席的像章前列队，向毛主席请罪。我想起自己读过的《毛主席语录》，还有《矛盾论》和《实践论》，越发感到极度惶愧，感到对不起他老人家对我的教育，自己没有改造好，对人民犯了罪。我需要更深刻地反省揭发自己。

虽然到现在为止，还一直没有人质问我，关于我一直从事的那些古建筑的研究的事。但我现在知道，这都是我对伟大的"破四旧"运动理解得不够。我还沉浸在封建的腐朽的东西里面不能自拔。这是要不得的。从今天开始，我要从思想上深刻领会，要同过去决裂。

……

潘二娃接过他的思想汇报，十分吃惊，他草草地翻了几页，说了句：你等着吧。扭头就走了。

刘明夷不知道，自己主动交代的这些东西，是否会让革命小将们对自己失去斗争的快感。但是他明白，学生们在课堂上没有什么创造力，但在"革命"中，他们总是有着无穷的创造力，他们总能翻新花样，让他们的"革命"更有成效。

果然，第二天一大早，他和马从军都被押到了操场上，和另外几个被批判的老师站成一排。潘二娃让人拿来了几块大木牌，要他们戴上。刘明夷看了看，每块牌子上写的还不一样，他自己的牌子上写着：

狗名：刘明夷　年龄：44岁

成分：牛鬼蛇神　出身：地主

主要罪行：1.加入国民党反动派向党进攻；2.毒害青年学生；3.封建文化的反动权威。

望革命群众见到就打。

马从军的牌子上写着：

狗名：马从军　年龄：47岁

成分：牛鬼蛇神　出身：富农

主要罪行：1.潜入人民内部毒害学生；2.勾结国民党反动派，试图复辟；3.潜入革命队伍的野心家。

望革命群众不要留情。

潘二娃命令他们自己把牌子戴上。马从军抖抖索索地拿起牌子，一滴泪落了下来。旁边的一个学生马上一脚踹了过去，马从军跌倒在地，脑袋上立时碰出血来。刘明夷见状，连忙把属于自己的牌子挂到了脖子上。

学生们把他们带到一间教室里，这是学校最大的一间教室，以前刘明夷经常在这里上课。每次他站在讲台上，都能透过窗户看到天边的云，以及云下的一棵刺槐，刺槐上几只麻雀叽叽喳喳地聒噪着。这些小东西有时会让他分神,不能集中精力讲课。现在,他站在黑板前,又下意识地朝窗户外看了看,刺槐树还在,但麻雀已经不见了。麻雀一定嫌是这里太吵闹,飞到安静的地方去了。老家有一个传说,说麻雀是凤凰的亲兵,所以麻雀所在的地方,离凤凰一定不远。他有些想念这些麻雀,如果麻雀在的话,自己能否跟着它们一起去找凤凰呢?

正当刘明夷胡思乱想的时候,只听潘二娃一声断喝:你们这些反革命分子,从这个洞里爬过去!刘明夷这才发现,窗户下面多了一个洞,洞有些小,显然是刚刚挖好的,旁边还有些碎砖头和土块没有打扫干净,洞口的上方,用毛笔写着两个大字:狗洞。

第一个爬的是马从军,他以前有些胖,根本不可能爬过去,但经过个把月的折腾,他已经瘦下来了。多年以后,刘明夷面对电视里众多的减肥广告时,还对大秀说,那个时候好像没什么胖子啊,再胖的人,被批判一段时间,都能瘦下来。现在瘦弱的马从军正缩起身子往"狗洞"里钻,但马从军的腿好像受伤了,他爬得很吃力。革命小将们有些不耐烦,就在后面拿棍子打他的屁股,他们打得很响。刘明夷心想,以前在课堂上,老师用教鞭教训学生的时候,也从来没打得这么响过,真是青出于蓝而胜于蓝啊。终于,马从军爬过去了。

第二个就是刘明夷了。刘明夷迅速趴到地上,使劲弓起腰,好让自己爬得更顺畅一些。他觉得自己一定比马从军爬得快。尽管马从军以前身体比自己好,每次一起跑步,他都跑不过他,但这次总算可以扳回一局了。

他一边爬一边抬头往前看,就在他抬起头的一瞬间,顺着

"狗洞"的方向,他突然看到,五岁的刘子钟正站在洞口外盯着自己。他面无表情,似乎是在看一场游戏。刘明夷脸上立即像火烧一样,他不知道,这个场景会不会被刘子钟记在心里,刻到他的记忆里。他飞速地爬了过去,然后立刻又爬了起来。就在这时,旁边的一个革命小将一棍子抽了过来,叫道:谁要你起来的,爬,接着爬!他这才明白,今天他们是要在校园里押着他们游行,他们所有的反革命分子,都要一直爬着!此刻,刘明夷恨不得地上突然裂开一道缝,自己好钻进去;或者有条河也行,他甘愿沉到河底,再也不浮起来。他猛然意识到,在儿子刚才盯着他的一刹那,已经被消灭殆尽的自尊又复活了。他倔强地扭过头,直视着打他的那个学生。那是个他不认识的学生,此刻,他也一身正气般怒视着他,朝他吼道:看什么看,老实点!他只得扭过头来,犹豫着要不要再趴到地上。就在这时,一个身影出现了,是大秀!大秀一把抱起儿子,转身就走了。

刘明夷泪流满面,颤抖着跪了下来。

红卫兵小将们折腾了整整一上午。中午吃饭的时候,刘明夷腰都直不起来,他摸了摸膝盖,那里已经磨破了,火辣辣的。吃完饭,他叹了口气,站起来重新把牌子戴到了脖子上。他抬头看了看天,几只麻雀哗地从头上飞过。他心想,得抓紧时间休息,按照惯例,下午应该是劳动改造,去操场除草。

下午到了,他们果然又被集中了起来。刘明夷正准备带头去操场,潘二娃却命令道:走,大家出发!

这一次,他们居然是往校外走。潘二娃令他们几个批斗对象挂着木牌走在前面,革命小将们则紧紧地跟在后面,一群人浩浩荡荡地来到街上。很多人都跟着看热闹,不时有人朝他们指指点点,有几个人还是刘明夷认识的。此刻,这些围观的"群众"仿佛把他们当成了马戏团的猴子,正津津有味地欣赏着。刘明夷不知道目的地在哪里,只是任凭革命小将们推搡着。他不自觉地低垂下头,尽量放慢脚步,确保自己不走在队伍的前头。这时,一个身影从他侧后方擦肩而过,一转眼便到了他的前面,随后那个身影又超越了走在他前面的两个"牛鬼蛇神",直至队伍的最前方。那人正是马从军。刘明夷目视着马从军的背影,不由得心里隐隐作痛。刚才马从军从他身旁走过的瞬间,分明是有意无意地瞥了自己一眼,他在他耳边轻轻地说:伙计,一定要挺过去!那声音极低极细,几乎不被人察觉。那句话,刘明夷一生都忘不了。

作为"罪大恶极的反革命分子",马从军很多时候无形中成了刘明夷的挡箭牌。这让刘明夷客观上少受了许多罪,少挨了许多折磨,但刘明夷的内心却是极度内疚的。他看着马从军直不起来的腰,颤巍巍的腿,因极度虚弱而摇晃抖动的身影,突然就觉得应该做点什么。一股莫名的力量驱使着他加快脚步,超过一个、超过两个,再超过马从军,昂首挺胸走在了最前头。胸前的木牌在他的加速前进中晃荡起来。马从军显然不愿让他做队首,又努力地朝前赶,但他没有成功。刘明夷发现:他们一起跑了那么多年的步,他终于第一次战胜了马从军。他骄傲地笑了。

长长的队伍终于停了下来,停在二佛寺的大门口。刘明夷隐隐感到,这一次,革命小将们要把目标对准二佛寺!想起之前的"破四旧",他不禁担心起来:他们又要玩些什么花样?

只见潘二娃跳上一块大石头,开始了他的训话:

革命小将们!这些牛鬼蛇神经过我们的改造,认罪态度良好。但是,他们嘴里说的是否和心里想的一样,他们到底是不是诚心诚意地接受革命群众的改造,他们是不是有触及灵魂的思考和认罪。现在我们就要他们用自己的行动,来表现给革命群众们看!

潘二娃模仿着伟大领袖的手势,在空中挥舞着,那个时刻,那双昏昏欲睡的眼睛睁得大大的,眼里放射着光芒,仿佛他就是左右涞滩乾坤的人物。他的声音也越来越高亢——

反革命分子们!听好了,你们赎罪的机会到了!我要你们把眼前这个代表封建文化的大毒瘤给我们除掉,我要你们横扫眼前的和你们心中的一切腐朽的、反动的封建余孽!

刘明夷终于听明白了,他们是要对这尊二佛下手了。一阵风吹过,他忍不住浑身颤抖起来。

# 酉

你不明白的,你是不会明白的。

你不明白,我是怎么长大的。我们这一代人,就是媒体所称的"60后",我呢,应该算是"60前"。你们不知道,我们一出生,就赶上了什么样的环境。就像一只熊猫,应该生在竹林里,可是它看到的却是冰天雪地,北风呼啸,四周都是狼群。

一个残缺的童年,需要用一生来修补。

你看过《动物世界》吧,要是看过你就会明白,小狮子是怎么学会捕猎的?跟妈妈学的。猴子怎么学会爬树的?跟爸爸妈妈学的。而我学到了什么?

五岁那年,我到学校去玩。那个时候不像现在,小孩子是可以到处跑的,再说爸爸妈妈都在忙,也没人管我,我就像放了羊一样,何况家离学校也不远,我就一个人跑到学校里去了。那天我看到了一个永生难忘的场景:爸爸正从一个洞里往外爬,洞就开在一个教室的窗户底下。开始的时候,我虽然有些吃惊,但当时还小,以为是爸爸在跟人玩游戏呢。可是后来,我看到有个戴红袖章的学生拿棍子打他,就感觉不对劲了,爸爸不是在玩儿游戏,可是那个人为什么打爸爸呢?我立马就愣住了,不知道该怎么办才好。后来妈妈把我抱走了，但我还是什么都看见了。

要知道，以前爸爸在我的眼里是神圣的，了不起的。他走到哪儿都受人尊敬爱戴。有一个邻居曾经跟我讲过，你爸爸什么都知道，这天上地下现在过去没什么他不知道的。他可是个大人物！当时我并不清楚他这些话的意思，但是从他的表情中，我能感到他对爸爸发自内心的敬佩。我为有这样的爸爸而自豪，走路的时候总是昂首挺胸，和别的小伙伴一起玩的时候，说话从来都是理直气壮的。有一次和小伙伴们聊天，说起各自的爸爸是干什么的。有的说是工人，有的说是供销社的营业员……最后他们问我，我骄傲地说：我爸爸是个大人物！

但这次，这一棍子就像打在我的身上一样，打碎了我所有的幻想。我感觉我被欺骗了，邻居们都在欺骗我。我爸爸不是大人物，他是个被人欺负的人，他保护不了我，他不能成为我的骄傲。那天爸爸回到家的时候，我也感觉他和平常不一样了。这不仅仅是因为他的衣服脏兮兮的，身上还有伤痕，更因为我看他的眼神不一样了。他在我眼里不再有力量了，而是虚弱的胆怯的，一副没出息的样子。他的声音也不再像以前温文儒雅了，他消沉，没有阳刚之气。这样的变化让我很害怕，又有些不甘心。

当然，爸爸对我还是一如既往的耐心，教我识字，给我讲故事。每次给我讲故事的时候，他的颓废沮丧就会一扫而空，变得精神百倍起来。

后来我学会了四个字：牛，鬼，蛇，神。但我不知道这四个字放在一起是什么意思。我在爸爸的身上看到了这四个字，写在一个大木牌上，木牌上还有其他字，但这四个字最大，而且还是红颜色的。我就去问隔壁的张爱国，他比我大得多，我在他面前一笔一画地写出了这几个字,他看我写得很吃力,连笔顺都不对,就哈哈大笑起来。但他不知道,为了学会这几个字,我练了很久,以至于到现在我写那个"牛"字时,还会习惯性地先写那一竖。我写完了之后,他就大声地念了出来:牛鬼蛇神。他说:我知道,就是坏蛋的意思,大坏蛋。你爸爸就是牛鬼蛇神,就是大坏蛋。哈哈哈……

他笑的声音非常大,我感觉我的耳膜都快要震破了。他的声音直冲云霄,和刺眼的阳光融在了一起,我不知道,这个声音会不会冲到太阳上。那样的话,太阳、月亮和星星都会知道,我爸爸是个大坏蛋。

自从认识了这四个字,并且明白了这四个字的含义之后,我再看到爸爸挂这个牌子时,就有了耻辱感。爸爸为什么要把这样一个牌子挂在脖子上呢?他总不会自己承认自己是坏蛋吧?我想来想去,一定是别人要他挂的。好吧,就算是别人要他挂的,他自己就不敢拿下来吗?他这么胆小,实在是太丢人了。

有一次我还问过妈妈:爸爸为什么脖子上老是挂着一个牌子?

妈妈说:因为爸爸是老师,老师都要挂牌子的。你看马伯伯,不也挂着吗?

我说:你撒谎。爸爸是牛鬼蛇神,是大坏蛋。

妈妈被我的话一下子给激怒了,她想扇我耳掴,但刚举起手又放下了,然后她就瞪大眼睛看着我。那个眼神,我一辈子都忘不了:吃惊,气愤,恐惧,无助……我当时被吓坏了,吓得哭了起来。

妈妈一把抱住我,把我搂在怀里,搂得紧紧的。她也哭了。她一边哭一边在我的耳边说:儿子,你记着,你爸爸是好人,是个大好人。那些把牌子挂在他脖子上的人才是坏蛋。你长大了就会知道的……

我将信将疑地点了点头。我决定自己去找答案。于是，我就成了一个偷窥者，我要窥探他的一切，我要搞明白他究竟是好人还是坏蛋。不久后的一天，我就在学校操场看到了令我震惊的一幕。

那段时间我经常偷偷跑到学校去，我知道爸爸在那里工作，那里可能会有答案。那天下午，我刚到学校，就听到学校操场里很热闹。我偷偷跑过去，发现操场上人山人海，几乎把整个操场都挤满了。在一个新搭的台子上，我看到了爸爸。他和另外几个人并排站着，但只有他的脖子上挂着木牌，有两个戴红袖章的人还一左一右地抓着他的两只胳膊。他当时低着头，弯着腰，这让他看起来比押他的人还要矮。这时，我看到一个人，手上拿着一个喇叭，大声地喊着：

刘明夷是国民党反动派的走狗！

打倒刘明夷！

刘明夷不投降，就要他灭亡！

把刘明夷打进十八层地狱！

他喊一句，操场上的人就跟着喊一句。声音排山倒海、震耳欲聋。我仿佛看见那声音化成了巨大的波浪，把教室冲倒了，把屋顶掀走了，桌子椅子也被掀上了天，草坪飘在空中，上面的草撒欢似的到处翻滚。我吓得闭上了眼睛。等我睁开眼睛时，声音已经停止了，教室和草坪又回归到了原处。操场上有人开始往台上扔东西，有西红柿，有桔子皮，有鸡蛋，还有石子，全都准确地砸在爸爸的身上。不知谁扔了一颗鸡蛋，正好砸在爸爸的脑袋上，碎开了，蛋黄顺着他的脸直往脖子里流。掉在他脚下的一片桔子皮，被人捡起来，挂在了他耳朵上。后来竟有人将一块拳头大的石头砸到了他的鼻子上，他的鼻孔立即冒出血来，流到了衬衣和裤子上。他身上五颜六色，看起来像个妖怪。

他们怎么能砸得那么准呢？我问自己。我也捡了块石头，奋力向台上扔去，但石头在半空中就落了下来。于是我捡了一块小点的，走近一些，像他们一样把胳膊抡起来，腰弯下去，用尽全身的力气朝台上扔了过去，这一次我终于成功了，石头准确地砸中了一个人的脸。那个人大叫一声，两只眼瞪得像铜铃，凶狠地朝我这边看过来。我看到他头上长着角，嘴巴张得老大，还露出两颗黄瓜一样大的绿色牙齿。我大叫一声，掉头就往回跑，一口气跑了很远很远。

我一直朝山下跑去，不知不觉就跑到了二佛寺。以前爸爸妈妈带我来过。现在这里一个人也没有，我想应该不会被人追到了吧，就坐在大佛跟前的石头上呼呼直喘气。我实在是跑得累坏了。这时，我看到那尊高大的佛睁大了眼睛看着我。妈妈说，佛是有灵气的，佛什么都知道。我突然就想和佛说说话。

我问他：我爸爸是坏人吗？

他说：世界上本来没有坏人。

我又问他：那我爸爸到底坏不坏呢？

他说：你爸爸不是坏人。

我说：那打我爸爸的人是不是坏人呢？

他说：他们也不是坏人。

我被弄糊涂了。大人的世界我都不懂，何况是佛。我就懒得理他了。我在石凳子上躺了下来。我看到爸爸突然出现在我面前。他站在草丛里，身上沾满了苍耳子，看上去像个刺猬。我觉得很好笑。没等我笑出声来，他的脚下突然飞出了几只苍蝇，它们开始的时候很小，可是越往上飞就变得越大，最后变得跟爸爸的脑袋一样大。那几只苍蝇张开大嘴，像牛一样大的嘴，一齐朝爸爸扑去。我吓坏了，正准备帮爸爸，没想到爸爸的嘴巴也突然变得非常大，他张开嘴，一口就把所有的苍蝇都吸了进去。爸爸太恶心了。还没等我回过神来，那几只苍蝇又忽地从他的肩膀上冒了出来，朝我飞来。我惊叫一声，吓醒了。

我睁开眼，周围漆黑一片，没有人声，远处倒是有两声狗叫。夜就像那个巨大的嘴巴，把我吞没了。我这是在哪里？我是不是在苍蝇的肚子里？我越想越害怕，撕心裂肺地喊叫了起来：爸爸——妈妈——

我的声音很尖厉，我想一定传到了渠江边。我暮地想起张爱国跟我说过的一件事，他说渠江边上有只绿毛的狼，特别爱吃人，尤其爱吃小孩子。像我这么大的孩子，它一口一个，嚼得嘎嘣嘎嘣响，骨头都不用吐，因为小孩子的骨头软，它不费力就嚼下去了。我这么大声地喊，会不会把那只绿毛狼招过来呢？想到这一点，我害怕极了，赶紧往大佛的身边缩。我不敢再喊了，只是不住地流泪。我不知道大佛会不会闻到我泪水的味道，于是我就自己尝了尝，是咸的。据说狼不吃咸的东西，我这才放了心。我默默地跟绿毛狼说，如果你不来吃我，我长大后，一定不会拿着枪去打你。然后我就听到绿毛狼从很远的地方传来的声音：说话要算话，不然我就把你全家都吃掉……

我再次醒来的时候，发现自己躺在一个人温暖的怀抱里。我看到有人抱着我，就挣扎了一下说：绿毛狼走了吗？我听到一个声音说：儿子，我是爸爸，我是爸爸。接着我又听见旁边的另一个声音带着哭腔说：儿子，别怕，别怕啊，妈妈也在这里，爸爸妈妈都在这里呢。这时我才意识到那个温暖的怀抱原来是爸爸的。但是我已经没有力气说话了，我的手脚都麻木了。我感觉到爸爸正在流泪，虽然我没有听到他的哭声，但是我感到有水滴下来，滴到了我的脸上。这是我第一次见爸爸流泪，爸爸钻"狗洞"被那些人打的时候都没有流泪。

打那以后，我就变了。以前我爱说爱笑，淘气得很，后来我就不爱笑了，也不爱说话了，常常一个人坐在屋前的刺槐树底下，望着远处的山峰发呆。我在想山那边会有什么，会有人也在那里盯着我看吗？有一回我听陈为民跟我说，有一个姓毛的人，叫毛主席，特别有本事。我问他有什么本事，他说他可以从这个山头跳到那个山头。我立即佩服死了这个叫毛主席的人。我盼着他有一天从那个山头跳过来，跳到我跟前来，把那些欺负我爸爸的人都打跑。

那个有本事的人始终没有来，但是陈为民来了。陈为民说：子钟，我们一起去玩吧。我说我不想玩。他一把拽起我，走吧走吧，有好多小朋友一起玩呢。他力气比我大，我几乎是被他拖着走的。我们来到一棵大榕树底下，已经有好几个小朋友在那里了。一个大一点的孩子正在说话，他叫小刚，以前我们一起玩过。他看到我们过来了，就说：好了，我们可以玩了。我们玩抓坏蛋。其他人立即响应。陈为民说：那谁演坏蛋，谁演解放军啊？小刚说：当然是刘子钟演坏蛋了。我说我不干。小刚说：你不演坏蛋谁演坏蛋啊。我爸爸说了，老子英雄儿好汉，老子反动儿混蛋。你爸爸是坏蛋，你一定也是坏蛋！我被他的话刺痛了，狠狠地瞪了他一眼。他看我不服气，就朝我走了过来。他长得又高又壮，足足比我高出半个头。陈为民见状，赶紧拉着我就走，好吧好吧，我和子钟演坏蛋。

我和陈为民躲在一个草垛子里。陈为民要我别出声，我说我要尿尿。陈为民说：你就在这里尿吧。我就站在草垛子旁尿开了。没等我尿完，扮演解放军的几个孩子突然出现了，他们抓住了我，把我的裤子都弄湿了。他们高兴地喊道：我们抓到了一个坏蛋！我们抓到了一个坏蛋！

我使劲挣扎着，但是他们抓得太紧了，我被他们一边一个，拉到了大树底下。不一会儿，陈为民也被抓到了。小刚站在树底下，居高临下地说道：好了，坏蛋抓到了，我们现在要审坏蛋！把两个坏蛋押上来！

两个孩子立马把我的胳膊扭到背后。我疼得一咧嘴，腰就弯了下来，脑袋也不听使唤地垂了下来。我想起了爸爸，他在台上被人审的时候，就是这个样子。

我尽量把头仰了仰，瞅着他们。我看到小刚的嘴张得越来越大，有点像那只绿毛狼，他的眼里兴奋地放着光，高声喊道：打倒牛鬼蛇神刘子钟！

随着他的喊声，我感觉两只胳膊被扭得更紧更疼了，我只好把脑袋完全低下来。我看到脚下有几只蚂蚁正四处乱窜，旁边是一块石头。这块石头和我在操场上砸中人的那块差不多大。我对准石头，使劲一跺脚，石头就蹦了起来，砸在旁边一个家伙的小腿上，他疼得"哎哟"一声，押我的手就松开了。我立即反转身，使出浑身的力气挣脱了另外一个，然后弯腰捡起石头，朝小刚砸去。石头正中小刚的脑门，他惨叫一声，就捂着头蹲下来，我看到有血从他的指缝里流出来。旁边一个家伙大叫一声：哎呀，流血啦！几个孩子霎时慌了，一哄而散。我怒视着小刚，恶狠狠地说：看你还敢不敢说我爸爸是坏蛋！

那天我是昂首挺胸回家的。我为爸爸报了仇。没有毛主席的帮助，我也能打败绿毛狼。我长大了，我能够保护爸爸了。我欢快地哼着歌：东方红太阳升，中国出了个毛泽东……

其实，我唱得最好的还是这一首《我是公社小社员》：

> 我是公社小社员来
> 手拿小镰刀呀
> 身背小竹篮来
> 放学以后去劳动
> 割草积肥拾麦穗
> 越干越喜欢

这些歌都是妈妈教我的。那天，我一直唱着这些歌，等到爸爸妈妈回来。晚上坐到饭桌上时，爸爸妈妈都奇怪地看着我。他们不清楚我今天是怎么了，怎么这么兴奋。没等他们问我，外面突然来了三个人，两个大人带着一个小孩，小孩正是小刚。我知道坏了，他们报仇来了。果然，接下来狂风暴雨就来了。两个大人张开血盆大口，一直不停地骂。我只记住了几个词：狗崽子，反动派，特务，牛鬼蛇神……我看到那两张嘴里一直在冒着绿气，那些气源源不断地喷出来，弄得我们家到处都是。我想找把扇子来，把那些绿气扇开，可是那些气好像有毒，把我的头都熏晕了，浑身一点力气都没有，以至于后来我都听不到他们在说什么了。他们一直在那里喷，喷了很久，后来，他们的绿气一定是喷完了，这才大摇大摆地走了。随后，我就感觉"啪"的一声，脸上被人打了一下，火辣辣的疼。我抬起头，这才发现绿气已经没了，爸爸正站在我跟前，一只手举在半空中。他打了我，这是他第一次打我。我"哇"地哭起来，一边哭一边往门外跑。我跑到那棵刺槐树底下，我想在那里看到那个叫"毛主席"的人，让他为我报仇。

那个时候，我恨死爸爸了。我明明为他报了仇，可他却来打我。他不敢去打坏人，只敢打我。这时我确信：爸爸的确像他们说的那样，是个坏人。

好吧，现在你都明白了，我的童年是什么样子的。后来我慢慢长大了，就开始和爸爸对着干。他说东我偏要说西，他喜欢的东西我偏要说不好。到了该上学的年龄，他要我去上学，我就是不去。我说读书有什么好，你读了那么多书，还不是成了牛鬼蛇神？那一次他动用了一根棍子，后来我才知道，那是他用来教训学生的教鞭。可是，他再也不能教训他的学生了，反而天天被学生教训。他的教鞭没有了用武之地，就被用来教训我。我记得很清楚，他用他的教鞭整整打了我十三下。我没有躲，咬着牙一下一下地数着，但是后来我还是熬不住，哭着去上学了。几天后，我终于找到一个机会，把他的教鞭扔到江里去了。

去归去了，但我就是不喜欢上学。我怎么可能喜欢上学呢？那些同学都不喜欢我，连红小兵都不让我当。那些孩子，比我大的，都趾高气扬地跟我说话。他们动不动就欺负我，有一次把我逼到墙角，把我的书包都撕破了。书包是妈妈帮我缝的，用了几块旧布，上面灰一块白一块的。那几个孩子见我的书包寒酸，都想抢过来取笑我。你拉我扯中，只听见"刺啦"一声，我的书包就被扯开了，成了一大块破布。他们还不罢休，又用树枝把我的书包挑起来。我看到那块破布在风中飘舞，像彩旗一样。

不过读书也有好的地方，起码我知道毛主席是谁了。课本上到处都有"毛主席"三个字，还有很多毛主席的话。我这才知道，毛主席不能从这座山顶跳到那座山顶，但是毛主席有更大的本事，毛主席是中国的领袖，他推翻了三座大山。

我被陈为民骗了。

我的学上得断断续续的。三天两头地生病：感冒，拉肚子，百日咳，疥疮……这些病一光顾我，我就得在家休息。那个时候，爸爸已经不能教书了，他被关进了牛棚。后来不知道为什么，妈妈也被批斗了。但不是批斗爸爸的那帮人，是另外一帮人，年纪更大的人。不过，慢慢我也就习惯了。

后来我上了初中。有一天，一帮红卫兵闯进我家，他们说爸爸手里有很多大毒草，要全部没收。他们翻箱倒柜，掀桌砸椅，犄角旮旯都被搜遍了，才搜出些爸爸教书用的课本和批改的作业，连我看的连环画也被他们找了出来。可他们并不满意，逼着爸爸，要他把收藏的书都交出来。爸爸说没有了，就这些。但我知道他还有好多书，都提前藏起来了。我就站了出来，把一个头头模样的红卫兵拉到一边说，我知道哪里还有。他问我在哪里？我说：我可以告诉你，但你也要答应我一个条件。他说：你个小狗崽子，还敢跟我谈条件！我坚定地说：你不答应，我就不告诉你！他终于妥协了。我说：我要当红卫兵！他嘿嘿一笑，说：这个没问题！

那天他们大获全胜，收缴了整整三大袋战利品。我也大获全胜，我当上红卫兵了。

他们离开后，父亲就走到我跟前，他的手举得高高的，气愤交加。我昂着头，准备迎接他的一顿饱打。可他的手终究没有落下来。我看他两眼噙着泪，一只手剧烈地颤抖着，指着我说：你，你，你这个逆子……

他说完就扭头走出了院门，看都不愿意多看我一眼。

后来妈妈跟我说，他们抄走的那些，都是你爸爸的宝贝啊，是他多年来辛辛苦苦攒下的，都是研究建筑方面的书籍。我知道那一次，他真的是恨死我了。但是爸爸不知道，我也恨死那些书籍了。我听人说，我爸爸是研究建筑方面的反动学术权威。如果不是研究建筑，我们家就不会这样，我就不会是"反革命分子"的儿子。

终于，那个时代结束了。我也磕磕绊绊地长大了。我发誓不要再让人欺负。我要混得好一些，我要做人上人。其实那个时候我们家已经不被人欺负了。恢复政策之后，爸爸又成了一个受人尊敬的人。他仍旧研究他的建筑，仍旧是一副学究的模样，写文章，到处开会。他不喜欢我叫他老汉，这是重庆人的叫法。他到现在都不会说重庆话。我只好喊他爸爸，跟别人说起他的时候，才说"我老汉"。我们父子俩始终还是尿不到一个壶里，他总看我不顺眼，我这也不好，那也不行。我当了副镇长了也还是不行。他恨不得由他来当镇长，我这个副镇长都听他的。

有一天镇长突然找我，说收到一封信，是从日本那边寄来的，要我处理一下。我打开信，里面居然是汉语写的。信中说她叫原田雅子，是日本一个家族公司的老板，她对涞滩的古建筑非常感兴趣，打算过来考察一下，请我们提供方便。我和原田雅子就这样建立了联系。我得知她以前来过中国，但是那个时候，我还不知道，她和我们家还有着这么深的渊源。她到涞滩来，恐怕不仅仅是为了看古建筑吧，还是来怀旧的。这种事我们当然表示欢迎。全国各地都在欢迎外商投资，她那样的一个日本商人，肯光临我们这个小镇，就是不投资，对于我们来说也是一种宣传。我们的联系越来越频繁。我发现她对涞滩还真不是一般的了解，她能说出涞滩古建筑的各种特点，还能说出二佛寺的来历以及历史沿革。我就对她刮目相看了。

不久镇上开始研究新的发展方向，有人向我建议改造旧建筑，我立即就答应了。说实话，我对这些古建筑从来就没有什么好感。

我一看到它们，就会触电一样想起以前那些不堪回首的日子。后来有专家建议把这些建筑卖了，我立即就想到了这位原田雅子。我刚刚向她表达了意思，没想到，她居然一口答应了。她说，她一个人不可能把所有的涞滩古建筑都搬走，但是，她可以联络别的企业，争取把涞滩的古建筑都买走。这真是送上门来的好事，我非常兴奋。但是这事我没敢跟我们家老汉说，我怕他又给我节外生枝。这要闹起来就不是小事了，影响招商引资，影响涞滩未来的发展大计不说，闹得不好就成了外事问题。我知道我们老汉如果较起真来，是什么都可以不管不顾的。真不知道那些年他被整得那么惨，为什么还是没有改变他的性格。他越老，反倒脾气越暴了。

后来的事你应该知道了，我确实是万万没有想到的。我没想到原田雅子他们居然直接到了我家里，直接见了我们家老汉。她大概以为，我们家老汉经历了十年浩劫，一定恨死了这些建筑。再加上以前的情分，我们家老汉必然不会反对这件事。

原田雅子来我们家这件事，很快就成了涞滩的新闻，许多人都跑到家里来看热闹。有人说他们是来看日本人的，有人说以前见过这个原田雅子，她不就是方娅嘛。还有人说我家老汉做得对，再怎么地，也不能把老祖宗留下来的东西卖给日本人呀！整个涞滩都快乱了套了。镇上也是焦头烂额，书记和镇长天天找我们开会，研讨对策，商量怎么办。他们其实也很犹豫，现在事情闹这么大，反对的声音这么多，硬来似乎也不行，何况那三个举足轻重的人物都参与了。他们尤其在乎的是大智的参与，他们很清楚大智的影响力。但是放弃吧，又心有不甘。好不容易有这么个机会，可以让涞滩镇脱胎换骨，如果做成了这件事，将会在涞滩的发展史上留下浓重的一笔，那真是功德无量啊。说实话，我并非像有些人所想的那样，是为了自己的政绩。有时候扪心自问，我算不上一个好官，但也不是一个贪官、一个坏官。但我生在涞滩，我在这个位置上总要做点事吧。我真的想为涞滩做点事的。

正在我一筹莫展的时候，郭晖和桔子来了。我知道郭晖对这事一直是极力反对的，他早就和我们家老汉结成了同盟，再加上大智，形成了铁三角。全镇人现在都把他们当英雄看了。但我就是不明白，郭晖这样一个开通的人，怎么也这么老古董。何况这件事对于他，是有百利而无一害的。事情要成了，镇上可以把拆旧建筑、建新涞滩的工程都交给他呀，何乐而不为呢？那他是对老涞滩有感情吗？如果真有感情，就应该把这里当家，可到现在他在涞滩都没有一处房子。你看看这几年，他在涞滩盖了那么多房子，可就是没有给自己留一套。他明显还没有把涞滩当家嘛。所以这一次见他的时候，我没给他好脸色看。

我说：你们又过来干什么，还嫌事情闹得不够吗？

桔子说：哥，你不要急，听郭晖说一说嘛，他是为你好啊。真的。

郭晖在我面前坐了下来，一脸的真诚。

刘镇长，我知道你是个好领导，也是个好人。但是，关于要卖掉涞滩古建筑这件事，我觉得真的不妥。但我今天来，不是和你争论的，我是专程赶来告诉你一个消息。我听重庆那边的朋友说，上面有领导已经知道这件事了。他们收到了一封匿名信，信里专门说了这件事，还历数了涞滩古建筑的历史沿革和文化价值。听说有个领导看了很生气，骂涞滩的官员是帮败家子……

我一听头皮都麻了。我知道郭晖神通广大，他在重庆也有很多朋友。但这封信……不用说，又是我们家老汉干的。整个涞滩镇，除了他，谁还能写出这样的信啊？看来，他为了这些建筑，连自己的儿子都可以不要了。这让我一下子想起当年我出卖他，让他的那些宝贝书籍全被抄走的事。他这明显是在报复我嘛！我们父子俩，天生就是冤家啊。

郭晖接着说：刘镇长，我觉得这是件大事，可能会影响你和其他领导的前途，所以赶紧过来报个信。你们要尽快想个办法，防患于未然啊。

现在看来，卖古建筑的事只能作罢了。

我立即连夜赶往书记和镇长家，商量再三，都同意放弃。至于补救的办法，我想了个主意，开一个涞滩古建筑研究会议，商讨如何修缮保护古建筑，并利用古建筑发展涞滩旅游。

第二天一大早，我看到老汉正在院子里气定神闲地打太极拳。我径直走过去，跟他说：老汉，你赢了，房子不卖了。但这件事是你搞出来的，你一定要帮我们收拾一下残局。

老汉看都不看我，仿佛我在跟旁边的桔子树说话。我只好接着说下去：

我们打算召开涞滩古建筑研究会议。你是专家，请你来主持大局，同时邀请原田雅子他们参加，讨论一下如何发掘这些古建筑的价值，为涞滩经济发展服务。这次，你总该跟我保持一致了吧。

老汉瞥了我一眼，将一只手镇定自若地伸向远处的山峰，仿佛整个涞滩都在他的掌握之中。

他爽快地说：没问题。

## 癸

刘明夷曾经以为,一个老师是不会恨自己的学生的,就像父母不会恨自己的孩子一样。但是,那个时刻,他恨死了潘二娃。

这个平时不怎么让他注意的学生,这个不爱说话只是偶尔翻翻白眼的学生,这个在人群中几乎可以被忽略的学生,却在不经意间抓住了脱缰而去的历史野马,乘势出击,扶摇而上,成了可以主宰涞滩很多人命运的人物。现在,他要做一件更为惊天动地的"伟业"了:主宰这尊矗立在涞滩已达千年之久的大佛的命运。潘二娃污辱自己、毒打自己的时候,刘明夷都没这么恨过他。可是当他逼着他们去毁坏那尊佛像时,刘明夷的恨意却直冲脑门,他希望他立刻马上就被车撞死,被雷劈死,被蛇咬死,被乱棍打死。他,潘二娃,才是历史的罪人,才是应该被打入十八层地狱的"牛鬼蛇神"。

此时,这个被刘明夷在心里诅咒了一千遍一万遍的潘二娃正趾高气扬地站在二佛前的石阶上,他志得意满地俯视着众生,眼睛里射出毒刺般的目光。

牛鬼蛇神们!考验你们的时候到了!谁退缩,谁就是顽固对抗伟大革命的死硬分子!谁就会被彻底消灭!

几个"牛鬼蛇神"你看看我,我看看你,不知如何是好。刘明夷朝他们摇了摇头,意思是大家都不要去。马从军冲他点了点头,算是对他的回应。有了第一个战友,刘明夷心里立即有了底气。他又看了看其他几位老师,他们都低下头,不敢看他。刘明夷知道坏了,他们要扛不住了。此时,潘二娃又在那里发话,说这是证明自己的好机会,还等什么。终于,数学老师张朝宗第一个走了出来。刘明夷轻轻喊了一声:张老师!张朝宗没理他,继续向前走。刘明夷又叫了一声:张朝宗!他这才扭过头来看了看刘明夷,那眼神里分明带着几丝怨恨,仿佛是刘明夷在逼着他做一件难堪的事。不过,他也只是看了一眼,就又扭过头朝二佛走去。就在这时,刘明夷彻底爆发了,他猛然挣脱左右看管他的人,一个箭步冲了过去,朝张朝宗喊道:张老师,你不能这么做!几个红卫兵见状,急忙把他拉了回来。刘明夷拼命挣扎着,嘶吼着:张老师,你不能这么做!不能做千古罪人啊!……

就在那一刻,刘明夷身上迸发出了前所未有的惊人能量。多年以后,涞滩人还记得他当时的英雄壮举。他手脚并用,拳打脚踢,三两下就把拉着他的几个红卫兵学生打倒了,接着一把夺过一个红卫兵手上的棍子,金刚怒目般站在佛像前,全然是一副临危不惧、视死如归的架势。

其实,刘明夷当时也没想到自己会有如此的举动,心里不免有些后怕。他记得小时候,有人怂恿他,敢不敢一个人晚上从坟堆走过去,他想都没想,就说敢。刚说完他就后悔了,但已经答应了人家,总不能食言。他就硬着头皮从布满坟堆的松树林穿过去。事后想起来,还会惊出一身冷汗。这么多年过去了,他的毛病还是没有改。现在事情发展到了这个地步,已经没有回头路可走了。他索性豁了出去。

红卫兵小将们显然也被他的举动镇住了。他们没想到,这个平时温文尔雅的老师,这个软弱可欺的牛鬼蛇神,居然敢在他们眼皮子底下如此猖狂!一时间所有人都目瞪口呆,不知接下来该怎么办了。刘明夷趁机喊起话来:同学们,革命小将们,大家不能干这样的事啊!我们要对历史负责啊!你们现在还不懂,等以后懂了,后悔就来不及啦!……

张朝宗这才退了回来,只见他满脸通红,羞愧难当。马从军冲他点了点头,表示赞许。这时,场面似乎有些乱了,革命小将们开始议论纷纷。潘二娃见他手下的"革命意志"发生了动摇,再不收拢恐怕就要土崩瓦解了,于是他立即站出来,声色俱厉地向刘明夷喊话:刘明夷!你好大的胆子!你这是在向人民群众进攻!向无产阶级的文化大革命进攻!向伟大领袖毛主席进攻!

潘二娃这一嗓子起了作用,在场的人瞬间安静了下来,刘明夷也被吓住了。他这才发现,自己正处在狼群的包围中,他是在孤身一人与红卫兵小将们对峙着。所有人的目光都在盯着他,如同聚光灯一般,刺得他头晕目眩、胆战心惊。他想挪一挪位置,却怎么也迈不开脚步,因为他知道,他哪怕挪动一步,那些目光都会跟着他挪过来。这都是拜潘二娃所赐。

后来刘明夷就觉得,这孩子有勇有谋,又能镇得住场,可惜他生错了时代,如果生在革命战争年代,他或许可以成为战场上的英雄,甚至会成为一名功勋卓著的将军。英雄和恶棍之间,往往因时代而判若云泥。然而对于他的领导力和鼓动力,他还是非常佩服的。只是以前,自己怎么就没有发现呢?作为一名老师,却不了解自己的学生,这让他感到十分羞愧。

潘二娃接着说：革命小将们，我们不要被反革命分子的嚣张气焰吓着了！反动派不灭亡，我们就坚决镇压。坚决打倒现行反革命分子刘明夷！

潘二娃的话立即鼓舞了红卫兵小将们，他们一窝蜂地冲上去，不费吹灰之力就解除了"现行反革命"刘明夷的武装。事实上是刘明夷自愿解除武装的，那一刻，他甚至盼着有人过来夺下他的棍子，好让自己不再那么尴尬。他天生不是做英雄的材料，被迫当了回英雄，带来的还是难堪和下不了台。

就这样，刘明夷好不容易积蓄起来的能量，被自己学生的几句话，就轻而易举地化解了。卸除了能量和武装的刘明夷只能任人宰割，小将们挥舞起手中的棍子、鞭子，雨点一样落在他的头上身上，他只能蜷起胳膊，尽量护住脑袋，活像一只把头埋进沙子里的鸵鸟。幸好在这时，保护者出现了，大秀突然从围观的人群里冲了出来。她跑得飞快，疾步向前撞开小将们的包围圈，转眼间就挡在了刘明夷跟前。她张开双臂，死死地抱住刘明夷，那些棍子和鞭子又狠狠地抽打在她的身上。刘明夷被大秀这么一护，反而担心起大秀来，他嗔怒道：你怎么来了？

大秀没理他，紧咬着嘴唇喊道：你们不要打啦，不要打啦！此刻，她披头散发，声音尖厉、恐怖，让人不免有些发怵。

潘二娃挥了挥手，令小将们住手。他双手叉腰踱过来，歪着头斜了一眼刘明夷，摇了摇头，说道：刘明夷，我真是搞不懂，你一个外地人，为什么要那么拼命保护涞滩的这些"四旧"。你不知道这些都是封建的、腐朽的、反动的吗？

刘明夷抬起头有气无力地说道：二佛不仅仅是涞滩的，它是属于中国的。二佛也不仅仅是属于我们的，还是属于子孙后代的。你们不懂,至少现在你们不懂。我最难过的是,等到你们懂的时候,一切都晚了……

够了!潘二娃粗暴地打断了他,不要再放毒了!看来你们这些牛鬼蛇神都是贼心不死,妄想有一天再来复辟。那好,你们不肯动手,我来!

刘明夷一屁股坐在地上,他已经没有力量阻止这场浩劫了。

潘二娃迅速开始布置。很快,就有人拿来铁锤、钢钎、麻索、老虎钳,还有人拿来了几瓶酒。有人提议,我们先唱首歌吧。随后,歌声在二佛寺的上空盘旋,雄壮激越。在刘明夷的记忆中,这样的激情和组织纪律性,只有后来的广场舞大妈们可以与之匹敌。


红卫兵红卫兵

革命的烈火燃在胸

阶级斗争风浪考验了我

路线斗争锻炼得心更红

立场稳方向明

朝气蓬勃干革命

赤胆忠心跟着党

我们是毛主席的红卫兵

红卫兵红卫兵

我们要做共产主义接班人

革命红旗一代传一代

光荣传统我们要继承

爱祖国爱人民

爱和平爱劳动

　　要和工农相结合

　　我们是毛主席的红卫兵

　　唱完歌后,潘二娃大吼一声,拿酒来!旁边的人马上倒了一碗酒递过来,他拿起碗一饮而尽。此刻的潘二娃,沉浸在革命英雄主义的豪情里。穿一身黄军装的他,努力摆出一副英武的姿势,虽然他的相貌和电影里的英雄人物相差甚远,但这并不妨碍他对他们模仿的热情。他挺了挺胸,俯视着地上的刘明夷,仿佛驰骋疆场的将军在俯视他的俘虏,他只需用他的目光就能把对手埋进历史的垃圾堆里。而坐在地上的刘明夷呢,一身破旧的灰布中山装,有几处已经磨破,脏兮兮的身上,还有几处血迹。有几次大秀想给他洗洗衣服,他坚决不肯,每次出门始终把它穿在身上。他觉得自己已经低到了泥土里,根本没有拾掇的必要。事实上此刻他情愿把自己裹在泥土里,这样就不用目睹即将发生的惨剧了。

　　潘二娃喝完酒,扫视一番所有反动派之后,便转身大踏步向佛像身后的排水沟走去。众人都跟了过去,站在排水沟旁的空地上,他们要目睹即将到来的英雄壮举。旁边一个红卫兵小将举起手,起了个头,大家又开始唱起来,为他壮行:

　　毛主席率领我们反潮流

　　举红旗

　　向前走

　　毛主席率领我们反潮流

反复辟

反倒退

继续革命不停留

打击帝修反

批判封资修

迎着风浪去战斗

继续革命不停留

在歌声的伴奏下,潘二娃开始行动了。他将钢钎插进排水沟的石缝里,将麻索系在钢钎上。他揣着铁锤和老虎钳,握着麻索往下滑。就在他快滑到佛像头上时,只听"啪"的一声,插在排水沟里的钢钎突然跳了出来。潘二娃"啊"的一声惊叫,连人带锤摔了下去,脑袋不偏不斜,恰好磕在二佛的脚上,地上顿时血红一片。有人壮着胆子上前看了看,潘二娃的脑袋已经变了形,还有白花花的脑浆淌出来。所有人都惊呆了,仿佛被施了定身法,直到有人叫了一声:二佛显灵啦!

此时,在场的红卫兵小将们已经被吓得魂飞魄散,他们撒腿就跑,连潘二娃的尸体都不管不顾了。

二十年后的一个夏夜,刘明夷一家人坐在院子里乘凉,刘明夷回忆起这件事时说道:这个潘二娃,可惜了。大秀说:你还可惜他啊,你不记得他把你弄成什么样子了?刘明夷说:他也是受害者嘛。如果他不死的话,现在说不定也能干出一番事业来。大秀说:他读书也不行,除了到处捣乱,还能干什么啊,还不是乖乖在家种田?刘子钟在一旁说道:这可不一定,他有领导才能,胆子又大,没准会成为暴发户,或公司的老板。你看看现在那些发财的,哪个不是像他这样胆大的啊?刘明夷长长地叹了一口气。

不管怎么样,潘二娃的死对涞滩产生了深远的影响。当地的红卫兵组织很快就四分五裂了。他们都忙着内斗,再也没人顾得上他们这帮"牛鬼蛇神"了。

刘明夷早已习惯了这种状况。中国的各种运动对于这个小镇来说,就像是一场台风,从遥远的地方刮来,到了小镇时,力量就明显减弱了许多。人们在台风到来之前听够了各种关于台风的消息,台风真来的时候,也就淡然得多了。

等到这场运动接近尾声的时候,刘明夷终于有机会坐在家里,好好管教一下自己的儿子了。

八九年的时间里,刘子钟已经由一个又黑又瘦的小男孩,变成了一个半大小子。这孩子趁着刘明夷被批斗、关牛棚的机会,到处游手好闲、惹是生非。他自己还和十几个同龄的孩子,一起成立了一个组织,叫什么"涞滩十三少",自称革命组织。刘子钟被他们推举为头目。这十三个孩子差不多都是"黑五类"出身,他们专门找那些自称正统的红卫兵,跟他们对着干。有一次,他们竟然把一个红卫兵头目关在猪圈里,关了整整三天。不过,这涞滩十三少从不蛮干,他们总是先想好点子,设圈套让别人往里钻。刘子钟聪明的脑瓜子这个时候可谓发挥得淋漓尽致。刘明夷被从"牛棚"里放出来的时候,涞滩十三少已经差不多把当时的红卫兵头目挨个地整了一遍,只剩下一个名叫刘其波的头目幸免于难。

这个刘其波人长得精瘦,原本是个爱学习的孩子,书也读了一些,刘明夷还多次跟大秀夸奖过他。刘明夷说:这孩子头脑灵活,又能沉下心来,如果碰上个好时代,假以时日,前途不可限量。但是后来,这个爱学习的刘其波也放下了学业,头脑灵活变成了鬼点子多,沉得下来变成了见风使舵,很快他就成了其中一支队伍的头目。刘子钟其实早就盯上刘其波了,但这个刘其波又实在太狡猾,十三少几次算计他都被他躲过了。于是刘子钟就想策反他的一个名叫李小刚的手下。

那天下午,十三少正躲在文昌宫商量,如何利用李小刚来对付刘其波。他们以为文昌宫破败不堪,没有人会来,但是万万没有想到,有个人却一直在偷听着他们的谈话。这个人就是刘明夷。刘明夷躲在文昌宫的后墙外,清晰地听到十三少在里面谋划着整人大计。他们你一言我一语,轮流发言,还时不时地争辩一番。他没想到,这么小的孩子,居然会想出连他自己都瞠目结舌的计策;他更没想到的是,他的儿子刘子钟还是他们当中的老大。刘子钟一条条地分析着他们提出来的想法,逻辑清晰,思维缜密。刘明夷听了之后,不由得惊呆了。他在问自己:这是自己的儿子吗?这孩子,怎么就和自己一点都不像呢?

十三少开完"秘密会议"后正准备离开,就被刘明夷堵在了文昌宫的大门口。孩子们见是刘子钟的爸爸,立即作鸟兽散,但刘子钟还是被他父亲拎了回来。

那天晚上,刘家父子俩爆发了有史以来最激烈的冲突。刘明夷斥责儿子小小年纪不学好,就知道跟那些乱七八糟的人鬼混,现在不学无术,将来可怎么办?这个国家最终还是需要有知识有文化的人。在往常,刘子钟可能就耐着性子听听,顶多也就嘀咕几声完事。可是这次,刘子钟却顶嘴了。他说你倒是读了那么多的书,又怎么样,还不是被人欺负,还不是要钻狗洞。我早就看明白了,你不欺负人,人家就会欺负你。刘明夷没想到儿子会讲出这么一套歪理邪说,自己还一时没法反驳。他哆哆嗦嗦了好半天,才问道:这些话,都是谁跟你说的?刘子钟说:没人跟我说,是我自己总结的。我不想做书呆子,我不想做被人欺负的人,我要主宰我自己!

刘明夷一下子瘫坐在椅子上,无言以对。他第一次感到,在儿子跟前,自己竟然如此狼狈,如此无奈。那天晚上,他对大秀说:儿子大了,管不住了。

后来他总结道:这个世界上,对于一个男人来说,任何人你都有可能战胜,即使战胜不了的,你也可以躲开。可是唯独对于儿子,你最终必定会失败……

他说得有些凄凉。

大秀却很乐观,她安慰刘明夷:没关系的,社会总会变的,儿孙自有儿孙福。不管怎么样,我们总算快熬过来了。

几天后,刘明夷正在家午睡,突然被一阵噼噼啪啪的鞭炮声吵醒了,起来侧耳一听,还不只是一个地方放。肯定有大事发生了!他连忙披衣下床,到街上一看,很多家门口都在放鞭炮。刘明夷一打听,原来是"四人帮"被打倒了。没想到大秀的预言这么快就变成了现实。晚上刘明夷躺在床上,突然一骨碌爬了起来,对大秀说:我明天去看看马校长。

马从军家的房子很破败。几间瓦房孤零零地杵在一个山坡上,下面就是悬崖峭壁。墙壁斑驳不堪,有的地方石灰已经剥落,上面还有脚印和尿迹。窗户上结了蛛网,木格子的窗架裂开了好几处。听到刘明夷的喊声,马从军拄着拐棍,一路咳嗽着从屋里走了出来。他背驼得很厉害,看上去比刘明夷还要矮半截。

再加上腿脚不方便，整个人像是老了十几岁。其实他比刘明夷大不了几岁。刘明夷鼻子里酸酸的，有些物伤其类。当过军人的马从军，天天跑步的马从军，硬汉子马从军，到底还是抵挡不住人为的折磨。他还是太硬了，不懂得妥协，反而被生生地折断了。

马从军颤巍巍地迎出门来，一把抓住刘明夷的手，两个人很久都说不出话来。

过了许久，马从军终于说出了第一句话：

刘老师啊，你来看我啊，好多年没人来看我啦！

刘明夷说：马校长，那四个害人虫被抓起来了，我们总算熬到头啦。

马从军笑了笑：那是迟早的事，我一直相信这一点。可是，我也老啦！

……

那天，久别重逢的两个人说了很多话，主要都是马从军在说。刘明夷的到来给了马从军发泄的机会，他将憋在心里的很多话都一股脑道了出来。他甚至跟刘明夷分享了很多不为人知的秘密。对于刘明夷来说，这些秘密个个都让他心惊肉跳。

马从军说：你还记得我哥哥吧？马从周。刘明夷叹道：他没撑住，自杀了，太可惜了。马从军说：当年解放军进重庆的时候，他逃走了，可是后来还是被抓到了。他在逃走之前给我留了一封信，里面还提到了你。没想到吧？他在信里说，方娅是日本人，他父亲是个很危险的人物，一直被关押着。他还要我当心你，说你是个很阴险的人，两面派……刘明夷说：我好歹也和他共事过，而且在一个组织里，他为什么临走前还要出卖我呢？

马从军没有回答他，他接着说：所以我很早就知道你加入过国民党。但是我了解你，我相信你只是个书生，不懂政治，你所有的政治上的举动都是被动的。后来"四清"之前，上面曾经派人来，专门调查过你的问题，都被我压住了。这也就成了我后来被批斗时的一大罪名，说我包庇反革命分子。但是我没想到方娅居然在这个时候站出来，把你给出卖了。

马从军说到激动处，咳嗽了起来，刘明夷赶紧给他端来一杯水。他喝了口水，平复了一下心情，语气也平和了一些。

方娅那天在会场上公开你的身份之前，其实来找过我。她直接向我反映你的问题，说你加入过国民党，她想和你离婚。我说我知道这件事，并且劝她保密。她没有作声，当时我就感觉不好了。没想到，她竟然会搞这么一出，把事情闹这么大。你还记得之前我曾经劝过你，要你离开她吗？我说她迟早会害了你的。我说这个是有原因的，可当时我不便跟你多说。因为方娅之前找过我好几次，讲了你的很多问题。她的目标只有一个：要和你离婚。你的这段婚姻……唉，幸亏后来你们离婚了，你才有机会和大秀在一起，你也算是因祸得福吧！大秀真是个好女人啊。

大秀的许多事，你可能没听说过，但是学校很多人都知道，就你一个人不知道。她在和你结婚之前，好多男人都看上了她，想方设法追求她，她一直都没理睬。当时大家就很奇怪，她也老大不小了，怎么就不想成个家呢？一直到后来你们结婚了，大家才明白，她一直在等你呢。一个年轻漂亮的女孩子，苦守着一份可能没有希望的爱情，不容易啊。毕竟你当时是有老婆的人啊！

当时的那件事，就是她找我告状说你跟她有了关系的那件事，你还记得吧？其实当时我就知道你和她是清白的，一定是她想和你结婚，才出此下策。她倒是也挺实诚，我稍稍一试探，她就坦白了，还要我帮她。我跟她说这样做不好吧，一个女人家，说出去会坏名声的。她说她不在乎，只要能跟你在一起，她什么都不在乎。那天我就配合她演了一出戏，我装模作样地对你发火，不过我心里还真是有火的，你想想啊，这么好的一个女人哭着喊着要和你在一起，你还拒绝人家。唉，你这个家伙，不知道上辈子积了什么德，能让人家死心塌地地对你。那天我演得还不错吧？！

后来，就是你们结婚后，还有人打大秀的主意呢。那个人就是革委会的副主任，这家伙以前就有过生活作风问题，我想你也知道的。后来文化大革命的时候，他以为机会来了，就三天两头地找大秀，威逼利诱，什么方法都用过。有一次，他对大秀动手动脚，大秀还打了他，用扫帚打的，把他从屋里撵到了屋外，闹得全院子都看到了，很狼狈。后来那个家伙还不死心，就加倍地整你，想要以此来要挟她。但他太不了解涞滩的女人了。涞滩的女人，爱就爱得不屈不挠、死心塌地，恨也恨得轰轰烈烈，哪怕是鱼死网破。于是大秀就给上面写信，把他告了。上面派人来查，她准备了很多证据，加上那家伙有前科，最终大秀给告赢了。这就是为什么他突然被调走的原因。你还不知道吧，这是大秀的功劳。

还有你不知道的呢，你被他们批斗游街时，其实大秀一直都在附件悄悄地跟着，就怕你有什么闪失。二佛寺的那一次，你被他们毒打，她实在忍不住，才跑出来了。她的心思全都在你身上呢，你就是她的全部。你想一想，你一个外地人，能够让一个涞滩的女孩那么死心塌地地爱你，只怕是几辈子修来的福气吧……

明夷啊，"四人帮"倒台了，我看落实政策的日子也不会太远啦。我不行了，身体不行了，但你还要复出啊。学校还得靠你啊。你要和大秀好好地过日子，你们也不容易。我们这辈人，都不容易……

马从军恨不得把一辈子的话都说完。他一边说一边咳嗽，刘明夷以为他只是感冒了，其实他并不知道，马从军的日子已经不多了。因此，那天他们的谈话，也是他们的最后一次谈话。一个月后，马从军就去世了。

参加完马从军追悼会的那天晚上，刘明夷和大秀躺在床上一起回顾了马从军的很多往事。刘明夷想起那天马从军跟自己说过的话，就问大秀：你为什么要对我这么好呢？我刚刚照了镜子的，左看右看，也没看出自己有什么吸引人的地方。

刘明夷以为大秀会给自己一个惊天动地的理由，可大秀只是翻了翻白眼说：谁要你给我取名字的啊。

刘明夷说：取名字怎么啦？

大秀说：爷爷跟我说的。七岁那年，我听人说，人没名字，就像是没魂，就是死了也是孤魂野鬼。我就跑去问爷爷，别人都有名字，我为什么就没名字。爷爷说，女人命苦，你这孩子命更苦，你老汉没给你取名字，等你以后嫁人了，让你男人给你取吧。那个时候我就明白了，给我取名的，就是我男人。你是我男人，我不对你好，对谁好啊。

刘明夷没有吭声，半晌，才突然冒出了一句话：老婆，我想家了。

……

回乡的事是四年后才实现的。自从上回老父亲给刘明夷来过一封信后，刘明夷本打算要回去的，但接二连三的变故让他疲于应对，回乡的事也就慢慢搁下了。平时通信，也只是报个平安。刘明夷在批斗和蹲牛棚的这几年中，为了不连累家人，更是一封信都没写过。后来虽然打倒了"四人帮"，但政策仍没有得到落实，刘明夷就一直观望着，直至他平了反，才给家人去了一封信。很快刘明夷就收到了回信。这一天，他从学校回来，郑重地拆开信封，展开信纸……刹那间，他脸上的肌肉僵住了，随之剧烈地抖动起来，大颗的泪珠从脸颊上滚落。他再也难以抑制自己的情绪，"哇"的一声哭倒在地。

信是弟弟写来的，弟弟在信上说，父亲两个月前已经去世了，临死前还在念叨他。

那年刘明夷辞别父母和弟弟去上大学，没想到这一去，竟成了父子俩的诀别。

四十年里，自己独在异乡为异客。和方娅婚后的那段日子也算有个家，但那个家是残缺的。幸好后来又有了大秀，是大秀给了他一个完整的温暖的家。但是故乡，在记忆中已经成了一个语词。屋后那漫山遍野的松林，屋前那高低不平的稻田，稻田中央银光闪闪的池塘，以及门前长着很多半人高艾蒿的坟，都离自己越来越远了。可现在，这久远缥缈的故乡又渐渐清晰了，父亲走了，但那里还有母亲慈爱的身影，还有弟弟清俊的面庞，还有屋前屋后那大片的松林和稻田。他多想现在就飞回去呀，多想跪在父亲的坟前，敬炷香，磕个响头，和父亲唠唠嗑，说说话；他多想依偎在母亲的怀里，叫声娘……

娘，我回来了，你不孝的儿子回来了——

爹，我回来了，你还能再睁眼看看我吗？你还能用那把戒尺再狠狠地教训我一顿吗？

……

临行的前一天傍晚,刘明夷一家三口坐在东水门外的菩提树下,聊着故乡。那是刘子钟第一次听父亲讲故乡的事。他听得津津有味,像是在听一个传说。

刘子钟问:什么是故乡啊?

刘明夷说:就是一个人,年轻的时候拼命想要离开,年纪大的时候又拼命想回去的地方。

刘子钟问:那妈妈有故乡吗?

刘明夷说:离开了才算是故乡。

刘子钟拍着手说:太好了,我们明天就要离开涞滩了,涞滩就是我的故乡!

# 戌

你总算来了。我等了你很久了。

我早就知道你不是一般人。别人看陌生人，目光又浅又飘又散，你的目光不同，又尖又深又狠，像把匕首，直插心窝，痛。别人到涞滩来，都是走马观花，看一看，就走了，什么都带不走，什么都留不下；而你，看上去像是要留下来，不走了。你慢吞吞地走，慢吞吞地看，恨不得一头扎进涞滩的泥土里，石墙里。你和那么多的人聊天，几乎把认识我的人一网打尽了。就是傻子，也知道你是谁。

可是，我不知道自己是谁。好多个夜里，我都在问自己，我是谁。我起来照镜子，打自己的脸，用刀割自己，用针扎自己。有一次喝醉了我还问桔子我到底是谁。桔子说，你傻了吧。我是傻了，要不我怎么会去看医生呢。桔子还以为我去会情人了。那个漂亮女人是个医生，心理医生。但我不愿意在医院，打死我也不去。我吃药，念经，都没用。有天半夜里，我一个人跑到渠江边，我突然在水里看到了自己。那个才是真的，我是假的。我想和他换一换。我就跳到了水里，去抓他，结果没抓到，他倒是差一点抓到了我。我挣脱了。爬上来的时候，我扔石头砸他，他就不见了。

一个人，不知道自己是谁，多好玩啊，多可怜啊。你来了，好了，你可以告诉我了。

我是郭晖？我是孙周？

孙周活了十八年，郭晖活了十九年，哪个更真实？别人说我是谁，我就是谁；或者是，我自己说我是谁，我才是谁？这个地方的人，没人认识孙周，只认识郭晖。一个好人，善人，做了很多好事，不好色，不贪财，不害人，一本正经得有些冷漠，就像一个精心设计好的角色。

那个地方，很远的地方，孙周就真实了吗？

这个名字已经快二十年不用了。名字是父亲取的，我父亲姓孙，母亲姓周。我是家里的独生子。父亲的希望是，我身上能集中他们俩的优点，既有父亲的胆大果敢，又有母亲的正直善良。很惭愧，我辜负他们了，辜负了"孙周"这个名字。好端端的一个名字，就被我一时冲动，毁掉了。

我原本是一个好学生，努力学习，希望考上大学，有个好前程。第一志愿填的是重庆大学。我喜欢重庆这地方。都是从书上看到的，山多、水多、神秘。所以后来我还是到重庆来了。但那个时候，我是想考到重庆来，堂堂正正地来，而不是偷偷摸摸地来。你知道的，那个年代的高考，太难了。高中三年，我都在拼命学习。每天熄了电灯，又点上煤油灯，到很晚的时候才吹灭煤油灯。在宿舍里，我几乎每晚都是最后一个吹灯的。我总想着我的名字，孙周，这个名字就像一个紧箍咒，时刻在提醒我，不能辜负它。

我考得不错。如果没有后来的事，我应该会顺利地收到录取通知书，可是中间却出了岔子。

考完之后，我整个人都瘫了，彻底瘫下来了。什么都不想干，就想躺着。成天看电视，或者玩游戏。高考前的时候，老师跟我们说过，现在拼一把，进了大学就好了，可以放心地玩了。结果考完后，绷得太紧的神经就像已经射出石子的弹弓一样，彻底绵软了下来。开始以为这种放松的感觉很好，可是几天下来，我就受不了了。生活缺少了目标，缺少了激情，至少缺少了刺激。就在这个时候，吴程生来找我。

以前读书的时候，老师总是说，这个是必然的那个是必然的，后来读佛书，书里也说，有因必有果，有果必有因。我觉得这都是扯淡。就像一位作家说过的那样，世界上的事，就是由无数个偶然构成的。这无数个偶然就像一根链条上的环，断了一根，后面的就接不上，就会成为另一种结果。

吴程生来找我，就是一种偶然。

我们是同学。虽不是一个班，但关系很好，时常在一起打球。那天他爸爸要他去姑妈家拿东西，他走到我家附近时，突然停了下来，鬼使神差的，他自己也不知道为什么。鬼使神差、鬼迷心窍、鬼斧神工，人使用的很多词语都和鬼有关，可能这世上真的有鬼吧。他直接上我家里来了。我们说了一会儿话，随后他拿出一把匕首在我面前显摆。我说哪里来的。他说是他家里的，他说这把匕首很酷，是他爸爸的心爱之物，平常都不给他玩的。我说我不觉得酷，我不喜欢凶器。他就把匕首递给我，说你就看看嘛，看仔细点儿。我接过匕首，沉甸甸的。以前，我从来没有拿过这种东西，连水果刀都没拿过，我削水果都是用刨子。但这把匕首却很快把我吸引住了，厚实的铜刀柄上还缠着丝带，刀刃很锋利，我用手去试，马上被吴程生制止了，他说你还是拿别的东西试吧。我就拿纸试，结果没怎么用力就切开了四层纸。这时，我还只是好奇，对一件新东西的探索欲而已。接着我很快发现了新的探索点，我发现刀子的两边还有两道小槽，我问这是干什么用的，好好的刀弄两个口子，难看死了。吴程生笑了，他说你真是个书呆子，你没见过杀猪刀吗？这叫血槽，是放血用的。他边说边用手比画着，像这样，一刀捅进去，要有血放出来，气放出来，否则刀就被肉夹住了，拔不出来。他说得很生动，我再看这把匕首时就感觉不一样了，它发着寒光，那寒光分明就是眼睛，看着我，带着挑衅的意思。我突然就有了一股冲动，想拿起它刺进一个身体里，我想知道那是什么样的感觉，是切豆腐的感觉，还是砍木头的感觉。这股冲动让我非常兴奋，我拿着匕首不停地在空中挥舞着，比画着，差点儿划到了吴程生。他吓了一跳，赶紧一把夺过匕首，放进包里。当时我觉得这把匕首一定被诅咒过了，它似乎有一种魔力，会说话，有灵魂。我就问吴程生，这把匕首杀过人吗？吴程生说，没有，连动物都没杀过。我听人说，很多的刀都有灵气的，平时这些灵气都睡着了，一旦见了血就复活了。所以不能让它见血，见过一次血后，就要不停地再见血，它才能保持灵气。很久以后，在夜深人静的时候，当我再次面对这把匕首时，我发觉我有机会长时间、认真地研究它了。它果然像吴程生说的那样，像是一个久病未愈的病人，绵软无力，没有光泽。我只好用自己的血去喂它，让它重新恢复光泽。当然，这是后话。

年轻的时候注意力转移得快，这把匕首进了吴程生的包后，我很快就忘了它。我们又一起说了很多事，谈理想，谈未来。吴程生说他要是被报考的军校录取了，他就会好好学习，将来做军官，当英雄，报效国家。我说我要是顺利进了大学，我就去当官，从村长当起，一直当到省长。我要做一个好官，让路上没有要饭的，让学校没人擂肥。说完之后，我们两个人都陷入了沉思。那个时候，我们还不知道，人生之路到底会是怎样的一条路。那些看起来很美的康庄大道，走着走着突然就会荆棘丛生，处处陷阱和泥泞。后来我一个人躺在床上思考自己的过去时，我也在想，如果没有后来的事，我的人生会是怎样的呢？但是，人生没有如果。

一转眼到了黄昏，我们还有很多的精力没有发泄完，于是就想去踢球。我去找球，结果球没气了。去找打气筒，气针又不见了。你看看，这么多的偶然。最后他就说，算了，不踢了，去喝酒吧。我有些迟疑，以前爸爸妈妈从不让我喝酒的。吴程生说，那是以前，现在高中都毕业了，是大人了。他还说，年轻的时候不疯狂，老了就晚了……他很会说，我被他说动了。见鬼，一般人都说不动我的，我是个有主见的人。那天恰好爸爸妈妈不在家，我想就一次吧。

我们到楼下的大排档去喝酒。那个城市大排档特别多，夏天都摆在外面，一大排，挤满了人，叫几个菜，几瓶啤酒，一大帮熟人，喝得热火朝天，大呼小叫。那是我头一回喝酒，以前闻到酒觉得刺鼻，就想不通大人怎么会喜欢喝这种东西，但轮到自己喝，就喝出香味来了。酒在嘴里转一圈，再咽下去，余香在齿间、在舌根迅速散开，九曲回肠，直通五脏六腑。我会喝酒了，喜欢喝酒了，我不知道这是不是成年的标志。酒给我带来的这种美好感觉让我理直气壮起来，我感觉自己是个大人了，身上有了底气，人马上就有了阳刚之气，胆子也壮了起来。我们的声音越来越大，话越来越多，内容也越来越丰富，以前不敢说的话现在都敢说了。那些大胆的、夸张的词，哧溜一下就从嘴里跳出来了，嘎嘣直响，那种心理的快感是以前从来没有体验过的。有了这种感觉之后，寻常的东西就不能满足我们的快感需要了。后来我们就比试，看谁的胆子大。吴程生说他敢骂班主任，而且是当众大声骂。这要在以前，借他十个胆儿也不敢，但现在他真的这么做了。他站在凳子上，左手指着远方，仰着头,张着大嘴巴,大声吼了一句:周霸天,你是个王八蛋!那气势,像是要一口吞下月亮。周霸天本名周浩天,平常对吴程生挺好的,不知道他怎么会这么恨他。

吴程生的这个举动起点太高,首先就设置了难度,我必须有更胆大的举动才能压倒他。于是我喝了一杯酒,对他说,我敢在马路上撒尿。吴程生哈哈大笑,他说你必须把你的小鸡鸡对着人群才算。我二话没说就走到马路中央,对着人群拉开拉链。其实没有多少人注意到我,大家都在忙自己的事,我尿得很顺利。只是两辆车路过时,避开了我,还回头骂我"神经病"。我成功了。吴程生说,你个王八蛋,你真尿了,你的小鸡鸡那么小,还敢拿出来。我哈哈直笑,我说该你了。

吴程生的眼珠骨碌碌地转着,他的眼眶不算大,但眼珠子大,一转就容易突出来,让人担心眼珠子随时会蹦出来。现在他喝了酒,脸红了,眼珠子也红了,还转得飞快,像两个舞狮子的绣球。后来这两个绣球一直留在我的记忆里,还时常跑出来以各种方式在我面前晃荡,赶都赶不走。如果当时这两个绣球不转,或者转得不那么快,该多好啊。

吴程生终于停下了他的绣球,他斜着眼睛看着我,指着不远处的一桌人说,看到了没有,那边有一个美女,我要和她喝杯酒。说着,没等我反应过来,他就站了起来,拿着杯子晃晃悠悠地走了过去。我们两张桌子离得其实并不远,但是周围太吵了,说笑声、碰杯声、划拳声,加上凑热闹的汽车喇叭声,所有的声音搅在一起,乱成了一锅粥。我的听觉已经模糊了,只有嗅觉还异常的敏锐。我闻到了酒味,辣椒味,还有香水味。香水味应该就来自那一桌,吴程生是要和一个喷了香水的女人喝酒。我努力调动自己的视觉,想看清这位喷了香水的女人到底长得怎么样。但我实在看不清,我只看到那女人挥了一下手,吴程生的酒杯就飞了出去,在地上发出清脆的响声。我哈哈大笑起来,我说吴程生你失败了。没等我笑完,就发现眼前乱了套,好几个男人把吴程生围了起来,对着他拳打脚踢。吴程生一边反抗,一边大声呼唤着我的名字。我愣了一下,迅速站了起来,就在我站起来的时候,我听到"啪"的一声,吴程生的包掉在了地上,一道寒光闪出,刺住了我的眼睛。是那把匕首,它发怒了!我想都没想,一弯腰就捡起了匕首。我看到匕首的寒光正逼视着我,催促着我。我有些生气,我不喜欢别人催我。但我无力抵抗匕首,它牵引着我向前冲,一直冲到了吴程生的身边,冲到一个男人的身体里。那个男人哼都没哼一声,就倒了下去。

所有人都愣住了。我也愣住了。匕首还在我的手上,那两道血槽果然起作用了。匕首在那个男人倒下去的时候,很轻松地拔了出来。现在,匕首上还滴着血,红色的血,在寒光中闪闪发亮,红色的亮。我大叫了一声,拉起吴程生就跑。

我们不知道往哪里去,只知道往前跑,拼命往前跑,穿过大街小巷,走过城中的小桥……我一边跑一边对吴程生说,我杀人了!我杀人了!我一直念叨着,我把这句话念叨了很多遍,最终让吴程生明白了一个事实:出大事了。我们到了小河边,洗了把脸。吴程生已经泣不成声。他哭得很伤心。他说,我完了,这辈子完了。我该怎么办啊?刚刚的胆量一下子都消失得无影无踪。我一直低着头洗那把匕首,我想把匕首上的血都洗掉,洗完之后,我掏出手绢,把刀刃包了起来,放到了自己的兜里。吴程生没敢跟我要匕首,他怕自己被那把匕首连累。他归根到底还是个怂包。做完所有这一切之后,我对吴程生说了一个字:走!吴程生说,往哪里走啊?我说,走得越远越好，千万别让人抓住了，我们犯的是死罪，抓住了肯定要枪毙。吴程生抬起胳膊，擦掉眼泪说：好。我接着说，我们分头走。他们要抓，只能抓住一个。吴程生犹豫了一下，同意了。

几年以后我在报纸上看到消息，吴程生从外地赶回来自首了。他没有杀人。人是我杀的。他判了轻刑。我心里松了一口气。我们两个人，到底谁害了谁？说不清。

我们沿着河岸往相反的方向走。我上了一辆汽车，到了一个陌生的城市。我在那里打了几个月的工，然后又去了别的地方。一年多的时间，我走了十几个城市。我不敢待在同一个地方，我怕他们发现我。最后我到了现在这个地方，涞滩。在这里，我突然有了安全感。我不想走了，我走累了。以前每到一个陌生的地方我就更害怕。每天晚上我都会做噩梦。在梦里，我不是杀了人，就是被人杀，再就是穿制服的人拿枪指着我。直至到了涞滩，我才隔三岔五地睡几个好觉。这真是个奇怪的地方。在这里，我换了个名字，郭晖。以后涞滩人都熟悉了这个名字，但从来没有人试着把这个名字反过来读。在涞滩，我见识了各种各样的人，学会了和各种各样的人打交道，我有了自己的事业。当然，也有了爱情。

其实在桔子之前，我谈过恋爱。那是朦胧时期的爱情。一个有些忧郁的女孩儿，拒绝了很多追求者，却主动向我示爱。但我们爱情的最高阶段，也就是拉拉手，散散步。但桔子不一样，桔子让我有了亲人一样的感觉。我们一起喝酒，说笑，对骂，拥抱，接吻，除了……做爱。

其实我们尝试过。那一次我们借着酒劲，彼此探索了半天，终于搞清了对方的身体。但就在我们进入实质性阶段的时候，我突然……不行了。桔子当时还安慰了我半天，说是第一次，可能太紧张了,以后就好了。其实她也什么都不懂,她是从别人那里听来的。于是我们休息了一会儿卷土重来,结果还是不行。这样的事情发生了好几次,我就怀疑自己是不是那方面有问题,但我不甘心,于是就去找小姐试了试。结果在小姐那里,我贡献了我的第一次,非常顺利。小姐还夸我是个老手。后来也有别的人主动献身,我也试过,但仅仅只是试验而已。有一次在重庆,我在酒吧喝酒,遇到一个女孩,她把我带回了家。她才是老手,熟练地挑逗我,但是,就在即将进入她的时候,我从床上爬了起来,穿好了衣服。我对她说,好了,我能行的。然后我就扬长而去。这些年来,我发泄欲望的方式就是找小姐。我不和别的女人做,我觉得和别的女人做,都是对桔子的背叛。但和小姐不一样,那只是一种交换,就像花钱买东西。可是最近,就在你到涞滩之前,我改了主意。我想结婚了。

其实在这之前,我的想法是出家。我和大智都说过了,就在二佛寺出家。可源通和尚说,只要一心向佛,在不在寺庙都是一样的。大智说得更直接,他说,你其实已经"出家"了,何必在乎形式?我想也是,在涞滩的这些年,我把自己的全部都给了涞滩。涞滩人叫我"善人",开始的时候我不习惯,后来也就心安理得了。我敢说,全涞滩的人,我只对不起一个人,那就是桔子。我给桔子开了理发店,帮她开了回龙客栈,可我还是觉得对不起她。我不想这辈子带着遗憾离开。我唯一能够对得起她的方式,就是给她一个家。

对于我来说,婚姻就像一片瓦,而我则是一只燕子,即便从很远的地方飞来,即便有一天还要回到以前那个地方,我也还是需要这片瓦搭个窝,至少暂时可以停歇一下。以前我害怕,害怕自己不能给桔子一个未来,但是大智跟我说,一天和一个月、一年,还有一辈子,又有什么区别呢?一辈子只不过是把一天拉长了而已。他说得很对,家也是这样。

你想家吗?对,你说过,你不想,你习惯了。你其实也有个家,你的家就像是艘船,一直漂在大海里。而我有家却不能回,所以我在涞滩不停地建房子,建了很多家,可就没有一个是属于我的。这些年来我经常做梦,梦到我所在的那个县城,那里到处都是刺槐树,房子都是五六层的,没什么高楼,离乡村很近。站在房门口可以看到稻田,风从很远的地方吹过来,稻田里就起了浪,一排排地朝我扑过来。我梦见自己逆流而上,钻进稻田里,站在稻田中央,四周都是青蛙的叫声。涞滩和那个地方很像,只不过山多罢了。我的故乡是平原,一眼可以望到很远。有人说,一个人,哪怕有再高的成就,当了再大的官,也还是会惦念生你养你的地方。因为你是在那里长大的。让你长大的地方才是你最熟悉、最有安全感的地方。可是,我的故乡,对于我来说,却是最不安全的地方。

这些年来,我也想通了。哪里有什么他乡和故乡啊。大智说得好,人生短暂,人人都是过客,根本没有什么故乡,所有故乡都在心里,心外没有故乡。凭什么说这个地方我只是过客,那个地方就是我的根。我生活在哪里,就在哪里扎根。就像这涞滩的菩提树,原本生于印度,现在在涞滩到处都是,涞滩人已经把它当作自己的树了。

婚姻最迷人的地方,就是能让你离开老家,制造一个新家。我和桔子两个人,就像两根梁,往一起一撑,家就起来了。但是,就在我们打算把这两根梁撑到一起的时候,你出现了。我想,这也是天意吧。现在,这个家建不成了,我只想求求你一件事,就是让她再给我理次发。这些年来,自从有了回龙客栈之后,她再也不给人理发了。但是我除外。她时常还会找出她的理发箱,拿出剪刀、剃须刀、推子给我理发。我最享受的,是她给我刮胡子。她会把刮刀在磨刀布上慢慢地磨,一边磨一边朝上面哈着气,仿佛是让刮刀沾上仙气。然后她会让我靠在椅子上,她把椅子调得很低,这样她就可以把我的脑袋搂在怀里了。她会用一只手轻轻地摸我的脸,我的脖子。我舒服得都要睡过去了。所以我总是闭着眼睛。有时我睁开眼,瞥见她又白又嫩的手,以及手上闪着亮光的刮刀,会有一种很陶醉的感觉。那感觉,就像喝酒,喝到半醉不醉的时候那样。我希望她用这把刮刀朝着我的脖子来一刀,我就会安静地睡去,永远不用再醒来。我也经常想着,她手里拿的不是刮刀,而是那把匕首,她用那把匕首在我脖子旁翻转着,挥动着,跳着欢快的舞。我有一次就拿出这把匕首,让她用这把匕首给我剃胡须,她只是看了一眼,就果断地拒绝了。她居然能抵挡这把匕首的诱惑。真是一物降一物啊。

好吧,该说的,我都已经跟你说了。但是,在你给我戴上手铐之前,我还想给你讲个事。

有一年,大概是八九年前吧,那年的冬天特别冷。其实这地方没我老家冷,气温很少在五度以下,但这地方潮湿,所以感觉比较冷。那年的最低气温竟然到了零下三度,听老人说,这是很少见的。那天早上起大雾,五米开外看不见人影,我从外面赶回来,爬上一个山冈的时候,我看到一个奇怪的老头,留着山羊胡,皮肤少见的白,身上穿着一件花袄,一看就是女人穿的。他正低着头,像是在找什么东西。我就问他,一大早在干吗?他说,我养的狐狸丢了。我就更奇怪了。我没见过这地方还有养狐狸的。他说他的眼神不好,要我帮他找。我就一路跟着他到处找。雾越来越大,后来我几乎连他都看不清了。我们转过了好几道山冈,田里地里树林里都找遍了,还是什么都没找到。似乎所有的动物都躲起来了，别说狐狸，连只虫子都没见到。后来我就问他，是只什么样的狐狸？他却反问我，谁说我找狐狸呀？我找狐狸干吗？我说，那你找什么啊？他说，我找女儿，我女儿不见了。他指着身上的花袄说，她就是穿着这件袄子从家里跑出去的。我也就和她拌了几句嘴，她就跑出来了。我说，那你是怎么找到袄子的？他说，我没有找到袄子啊！我说，那你身上怎么穿着她的袄子？他说，是啊。

我觉得这个老头说话有些颠三倒四的，该不会精神上有问题吧。他似乎看出了我的心思，说：你是不是觉得我有病啊？他说得很认真，脸上非常严肃，看不出一点不正常的地方。说着，他也不等我回答，就哈哈大笑起来，笑得很凄厉。我感觉他的笑声所到之处，雾都散了。老头顺着自己笑声的方向走了。我怎么追也追不上，他的背影就那样在我的眼前消失了。

我感觉自己像是做了一场梦。回去之后我就病倒了，发烧，还说胡话。桔子说我是遇见鬼了。我不信，我去问大智。大智说，子不语怪力乱神，但是人心中还是可以有鬼的。

他说得我有些心虚。

几天之后，我的病好了，一个黄昏，我外出了。这次我去的是另一个地方，和上次的方向正好相反。结果我又碰到了那个老头。还是那件花袄。他一个人坐在池塘边，手上拿着根长竹竿，像是在钓鱼。可是，竹竿上分明没有线。那天的光线很好，太阳还挂在天边，我看得很清楚。我问他，你在钓鱼吗？他说，谁说我在钓鱼啊。我在钓人。我吓了一跳。这一次，我确信这个老头有病。我转身就走了。他却在我背后说，年轻人，你在怕什么啊？我吓了一大跳，回头看他，他手上居然抓着一条鱼，是条鲤鱼，像是刚刚钓上来的，鱼尾还在他手上拼命地摆动着。

自从那以后，我就经常见到那个老头，每隔一两个月就见一次。在各种地方。有时在建筑工地，有时在野外，有时在街上。他每次都穿那件花袄，即便是夏天也不例外。还有一次在二佛寺。就是这一次，让我确定，他不是鬼魂。鬼魂哪里敢到这个地方来。在二佛寺见到他不久后，我又在重庆见到过他一次。那一次，我去参加一个项目的招标，这老头竟然坐在我不远的身后，他的身上还是那件花袄，似乎永远没洗过，也没换过，我简直都能说出他的袄子上有多少朵花了。我看了他几眼，他一直低着头，根本不看我。但是，当我转过头来时，我总感到有双眼睛在背后盯着我，让我很不舒服。结果那次招标还没结束，我就走了。

我把这些都告诉了桔子。桔子说，一定是你的幻想，哪会这么巧啊。她买了一些香火，陪我到二佛寺去烧香。她拉着我一起跪在佛前祷告：佛啊，保佑一下郭晖吧，让那些大鬼小鬼都走开，别来骚扰他。他是好人，鬼不应该找他的……说实话，他的祷告让我有些心虚，听起来像是在讽刺。可是就在第二天，我和桔子一起到江边散步，我又看到了那个老头，还是那件花袄，一个人在不远的地方坐着。我吓了一跳，使劲地揉了揉眼睛，结果他还在那里。于是我就指给桔子看，问她有没有看到那里有个老头。桔子说，是啊，有个老头，穿了件奇怪的花袄，就是你说的那个。看来，真有这个人。

现在好了，不是鬼魂，也不是幻想了。于是我拉着桔子走到他跟前，问他，你到底是谁？为什么我到处都能看到你？他看了看我，没说话。就那一眼，我突然觉得，他有些眼熟，但是我使劲想也想不出他是谁。桔子说，一定是你看惯了他，看熟了。我说，他像是很多年前认识的一个人,但我实在想不起他是谁了。

那次以后,老头就不再和我说话。不管在哪里碰到他,不管我问他什么,他都不回答。

大智也解决不了这个问题,他只是说,其实每个人,都有一个人如影随形地跟着你。在你人生的各个阶段都跟着你。

他说得太玄了,和现实无关。

# 亥

我不知道该不该告诉他,那个人,根本就没有死。

其实我从所里出发的时候,想做的第一件事,就是找到他,告诉他,那个人,根本就没有死。他当时倒在地上,到处都是血。有人拦了辆车,把他送进了医院。他的肚子上被捅了一刀,那一刀捅得太有技巧了,恰好在胃肠之间。医生给他输了点血,缝了几针,没几天就出院了。医生说,那是把好刀,一般的刀捅不出这个效果。

但是,见到他的时候,我却没有一点想告诉他的冲动。我也不知道为什么。

我感觉,自从逃离故乡之后,他就一直在等我。他会跟我说很多的话。我也会认真地、耐心地听他说很多的话。很多话都和那案子无关。我会像他的知己一样,听他唠唠叨叨地诉说。但他并不知道,我有更多的话要跟他说。我会找个茶馆,和他一起坐下来,聊聊涞滩,聊聊二佛寺、大智和刘明夷,聊聊刘胖子怎样从一个踌躇满志的红卫兵变成了小卖部的老板,聊聊有趣的和无聊的人生。我们甚至可以聊聊小布什打伊拉克,聊聊那对恩爱的名人终于离婚的事,聊聊我隔壁的一对老人为什么从来不让儿子媳妇进门,而是固执地在小区外的菜馆里和他们见面。我们还可以谈谈这糟糕的天气,我洗了几天的衣服都没干,我带来的一盒茶叶已经发霉了,就像这日子一样。

但我就是不想告诉他,那个人,根本就没有死。

注:本书的部分民谣和传说来自墨侠所著的《古韵乡情:伴您走进涞滩古镇》,部分材料来自徐干生所著的《复归的素人:文字中的人生》,特此鸣谢。

———
购书建议‥适合成人
读书分享‥两条线索,交叉阅读
读后贴士‥抽十分钟发呆

想吐槽?欲共享读书感受? 请扫"大头出品"二维码,邀作者和大头在线互动。